책, 이게 뭐라고

책, 이게 뭐라고

읽고 쓰는 인간

장강명 지음

arte

차례

2장

책을 읽는 일, 책에 대해 말하는 일

3장

말하기-듣기의 세계에서 만난 작가들

4장

그럼에도 계속 읽고 쓴다는 것

어지간하면 다 나간다는 자세와 최순실 게이트

독서 팟캐스트 〈이게 뭐라고〉에서 처음 연락을 받은 건 2016년 12월이다. 그때는 팟캐스트 이름이 '책, 이게 뭐라고?!'가 아니라 '이게 뭐라고'였다. 나는 그 전달에 장편소설 『우리의 소원은 전쟁』을 낸 참이었다.

내게 연락한 사람은 북이십일 출판사의 홍보기획팀장이자 〈이게 뭐라고〉를 만든 장본인이기도 한 20세기소녀였다. 20세기소녀는 업무 스타일이 엄청나게 저돌적인데, 나를 섭외할 때도 그랬다. 본인 말에 따르면 게스트를 섭외할 때 전화가 연결되면 먼저 "저희 팟캐스트에 출연해주실 수 있으세요?"라고 물어본 뒤에야 자기소개를 하고 안부를 묻는다고 한다. 그녀는 출연일로 12월 23일과 다음 해 1월 20일, 그렇게 두 날짜가 비어 있다고 했다.

'이게 뭐라고'라는 팟캐스트 이름은 그날 처음 들었다. 그리고 나는 누군가 저돌적으로 다가오면 일단 몸을 사리는 편이다. 20세기소녀에게는 생각해보고 답을 주겠다고 하고 『우리의 소원은 전쟁』 담당 편집자에게 메시지를 보냈다.

'팟캐스트 〈이게 뭐라고〉라는 곳에서 출연 요청이 왔는데요, 여기 유명한 곳인가요? 출연을 해야 하면 12월 23일과 1월 20일 중 언제가 나을까요?'

담당 편집자는 다음 날 답장을 주겠다고 알려왔다. 〈이게 뭐라고〉는 그해 7월에 문을 연, 겨우 5개월 된 신생 팟캐스트였다.

그때 나는 책 홍보가 된다면 어디든 어지간하면 다 나간다는 자세였다. 그런데 당시 팟캐스트 시장은 그야말로 춘추전국시대였고, 독서 팟캐스트도 우후죽순 난립하고 있어서 옥석을 가리기 힘들었다. 공개방송에 초청한다고 해서 나갔더니 청중이 세 사람인 경우도 있었다. 내가 쓴 글들이 사회파 소설인 경우가 많다 보니 정치나 시사 팟캐스트에서 초청이 오기도 했는데, 그중에는 욕설과 비속어가 난무하는, 절대 나가고 싶지 않은 분위기의 프로그램들도 꽤 있을 터였다.

담당 편집자는 다음 날 답장을 보내왔다.

'작가님, 〈이게 뭐라고〉는 요새 책 분야에서 잘 나가는 팟캐스트이고, 북이십일 출판사에서 운영합니다. 출연은 빠를수록 좋습니다!'

그 메시지를 받고 20세기소녀에게 연락했더니 하루 사이에 이미 12월 23일 게스트는 정해졌다고 했다. 그래서 나는 다음 해 1월 20일에 나가기로 했다.

"작가님이 나오신다니 김관 기자가 '드디어 장 선배를 모시게 됐다'며 정말 좋아해요. 두 분 친하셨어요?"

20세기소녀가 물었다.

"직장 동료였어요. 김관 기자가 JTBC로 가기 전에 채널A에서 일했거든요. 그때 같은 부서는 아니고 바로 옆 부서에서 일했어요."

내가 대답했다. 〈이게 뭐라고〉 진행자가 김관 전 JTBC 기자와 뮤지션 요조인 것을 알고 처음 한 생각은 이랬다.

'요조랑 팟캐스트를 진행하다니, 관이 잘나가네.'

『우리의 소원은 전쟁』은 언론과 독자의 시선을 잠시 모았으나 베스트셀러가 되지는 못한 채 2017년 새해가 밝았다. 출판사에서는 책이 나오자마자 박근혜-최순실 게이트가 터진 걸 몹시 억울해했다. 도무지 책이 팔릴 상황이 아니었다.

내가 책을 더 잘 썼더라면, 후반부 어떤 대목에서 좀 더 힘을 줬더라면, 하고 후회하기는 했지만, 출판사를 원망하지는 않았다. 편집부나 마케팅 부서에서 정말 애써줬는데 판매가 그만큼 따르지 않아 오히려 내가 미안한 처지였다. 나는 박근혜도 최순실도 내 책 판매를 방해했다는 이유로 원망하지는 않았다.

다만 2017년 1월이 되자 그 책을 홍보하고 싶은 마음이 사그라들었고 〈이게 뭐라고〉 출연에 대해서도 심드렁한 마음이 되었다. 책이 나온 뒤 정신없이 인터뷰를 하고 독자와의 만남 행사에 참여하다 보면 늘 녹초가 된다. 한 인간이 작가이면서 동시에 세일즈맨이기란 쉽지 않다. 내가 아는 진지한 작가들은 모두 책 홍보 활동을 부담스러워하고, 괴로워한다. 다들 신작을 내면 무라카미 하루키처럼 본인은 가만히 있는데 언론이 관심 가져주고 띄워주기를 바란다.

약속한 날짜가 다가오자 20세기소녀가 녹음 장소와 일정을 정리한 출연 요청서를 메일로 보내왔다. 다른 기획안도 함께 들어 있었다. 북이십일 출판사에서 새로 팟캐스트를 만들려고 하는데, 그 진행을 해보지 않겠느냐는 제안이었다. 이때 북이십일 출판사에서 준비하던 팟캐스트는 〈책보다 여행〉이었다.

〈책보다 여행〉은 출판 시리즈인 '클래식 클라우드'의 홍보 채널이기도 하다. 국내 유명 작가나 학자 들이 자신이 좋아하는 예술가나 사상가의 고향이나 활동지를 찾아가 쓰는 여행기 겸 평전 시리즈다. 〈책보다 여행〉은 '클래식 클라우드' 저자들이 자신이 다룬 예술가나 사상가의 삶과 작품 세계를 소개하는 팟캐스트였다. 출판사는 그 팟캐스트 사회자로 김태훈 팝 칼럼니스트와 나를 후보에 올렸던 것 같다.

내가 〈책, 이게 뭐라고?!〉가 아니라 〈책보다 여행〉의 MC가 됐다면 어땠을까 상상해본 적이 있다. 〈책, 이게 뭐라고?!〉가 싫증났다든가 〈책보다 여행〉이 부럽다든가 하는 차원이 아니다. 그냥 가끔 그런 생각을 한다. 그날 그 술자리에 가지 않았더라면 어떻게 됐을까, 그때 그 교차로를 건넜더라면 뭐가 달라졌을까, 그때 김밥이 아니라 떡볶이를 먹었더라면 그는 내 적이 아니라 친구가 됐을까…… 그런 것들을. 내가 부둥켜안고 있는 이 삶의 모습이 실은 대부분 의도치 않았던 우연과 가볍게 내린 선택에 의해 결정됐을 가능성을.

삶의 가장 중요한 뼈대만큼은 그런 사소한 사건이 아니라 심사숙고 끝에 내린 결단에 따라 놓인다고 믿고 싶기는 하다. 그런데 〈책, 이게 뭐라고?!〉 진행을 맡은 건 깊이 고민해서 내린 결정은 아니었다.

〈책, 이게 뭐라고?!〉를 진행하면서 '클래식 클라우드' 시리즈의 책을 몇 권 다뤘다. 전원경 박사의 『클림트』, 김성현 기자의 『모차르트』, 최민석 작가의 『피츠제럴드』 등이었다. 그때 〈책보다 여행〉 팀의 제작진들을 만나 짧게 인사를 나눴다. 다들 수더분해 보였다. 참고로 〈책, 이게 뭐라고?!〉 팀은 야생마 보호구역 같은 분위기다.

"내가 〈책보다 여행〉을 했어야 했는데. 그러면 이렇게 구박받으면서 방송할 일도 없었을 텐데."

어느 날 녹음을 마치고 내가 이렇게 말했더니 〈책, 이게 뭐라고?!〉 팀원들의 의견은 둘로 갈라졌다. "가버려요"와 "우리한테서 그렇게 쉽게 벗어날 수 있을 거 같아요?"

가라는 거야, 말라는 거야…….

1장

말하는 작가의 탄생

오후 4시 52분 마산행 무궁화호 열차와 코딱지 삼촌

〈이게 뭐라고〉에 출연하기로 한 날 할머니가 돌아가셨다. 그날 새벽에 연락을 받았다.

'오늘 새벽에 할머니가 돌아가셨다 월요일 장례 예정이니 내려와라. 정확한. 장례식장은 바로 연락하마 어버지'

할머니는 돌아가실 때 연세가 99세였고, 많이 편찮으셨다. 나와 썩 살가운 관계도 아니어서, 그렇게까지 비통하지는 않았다. 할머니는 돌아가실 때 마산에 계셨는데, 아침에 마산행 KTX를 조회해보니 표가 한 장도 없었다. 〈이게 뭐라고〉를 녹음하고 내려가기로 하고, 무궁화호 열차표를 예매했다.

책을 내고 나서 한 달 정도는 홍보하느라 이곳저곳 바빠 돌아다니지만, 그 기간이 지나면 다음 책을 쓰기 위해 다시 집에 틀어박힌다. 그때는 오히려 '이제 동굴에 들어가야 한다'고 각오를 단단히 하는 바람에 더 사람을 피하게 되고 용모도 추레해진다. 2017년 1월 20일이 한창 그럴 때였다. 나는 수염을 기르고 머리에는 비니를 쓴 상태로 팟빵 스튜디오에 들어갔다.

요조와 김관은 나보다 조금 늦게 왔다. 같이 식사를 하고 온 것 같았다. 김관과는 서로 막연한 호감은 있지만 썩 잘 알지는 못하는 사이였다. 옆 부서에서 일하는 걸 보며 잘생기고 싹싹하고 성실한 후배라는 인상을 받은 정도였다. 관이 채널A에서 일한 기간은 그리 길지 않았다. 관은 JTBC로 이직한 뒤 세월호 참사 보도와 '비정상회담' 출연으로 유명해졌다. 그러다 유학을 가겠다며 JTBC를 그만뒀는데 그 직후 나는 그와 통화를 한 일이 있었다. 당시 관은 인터뷰 책을 쓰고 싶다며 내게 이런저런 조언을 구했었다.

녹음을 기다리며 관과는 공통의 지인들에 대해 이야기를 했고, 요조와는 그냥 가볍게 인사만 나눴다. 나는 그 전에 '북콘서트 하기 싫다'는 내용의 칼럼을 썼는데, 그게 트위터에서 소소하게 화제가 됐었다. 나는 그 글에서 비꼬는 투로 '홍대 여신'을 언급했다. 요조는 그 칼럼을 읽고 불쾌해했으나, 그런 이야기를 이날 내게 하지는 않았다.

녹음은 평이했다. 대체로 미리 보내준 대본에 따라 진행됐고, 진행자들은 서글서글하고 예의 발랐다. 김관이 요조보다 나이가 많은 줄 알았는데 아니어서 좀 놀랐다. 요조가 관에게 "관이는 게을러서 글 안 쓰잖아?"라고 반말을 쓰거나 관이 요조를 누나라고 부르는 모습도 좋아 보였다. 그러나 이후에 요조와 나는 방송을 진행하며 서로 존댓말을 썼고 내내 일정 거리를 유지했다. 나는 새로 알게 되는 사람에게는 반말을 쓰지 않기로 10여 년 전쯤 결심했다. 이제는 완전히 습관이 되어 남에게 반말을 쓰지 못한다.

녹음을 하는 동안 주로 관을 향해 말했다. 요조가 있는 방향은 제대로 쳐다보지 못했다. 무슨 순정 만화에서 튀어나온 캐릭터 같다고 생각했다. 나중에 우리가 같이 진행을 맡고서도 시간이 한참 흘렀을 때, 어느 날 요조가 "오늘도 게스트가 장 작가님만 보고 이야기하더라"고 투덜거렸다. 나는 웃음을 터뜨렸다.

"글 쓰는 아저씨들이 다 쑥맥이라서 그래요. 그 정도 쑥맥이니까 글을 쓰겠죠."

요조가 내 설명을 믿는 눈치는 아니었다.

집에서 대충 씻고 검은 양복과 짐을 챙긴 뒤 헐레벌떡 기차역으로 달려갔다. 오후 4시 52분에 영등포역을 출발해 오후 10시 19분에 마산역에 도착하는 무궁화호 열차였다. 기차에 오르기 직전 플랫폼에 있는 코레일 편의점에서 유부초밥, 삼각김밥, 샌드위치를 샀다. 그게 저녁이었다. 물을 사지 않았는데, 기차 안에 판매원도 없고 자판기는 고장이 나 있어서 내릴 때쯤에는 굉장히 목이 말랐다.

장례식장은 작고 조용했다. 부모님도, 큰아버지도 부음을 따로 알리지 않아 문상객은 많지 않았다. 할머니가 돌아가신 날은 금요일이었는데, 할머니가 다니던 교회에서 월요일에 발인 예배를 드리고 싶다고 고집하는 통에 특이하게 사일장을 치렀다. 손자 손녀 중 3박 4일 동안 빈소를 지킨 사람은 나뿐이었다. 둘째를 출산한 지 얼마 안 된 동생은 잠시 얼굴을 비추고 갔고, 사촌동생은 하루 자고 갔다.

나는 고모 댁에서 묵었다. 모텔을 잡아서 밤이라도 혼자 편히 보내고 싶었는데, 마산에는 모텔이 별로 없고, 그나마도 주말에는 방을 구하기 어려울 거라고 해서 그냥 포기했다.

낮에는 빈소 안에 마련된 방에 앉아서 책을 읽거나 글을 쓰다가 문상객들이 오면 맞이했다. 아버지 친구들 중 몇몇은 박근혜 탄핵을 막아야 한다고, 광화문에 나가서 태극기를 들어야 한다고 주장했다. 나는 나흘간 장례식장 음식만 먹었고, 가끔 냉장고에서 맥주를 꺼내 혼자 마셨다.

마감이 닥친 칼럼 원고를 두 편 썼고, 셀레스트 응의 『내가 너에게 절대로 말하지 않는 것들』과 댄 주래프스키의 『음식의 언어』를 읽었다. 『내가 너에게…』는 종이책이었고, 『음식의 언어』는 전자책이었다. 둘 다 좋았다.

가끔 "책을 언제 어디서 읽느냐"는 질문을 받기도 한다. 나에게는 그게 "물을 언제 어디서 마시느냐"는 질문처럼 들린다. 그냥 아무 데서나 수시로 읽는다. 팟캐스트 출연을 기다리며 스튜디오에서 읽기도 하고, 마산으로 내려가는 무궁화호 열차에서 읽기도 하고, 장례식장에서 문상객을 맞는 틈틈이 읽기도 한다. 물을 안 마시면 목이 마르고 책을 안 읽으면 마음이 허하다. 그리고 책 정도면 포터블한 물건 아닌가?

따로 제사를 지내지는 않는다. 할머니 기일이 되면 아버지, 큰아버지, 고모, 동생 부부와 두 조카가 모여 식당에서 저녁 식사를 한다. 밥을 한창 먹고 있을 때 20세기소녀가 단톡방에 사진을 올린다. '오늘이 장 작가님이 첫 출연한 날이네요!'라는 메시지와 함께. 사진 속에는 빨간 비니를 쓰고 턱수염을 기른 내가 요조와 김관 사이에서 두 손을 모으고 어정쩡한 포즈로 서 있다.

초등학교 입학을 앞둔 첫째 조카는 나를 의심스럽게 바라본다. 조카들에게 나는 '코딱지 삼촌'이다. 내 이름을 기억하기 어려워하는 조카들에게 내가 스스로를 그렇게 소개했다.

삼촌은 코딱지를 먹고 살거든. 그래서 코딱지 삼촌이야. 조카들은 코딱지 삼촌이라는 표현은 절대 까먹지 않는다. 코딱지 삼촌이라고 나를 부를 때마다 웃음이 터져 고개를 뒤로 젖히며 좋아한다.

그런데 그 삼촌이 책을 여러 권 낸 소설가라는 이야기를, 얼마 전에 첫째 조카가 듣고 말았다. 저 아저씨가? 진짜? 저 사람은 코딱지나 먹고 사는 사람인데! 책은…… 책은 작가들이 쓰는 거라고!

그런 조카의 마음을 나는 아주 잘 이해한다. 나도 〈책, 이게 뭐라고?!〉에 심윤경 작가가 출연하던 날 두근두근 설렜더랬다. 심 작가가 "내가 소설을 쓸 수 있을까, 내가 소설가가 맞는가, 격렬히 고민했다"고 고백할 때에는 속으로 어리둥절해했다. 작가님이요? 작가는, 쓰는 인간은 독자에게 영웅 같은 존재다. 그런 존재를 말하는 인간으로 대면했을 때 우리는 당황하게 된다.

어쩌면 쓰는 인간은 말하는 인간과 다른 존재인 걸까? 그날 스튜디오에 찾아왔던 심 작가는 말하는 인간이었고, 내가 책을 읽으며 만났던 심 작가는 쓰는 인간이었던 걸까? 조카 앞에서 부지런히 고기반찬을 집어 먹는 나는 말하는 장강명이며, 쓰는 장강명은 그 자리에 없는 걸까?

그리고 나는 궁금하다. 왜 일곱 살짜리조차 작가라는 직업에 대해 그런 환상을 품는지. 왜 1년에 책 한 권 읽지 않는 사람조차 도서관이나 서점에 들어가면 행동이 조심스러워지는지. 책, 그게 뭐라고?

정액제 스트리밍 상품과 우리의 미래

20세기소녀에게서 다시 연락이 온 건 석 달 뒤였다. 김관이 하반기에 유학을 떠나게 되어 후임 진행자를 찾고 있는데 의향 없느냐고 했다. 나는 아내에게 물어보고 대답하겠다고 했다. HJ는 해보라고 했다. 20세기소녀는 '오오!!! 감사해요!!!' 하고 느낌표가 잔뜩 들어간 답신을 보내왔다.

사표를 낸 해에는 소설가로서 번 돈이 거의 없었다. 그다음 해에는 5,200만 원쯤 벌었다. 그중 5,000만 원은 수림문학상 상금이었다. 2015년에는 1억 원 넘게 벌었다. 제주4·3평화문학상 상금이 7,000만 원, 문학동네작가상 상금이 3,000만 원이었다. 거기에 책 인세도 좀 들어왔다.

2년 동안 1억 5,000만 원 넘게 벌었으니, 한국 소설가들 중에는 정말 손꼽힐 정도로 높은 수입을 올렸으리라 생각한다. 그런데 그게 대부분 지속 가능하지 않은 문학상 상금이었다. 2015년이 지나갈 때 내 심정은 '와, 살았다, 생존했다' 하고 놀라고 기뻐하는 마음이 반, '이제는 어떻게 하지?' 하고 걱정하는 마음이 반이었다. 문학상 상금은 모두 선인세다. 수상작들이 매년 각각 1만 부씩 팔린다 해도 향후 몇 년 간은 내게 추가 수입이 없을 예정이었다.

나는 인세로 먹고살고 싶었다. 책을 잘 쓰면 책이 잘 팔릴 거라고 생각했다. 그래서 신문 칼럼이나 시사 프로그램 패널 출연, 외부 강연 같은 가욋일에 한눈팔지 말고, 잘 팔릴 만한 재미있는 신작을 쓰자 마음먹었다.

2017년 봄이 되자 그 결심이 아래서부터 흔들렸다. 당대 한국 소설을 읽는 사람들 사이에서 '저 작가 책 괜찮더라'는 평가를 받아도 판매량은 신통치 않다. 애초에 독서 인구 자체가 줄었기 때문이다. 책을 읽지 않는 사람도 사는 작가가 돼야 인세로 먹고살 만해진다.

마침 그때 일간지에서 칼럼 연재 제안이 와서 받아들였고, 대학 두 곳에서 강의도 맡았다. 신문 연재를 받아들일 때에는 고료보다 칼럼 필자로서의 인지도를 원했다. 일단 이름을 알려야 했다.

그즈음 〈이게 뭐라고〉는 독서 팟캐스트 부문 2위 프로그램이었다. 아직 출범하지 않은 〈책보다 여행〉 진행자가 되는 일은 모험처럼 보였지만, 인기 프로그램인 〈이게 뭐라고〉 진행을 맡는 것은 이게 웬 떡이냐 싶었다. 그때는 그런 이기적인 목적이 전부였다.

요조가 〈이게 뭐라고〉 진행을 맡게 된 과정은 그녀의 책 『오늘도, 무사』를 읽다가 알게 됐다. 20세기소녀가 예전에 홍대 근처에서 바를 운영했는데 요조가 그 술집의 단골이었다고 한다. 그때 20세기소녀는 요조를 알았지만 요조는 20세기소녀를 몰랐다고. 20세기소녀는 요조를 섭외하러 그녀가 운영하는 동네서점 책방무사를 찾아갔는데, 그때 요조는 상대의 술집에서 친구들과 시끄럽게 떠들며 진탕 마시던 것이 떠올라 부끄러워 도망쳤다고.

이후에 함께 인터뷰를 하기도 하고, 요조가 다른 인터뷰에서 팟캐스트와 관련해서 한 말을 읽기도 했다. 그녀는 팟캐스트를 하게 되어 좋은 점에 대해 질문을 받으면 종종 "고정 수입이 생겨서 좋다"고 대답했다. 2010년대 대중문화 영역에서는 인지도가 현금이나 마찬가지이므로, 팟캐스트를 하게 되어 좋은 점은 결국 그녀나 나나 별반 다르지 않은 것 같다.

나는 처음에는 '혹시 요조와 내 출연료의 액수가 다른가?'

궁금하기도 했다. 우리는 먹고사는 문제에 대해 자주 이야기하지만, 숫자는 입에 올리지 않는다. 나는 출판계에 전자책 대여 모델이 나타났을 때, 요조에게 음원 스트리밍 시장은 상황이 어떤지 물어본 적이 있다. 요조는 "거기는 그냥, 말도 못하게 잘못돼 있어요"라고 대답했다.

나는 나중에 음원 스트리밍 시장에서 밥벌이로 곤혹스러워 하는 인디 뮤지션의 이야기를 '음악의 가격'이라는 제목의 단편소설로 썼다. 그 작품에는 소설가인 '나'와 함께 독서 팟캐스트를 진행하는 Y라는 뮤지션이 나오기는 하는데, 그 소설을 쓸 때 요조를 취재하지는 않았다. 스트리밍 사업 모델을 오래 비판해온 다른 인디 뮤지션을 인터뷰했다. 정액제 스트리밍 상품에 가입한 소비자가 어떤 곡을 한 번 들으면 그 곡의 작곡가, 작사가, 편곡자, 가수, 연주자는 1.12원을 나눠 갖는다는 사실을 그 소설을 쓰면서 알게 됐다. 그것도 그 소비자가 할인 없이 정가로 상품을 결제했을 경우에.

사람들은 내게 와서 요조에 대해 말하기를 좋아한다. 요조가 부잣집 출신이라거나, 강연료를 너무 높게 부른다거나 하는 이야기들. 내가 알기로는 둘 다 사실이 아니다. 아마 강연을 하면서 노래도 불러달라고 요청했겠지. 다들 가수가 강연을 하면 노래 한두 곡은 덤으로 불러줄 수 있다고 여긴다. 그런데 노래를 부르려면 장비가 필요하고, 사전에 준비할 사항도 많아진다.

나는 사실관계를 잘 모르기도 하고, 내가 나설 일도 아닌 것 같아 "그래요? 그렇군요" 하고 듣기만 한다. 그들이 다른 곳에서는 나에 대해서도 그렇게 입방아를 찧을지 궁금해진다. 그럴 것 같기도 하고, 안 그럴 것 같기도 하다. 그런 이들이 딱히 밉지는 않다. 나 역시 늘 자리에 없는 누군가에 대해 떠들고 업계 뒷이야기를 듣기 좋아하는 인간이므로, 그들을 미워할 자격이 없다.

그리고 내 앞에 있는, 살아 있는 개인을 미워하지는 말자는 개인적인 결심 때문이기도 하다. 이것은 말하는 장강명 쪽의 철학이자 신념이다. "글로 읽을 때는 차가운 분인 줄 알았는데, 직접 뵈니 의외로 부드러우시네요"라는 말을 듣는 이유도 그런 태도 때문인 듯하다.

나는 대체로 체념한다. 사피엔스라는 종이 그렇게 생겨먹은 걸 뭐 어쩌겠어. 부족생활 시절, 뒷담화를 즐기는 DNA를 지닌 선조가 생존에 훨씬 유리했던 걸. 〈책, 이게 뭐라고?!〉에서 신경인류학자인 박한선 박사의 『마음으로부터 일곱 발자국』을 다룰 때 이런 이야기들이 많이 나와 속으로 여러 번 웃었다.

'인류를 사랑하는 건 쉽지만 인간을 사랑하는 건 어렵다'는 명언이 있다. 내 기억에는 버트런드 러셀이 한 말 아니면 〈피

너츠〉에서 나온 스누피의 대사다. 어쨌든 이 말에 썩 동의하지 않는다. 인류와 인간을 동시에 사랑하는 건 어렵다. 그러나 어느 한쪽만 사랑하는 것은 가능하다. 인류를 사랑하고 인간을 미워하는 것보다, 인간을 사랑하고 인류를 미워하는 편이 더 낫다. 아주 더. 굉장히 더. 쓰는 장강명과 말하는 장강명 모두 그렇게 생각한다.

셀럽 비즈니스와 비굴한 후보정 프로필 사진

2017년 7월부터 〈책, 이게 뭐라고?!〉 진행을 맡기로 했다. 나는 6월에 20세기소녀를 만나 계약서 초안을 받고, 전반적인 팟캐스트 녹음 과정, 프로그램 개편 방향에 대한 설명을 들었다. 그날은 서울국제도서전 개막일이었다.

"요조 님이 이번 도서전 홍보대사세요. 아마 오늘 코엑스에서 바쁘실 거예요. 작가님은 이번 도서전에 초청받지 않으셨어요? 강연이나 사인회 안 하세요?"

20세기소녀가 물었다.

"어…… 아무 데서도 연락이 안 왔습니다."

머리를 긁적이며 대답했다.

20세기소녀는 큰 다이어리에 단정한 글씨로 우리 대화 내용을 꼼꼼하게 적었다. 이야기를 나누다가 다른 사람에게 확인해야 할 사항이 있으면 즉시 전화를 걸거나 카톡을 보냈다. 똑소리 나게 일하는 스타일이었다. 나는 20세기소녀에게서 받은 〈이게 뭐라고〉 개편안 출력물에 낙서하듯이 메모했다. 나는 누군가에게 연락을 해야 할 때에도 최대한 미루다 메일로 보내는 편이다.

"그런데 작가님은 평소에도 그렇게 '~습니다, 습니까?' 하고 말을 마무리 지으세요?"

20세기소녀가 물었다. 그즈음 인터뷰를 하면서 똑같은 질문을 세 번이나 받았다.

"네, 좀 그런 편입니다. 좀 이상한가요?"

나는 하마터면 '좀 이상합니까?'라고 말할 뻔했다.

"약간 거리감이 느껴지네요."

20세기소녀가 말했다. 핵심을 꿰뚫는 지적이었다. 말하는 장강명이 그런 말투를 쓰는 건 실제로 내가 사람들과 거리를 두고 싶기 때문이다.

20세기소녀가 계속 물었다.

"지금 입고 계신 티셔츠에 그려진 그 사람…… 그게 마릴린 맨슨이죠? 집에 마릴린 맨슨 티셔츠가 여러 벌 있으세요?"

"예닐곱 벌쯤 되는 거 같은데요."

"작가님 사진을 검색하니까 전부 마릴린 맨슨 티셔츠를 입고 있더라고요. 머리는 전에 파마를 하셨던 건가요? 모자를 많이 쓰시던데, 비니 모자를 좋아하시나 보죠?"

"머리카락이 뻣뻣해서 겨울에는 비니를 쓰고, 여름에는 파마를 하거나 머리띠를 착용합니다. 파마하는 게 낫겠습니까…… 요?"

"네. 아예 저희 프로필 사진도 찍을까요?"

내가 고개를 끄덕이자 20세기소녀는 내게 언제가 괜찮으냐고 물었다. 그러고는 그 자리에서 사진 스튜디오와 스타일리스트에게 전화를 걸어 일정을 잡았다.

며칠 뒤 이태원의 한 스튜디오에서 프로필 사진을 촬영했다. 20세기소녀와 사진가는 절친한 사이인 듯했다. 내가 화장을 하는 동안 그 두 사람은 스스럼없이 대화를 나누었다.

"세게 나와야 돼. '플랫'한 것보다 세게 나오는 게 좋아……. 야, 나 같은 갑이 어디 있냐? 난 진짜 을 같은 갑이지……. 너나 이혼 안 당하게 잘해."

크고 다양한 음악이 나오는 스튜디오였다. 헤비메탈, 힙합, 가요, 올드 팝, 상송, 인도음악…… 판테라도 나오고 서태지도 나왔다. 내 머리를 다듬는 스타일리스트는 흥겨운 음악이 나오면 발로 가볍게 댄스 스텝을 밟았다. 음악에 맞춰 춤을 출

수 있는 사람들이 부러웠다. 요조는 춤을 잘 출까?

스타일리스트가 눈썹을 다듬어드릴까요, 하고 물었고 나는 고개를 끄덕였다. 방송에 출연하기 위해 화장을 한 적은 있었지만 눈썹을 다듬는 것은 태어나서 처음이었다. 그날 태어나서 처음으로 어깨에 뽕도 넣었다. 태어나서 가장 타이트한 바지도 입었다. 바지가 찢어지는 게 아닐까 걱정스러웠는데, 잘 살펴보니 이미 중간이 찢어진 바지였다.

20세기소녀는 나를 연예인처럼 보이게 하려고 작심한 것 같았다. 그날은 말하는 장강명이 말하는 사람들의 업계에 본격적으로 데뷔하는 날이기도 했다.

사진을 찍으며 스타일리스트가 가져온 셔츠 두 벌과 재킷을 번갈아가며 입었다. 사진가는 카메라 앞에 선 내게 "편하게 하시면 돼요"라고 했지만, 그 말은 아무리 들어도 절대 편해지지 않았다.

"지금 너무 거북목이에요. 턱을 좀 당기시고…… 작가님 거북목 심하시네. 좋은 병원 소개해드릴까요…… 아, 지금은 손이 별로예요…… 펜 그렇게 돌리지 않는 게 좋을 거 같아요…… 아, 그 포즈? 생각 많이 하셨네."

특히 눈을 이미 뜨고 있는데 "자, 이제 눈 뜨세요"라고 말하면 몹시 곤혹스러웠다.

촬영 소품이 있으면 좋겠다고 해서 늘 가지고 다니는 취재

수첩과 볼펜을 들었는데 20세기소녀가 고개를 저었다. 별로 포토제닉하지 않다는 것이었다. 20세기소녀가 자기 다이어리와 만년필을 빌려줬다.

사진가가 카메라 셔터를 누를 때마다 커다란 모니터에 방금 찍은 사진이 떴다. 짙게 화장을 하고 머리를 부풀리고 뽕을 넣은 재킷을 입고 알 없는 안경을 쓴 내 모습은 내가 모르는 다른 사람 같았다. 나는 그 이미지가 너무 낯설었으나 20세기소녀도, 사진가도, 스타일리스트도 이구동성으로 너무 좋다고, 내가 완전히 달라졌다고 했다. 심지어 스타일리스트는 그 사진들을 몇 장 달라고 했다. 자기들의 포트폴리오에 '비포 앤드 애프터' 자료로 사용하고 싶다면서.

나는 하라는 대로 옷을 갈아입고 안경을 바꿔 쓰고 웃거나 심각한 표정을 짓거나 팔짱을 끼거나 다리를 꼬거나 펜을 들었다. 포토제닉해지고 싶었다.

논픽션 『당선, 합격, 계급』을 쓰기 위해 출판 관계자들을 만나 취재를 하다 "이미 한국 독서 생태계는 무너졌다, 얼굴 잘생긴 작가 책이 잘 팔린다"는 푸념을 들었다. 그 말이 하도 인상적이어서 책에도 인용했다.

이제는 한국의 출판업이 사실상 '셀럽 비즈니스'가 된 게 아닌가 싶다. 셀러브리티가 쓴 책이 잘 팔린다. 아니, 셀러브리티가 쓴 책만 잘 팔린다. 아예 처음부터 셀러브리티를 섭외해서 책을 만든다. 실제로 원고를 쓰는 거야 다른 사람이 얼마든지 해줄 수 있다. 셀러브리티이기만 하다면 반려견도 만화 캐릭터도 책을 낼 수 있다. 나는 한편으로는 그런 현실이 못마땅하기도 했고, 한편으로는 '알쓸신잡'에서 연락이 오기를 고대하는 마음이기도 했다.

나중에 월터 아이작슨의 『레오나르도 다빈치』를 팟캐스트에서 다룰 때 앞부분 몇 페이지를 읽다가 쓴웃음을 짓고 말았다. 이 책 머리말은 다빈치가 밀라노 통치자에게 보내는 편지로 시작한다. 다빈치는 밀라노의 권력자에게 자기가 다리를 설계할 수 있고 수레를 만들 수 있고 건물도 지을 수 있다고 주장한다. 그리고 편지 마지막에 이르러서야 '저는 그림도 잘 그립니다'라고 덧붙인다.

아이작슨은 그 편지를 소개하며 다빈치는 단순히 화가가 아니라 과학자이고 공학자였다고, 그 자신 스스로를 그렇게 여겼다고 적었다. 그런데 내가 한 생각은 이것이었다. 다빈치 같은 천재도 일자리 구하려고 비굴하게 자기소개서를 써야 했구나.

김성현 기자의 『모차르트』를 읽으면서도 같은 기분이었다. 모차르트 같은 천재도 먹고살기 위해 구직 여행을 다니며 끊임없이 거절당했다. 때로는 거의 모욕적인 대접을 받았다.

아무리 출판계가 어렵다고 해도 내 처지는 다빈치나 모차르트가 살았던 시대의 예술가들에 비하면 훨씬 나은 것 같다. 다빈치와 모차르트도 밥벌이를 위해 넙죽넙죽 고개를 숙였는데, 내가 뭐라고 화장하고 눈썹 다듬고 사진 찍는 걸 거부하랴.

나중에 20세기소녀가 포토샵으로 어마어마하게 후보정을 한 사진들을 보내주었다. 사진을 본 HJ는 "착한 아줌마같이 나왔네"라고 했다.

나는 그 이미지들을 프로필 사진으로 자주 활용했다. 딱히 그 사진들이 마음에 들어서라기보다는 20세기소녀가 "저작권 문제를 해결한 사진이니 마음껏 쓰라"고 허락해줬기 때문이다. 다른 출판사에서 책을 낼 때에도 몇 번 프로필 사진을 촬영한 적이 있지만, 그렇게 찍은 사진들의 소유권은 내가 아니라 출판사에 있다. 개인적인 목적으로 쓰려면 원칙적으로는 매번 해당 출판사의 승인을 받아야 했다.

착한 아줌마같이 나온 사진으로 〈책, 이게 뭐라고?!〉 배너 이미지를 만들고 촬영용 패널도 만들었다. 사람들은 그 사진을 보고 동일인 맞느냐며 놀렸다. 심지어 나중에는 팟캐스트 팀원들조차 신나게 웃었다. 그 사진으로 강연 포스터를 만들면 강연장에 온 사람들이 내 실제 모습을 보고 충격을 받았다.

평전 『신해철』을 내고 팟캐스트에 출연한 강헌 대중음악평론가는 촬영용 패널과 나를 번갈아 보더니 "캘리포니아에 사는 동생 사진인가?" 하고 물었다. 이후로 우리는 그 사진을 '캘리포니아 쌍둥이 동생'이라고 부르게 됐다.

점점 더 화려해지는 백화점 인테리어와 손오공이 처음으로 받은 불경

'말하는 인간'으로 일할 수 있는 기회는 전에도 몇 번 있었다. 처음은 2005년이었다. 나는 4년 차 사회부 기자였는데, 어느 공공기관의 브리핑에서 발표자가 자신들의 실수를 인정하지 않으려고 어처구니없는 변명을 둘러댈 때 차분히 질문을 몇 개 던졌다. 대충 넘어가려다 나와 문답이 이어질수록 점점 수렁에 빠져 진땀을 흘리는 당국자의 모습이 하도 인상적이어서, YTN에서 그 부분을 따로 뉴스 꼭지로 만들기도 했다.

그 일이 있고 나서 며칠 뒤 어느 공중파 방송사에서 스카우트 제안이 왔다. 같은 출입처에 나가는 차장급 기자가 "강명 씨, 우리랑 같이 일하지 않을래?" 하고 말을 걸어왔다. 하루만 생각해보겠다고 답했지만, 사실 마음은 처음부터 정해져 있었다. 방송기자가 되고 싶은 마음이 없었다.

20대에 언론사 시험을 준비할 때에는 방송기자와 신문기자의 차이를 전혀 몰랐다. 아마 언론계 밖에 있는 사람들은 그 차이를 잘 모를 것이다. 기자들끼리는 '다른 직종'이라고 부른다. 신문기자는 혼자 열심히 취재해 글을 쓰고, 방송기자는 다른 사람들과 함께 영상물을 만들며 그 안에 들어가 말한다.

2011년에는 내가 다니던 신문사가 방송업에 진출했다. 모든 평기자들에게 카메라 테스트를 받으라는 지시가 내려왔다. 또박또박 말을 잘하고 외모도 방송에 어울리는 기자를 종편으로 파견 보내기 위해서였다. 나는 지시를 무시하고 끝까지 카메라 테스트를 받지 않았다. 테스트를 받았다고 해도 발탁이 됐을지는 모르겠지만.

신문사에 계속 다녔더라면 얼마나 더 버틸 수 있었을까. 얼마 전에 만난 후배는 회사에서 기자들을 대상으로 유튜브 채널을 만들라고 독려한다는 소식을 전해주었다. 점점 더 동영상 뉴스에 무게를 실으려는 모양이다. 글을 쓰고 싶어서 신문사에 들어온 젊은 기자들이 졸지에 유튜버가 되게 생겼다.

그 전에는 카드뉴스라는 게 유행했다. 짧은 문장을 적은 이미지 몇 장으로 구성한 새로운 방식의 기사다. 휴대폰으로 보기 편하고, 소셜미디어에서 공유되기 쉬운 형태다. 나는 카드

뉴스는 읽고 쓰는 인간보다는 말하고 듣는 인간을 향한 상품이라고 생각한다. '뭐해', '대박', 'ㅇㅇ', 'ㅋㅋㅋ'로 점철된 카카오톡 메시지 대화가 글자를 매개체로 삼더라도 읽고 쓰기보다는 말하고 듣기에 가까운 행위인 것과 마찬가지다. 같은 맥락에서 나는 소셜미디어들도 글쓰기보다는 말하기에 더 가까운 매체라고 본다. 글자 수 제한이 있는 트위터가 특히 그렇다.

구식 기자인 나는 카드뉴스를 처음 봤을 때 솔직히 어안이 벙벙했다. 기사 길이가 짧아서 정보가 왜곡된다는 비판조차 아깝지 않은가. 아무리 조회 수가 중요하다지만 대놓고 육하원칙조차 무시하는 이런 물건을, 큰 언론사들이 버젓이 만들어 뿌려도 되는 걸까.

하긴, 언론사들도 별 도리가 없다. 네이버와 다음은 몇 년 전부터 인공지능 기술을 이용해 긴 기사를 요약해주는 서비스를 제공한다. 네이버는 세 문장으로 요약하고, 다음은 200자 이내로 줄인다. 편집권 침해라고 언론사들이 아무리 투덜거려도 두 포털 사이트가 이 서비스를 접을 것 같지 않다. 이용자들이 그걸 원하기 때문이다. 사람들은 긴 글을 읽기 싫어한다. '누가 요약 좀'이라거나 '너무 길어서 읽지 않았습니다'라는 댓글을 남긴다. 쓰는 인간들과 그들의 매체는 그렇게 점점 자리를 잃어간다.

쓰는 인간들의 영토가 사라지는 것은, 어느 정도 현대자본주의의 속성 때문이기도 하다고 나는 생각한다.

말하기는 쓰기보다, 듣기는 읽기보다 훨씬 더 쉽고 빠르다. 말하기와 듣기는 읽기와 쓰기보다 훨씬 더 오래된 행위다. 보다 원시적이고 동물적이다. 말하고 듣는 인간은 넓은 영역의 정보를 한꺼번에 받아들이고 빠르게 대응한다. 말하고 듣는 인간은 반응한다.

말하고 듣는 인간이 받아들이는 정보에는 언어 외에도 다양한 '소음'이 섞인다. 말하고 듣기에서는 때로 상대가 입으로 내뱉은 언어 정보보다 그런 소음이 더 중요할 수 있다. 목소리, 말투, 표정, 시선, 몸짓, 자세, 외모, 거리와 같은 것들이다. 메신저나 소셜미디어를 이용할 때 우리는 그것이 읽고 쓰기보다는 말하고 듣기에 가깝다고 여기고, 그런 비언어적 정보가 없으면 어색해한다. 그래서 이모티콘을 사용한다.

오늘날 선진국들은 상당 수준의 풍요를 이뤄냈고, 이제 기업들은 본질적으로 필요 없는 물건까지 소비자들에게 팔아야 한다. 기업이 보내는 메시지를 찬찬히 뜯어보기보다 소비자들이 거기에 즉각적으로 반응할 때 기업은 훨씬 유리해진다. 기업들은 한 줄짜리 카피에, 30초짜리 동영상에, 포장지와 카탈로그에 사람들이 반응할 수밖에 없는 자극을 실으려 애쓴다. 단백질과 섹스처럼 구미 당기는 것도 있고, 죽음과 고통처럼 피하고 싶은 것도 있다. 정의감이나 동정심, 분노 같은 감정 역시 즉각적으로 촉발시킬 수 있다. 실은 감정과 욕망이야말로 비언어적 의사소통에 실리는 주된 메시지다. 우리가 상대의 눈빛을 주의 깊게 살피는 이유는 그의 감정 상태와 진짜로 원하는 바를 알기 위해서다.

말하고 듣는 인간들을 위한 매체 환경은 기업들의 천국이다. 깊이 사고하는 사람은 충동적으로 구매 버튼을 누르지 않으니까. 소비자들이 생각보다 먼저 반응을 할수록 판매자와 플랫폼 운영자가 돈을 번다. 그들은 우리가 더 원시적인 동물이 되도록 부추긴다. 백화점 인테리어는 점점 더 휘황찬란해지고, 페이스북에서는 점점 더 텍스트보다 이미지와 동영상이 많아진다.

그곳은 선동가와 음모론자의 놀이터이기도 하다. 자신들이 받은 감정과 욕망의 자극을 더 큰 자극으로 증폭하는 감수성 예민한 이들이 이곳에서 인플루언서라는 아주 정확한 이름으로 불리며 환영받는다. 의미를 묻고 논리를 따지는 사람들은 진지충이 되어 사라지고 인간 트랜지스터들이 대접받는다. 이제는 정치인, 사회운동가 들도 이곳에서 주로 활동한다. 요즘의 정치 운동, 사회 운동 들은 철학 대신 열광을 연료로 삼는다. 현대사회는 이런 식으로 동물화하는 것 같다.

읽기와 쓰기가 말하기와 듣기보다 우월한 행위라고 주장하는 건 아니다. 아마 그것은 이성과 감성, 자유와 평등처럼 가끔 서로 충돌하는 것처럼 보여도 어느 쪽이 다른 쪽을 지배해서는 안 되는 수단이고 가치일 것이다.

미묘한 분위기와 감정선을 표현하는 데에, 언어는 비언어적인 도구를 따라잡기 매우 어렵다. 문인 중에서는 대단히 실력이 뛰어난 작가들만이 겨우 성공한다. 나는 그걸 김종관 감독의 책 『더 테이블』을 팟캐스트에서 다루면서 절실히 느꼈다. 김종관 감독이 만든 영화 〈더 테이블〉의 시나리오와 속편격 단편소설, 제작 후기, 감독 인터뷰를 담은 단행본이다.

영화 〈더 테이블〉은 한 테이블에 앉은 배우 두 사람의 대화로만 이어지는 구성인데, 시나리오에는 별다른 지문 없이 대사만 적혀 있다. 팟캐스트 녹음 전에 영화도 봤는데, 대본과 느낌이 완전히 달라 깜짝 놀랐다. 영화의 핵심은 대사 내용이 아니라 배우들이 얼굴과 목소리와 몸으로 만들어내는 미묘한 무드와 뉘앙스에 있었다. 김 감독은 그런 분위기를 잘 연출하는 영화인이었고, 작품은 비언어적이었다.

고대 사상가들 중에는 사유와 성찰의 영역에서도 말하기-듣기가 읽기-쓰기보다 더 뛰어난 도구라고 주장한 이들이 있었다. 예수와 석가모니는 오로지 말로써 제자들을 가르쳤고, 소크라테스는 책과 독서에 반대했다. 불교와 동양철학은 여전히 깨달음은 경전 너머에 있다고 보는 관점을 견지한다. 진리가 적힌 책을 얻으려고 온갖 고생 끝에 서천에 도착한 삼장법사와 손오공 일행이 처음으로 받은 불경은 아무 글자도 적히지 않은 책, 『무자진경無字眞經』이었다.

그러나 소설가인 나는 언어를 기록하는 일에 매달린다. 때로 읽기와 쓰기는 다른 특정 개인이 아니라 의미의 세계, 혹은 나 자신과 소통하기 위한 도구라고 여기기도 한다. 시인들은 이 문제에 대해 어떻게 생각하는지 궁금하다.

소크라테스식 산파술과 '비포' 3부작

'셰익스피어 앤드 컴퍼니'라는 헌책방이 파리에 있다. 한국에서 3·1운동이 벌어진 해에 처음 문을 열었다는 명소인데, 영어 서적 전문이고 희귀본도 많이 보유하고 있어서 헤밍웨이, 피츠제럴드, 헨리 밀러, 제임스 볼드윈, 제임스 조이스 등이 이곳을 찾았다고 한다.

저자와의 만남 행사나 독서 토론도 자주 열리는 곳이고, 책장 옆에 작은 침대가 있어서 방문객이 잠을 잘 수도 있다고 한다. 숙박비는 공짜, 숙박 기간은 제한 없음. 단 서점에 머무는 기간 동안 매일 책을 한 권씩 읽어야 하고, 서점 일을 몇 시간 도와야 하고, 나가기 전까지 자기소개서를 한 장 써내야 한다.

나는 이 서점 이야기를 최민석 작가의 에세이 『꽈배기의 맛』에서 처음 알게 됐다. 팟캐스트에 출연한 최 작가는 "영화 〈비포 선셋〉 시작할 때 나오는 그 서점이요"라고 설명했다.

"저 그 영화 안 봤는데요."

내가 그렇게 말하자 최 작가는 "아니, 소설가가 〈비포 선셋〉을 안 보다니……"라며 황당해했다. 실은 나는 TV도 영화도 거의 보지 않는다. 즐겨 보는 영상물은 유튜브에 올라오는 귀여운 개 동영상이며, 드물게 보는 영화는 대부분 할리우드에서 만든 블록버스터 SF들이다. 〈비포 선셋〉은 내가 관심 가질 영화가 아니었다.

'소설가가 꼭 봐야 할 영화가 뭐람.' 속으로 투덜거리면서 나중에 〈비포 선셋〉을 찾아 보았다. 전편인 〈비포 선라이즈〉는 대학생 때 봤는데, 그냥 젊고 잘생긴 미국 남자가 유럽에서 젊고 아름다운 프랑스 여자와 원나이트하는 판타지라고 생각했다. 지적인 대화는…… 뭐, 글쎄. 예쁜 척하는 영화라는 게 내 감상이었다.

〈비포 선셋〉은 〈비포 선라이즈〉와는 완전히 다른, 좋은 영화였다. 여러 면에서 훨씬 더 뛰어나고 어른스러웠다. 분위기 좋은 재즈 클럽에서 80분 동안 끊이지 않는 멋진 잼 연주를 들은 것 같은 기분이었다. 전작에서 9년이 지나면서 줄리 델

피가 연기한 셀린은 주체적이고 현실적인 존재가 되었고, 에단 호크가 맡은 제시는 얼굴이 팍 삭았는데 그런 점도 마음에 들었다.

〈비포 선셋〉의 셀린은 요조와 닮은 데가 있었다. 작곡하고 기타를 치고 노래를 부르며 환경운동에 관심이 많다. 제시와 나도 겹치는 지점이 한두 대목은 있다. 유부남이고, 소설가이고. 나도 파리의 서점에서 독자와의 만남 행사를 연 적이 있다. 그러나 영화를 보면서 나는 그와 나의 공통점보다는 차이점이 더 눈에 들어왔다. 영화 속 제시는 말하고 듣는 인간이었고, 나는 읽고 쓰는 인간이었다.

'비포' 3부작 전체가 말하고 듣기에 대한 영화다. 제시와 셀린은 세 영화 전체에서 비언어적 방식으로 긴밀하게 소통한다. 서로에게 간절한 눈빛을 보내고, 얼굴로는 새침한 표정을 지으면서 몸은 가까이 붙이고, 혹은 그 반대로 하고, 은근슬쩍 서로의 팔꿈치나 어깨를 건드리고, 가끔은 껴안거나 입을 맞추기도 한다. 그들은 그렇게 섬세하고 미묘한 신호를 보내면서 동시에 상대가 보내는 신호를 제대로 읽으려 애쓴다.

막상 말하는 내용은 별것 없는 경우가 대부분이다. 지적인 대화는…… 뭐, 글쎄. 그들이 소크라테스식 산파술을 쓰면서 서로의 지식을 확장하려 애쓰지 않음은 분명하다. 대신 '비포' 3부작은 등장인물들만큼이나 세련되고 다정다감하게 그런 비언어적인 의사소통이 춤추듯 오가는 분위기를 관객에게 전해주는 데 집중한다.

쓰는 인간, 특히 쓰기 위해 듣고 말하기라는 도구를 동원하는 인간은 그런 식으로 대화하지 않는다. 취재원이 아무리 얼굴을 붉혀도 글로 인쇄될 기사 한 줄을 보태기 위해 끝까지 불편한 질문을 던져야 하는 게 기자의 대화법이다. 언어를 기록하는 일에 매달리는 인간에게 비언어적인 소통은 중요하지 않다. 그런 것들은 시간을 견디지 못하고 기억 속에서 흐릿해지다가 흩어지고 만다. 10년, 20년의 세월을 견디고 남는 것은 기록된 글자뿐이다.

시간을 견디는 것이 무엇이 중요한가, 하고 물을 수 있겠다. 나는 그 질문이 어쩌면 쓰는 인간과 말하는 인간을 가르는 중요한 선이 아닐까 생각한다. 전화와 녹음기가 생기기 전까지 말하기와 듣기는 그 행위가 이뤄지는 시공간에 집중하는 의사소통 기술이었다. 실시간 메신저가 등장하기 전까지 쓰기와 읽기는 (필담이라는 예외적인 상황을 제외하면) 보통 마주하지 않은, 다른 시간에 있는 사람을 향했다.

더구나 글은 기록으로 남는다. 그래서 쓰는 인간은 말하는 인간보다 일관성을 중시하게 된다. 말은 상황에 좌우된다. 그래서 말하는 인간은 쓰는 인간보다 맥락과 교감에 주의를 기울이게 된다. 사람은 읽고 쓰기를 통해서도, 말하고 듣기를 통해서도 더 나은 사람이 될 수 있다. 나는 성실히 읽고 쓰는 사람은 이중 잣대를 버리면서 남에게 적용하는 기준을 자신에게 적용하게 되고, 그로 인해 반성하는 인간, 공적인 인간이 된다고 생각한다. 대신 그는 약간 무겁고, 얼마간 쌀쌀맞은, 진지한 인간이 될 것이다. 그사이에 충실히 말하고 듣는 사람은 셀린과 제시처럼 다정하고, 비언어적으로 매력적인 인간이 된다.

현대사회는 진지한 인간들을 싫어한다. 광고와 열광에 기대야 하는 이들은 거대한 질문, 예를 들어 '왜' 같은 물음에 "그냥요"라든가 "재미있으니까!"라고 답하는 부류를 선호한다. 의미가 아니라 느낌을 추구하는. 그런 이들은 '왜' 같은 질문에 긴 답을 품은 사람들을 떨떠름히 여기고, 진지충이라고 놀린다. 우리가 자신들이 결핍하고 있는 것, 진지함을 통해서만 이를 수 있는 어떤 가치들을 가졌다고 의심하고 질시하는 걸까.

진지한 인간들을 공격하는 가장 쉽고도 파괴적인 방법은 그들의 핵심인 일관성을 역이용하는 거다. 읽고 쓰는 게 좋다면서 TV에는 왜 그렇게 자주 나와요? 개고기 먹지 말자면서 삼겹살은 왜 드세요? "그냥요"라는 말을 입에 달고 사는 사람들은 절대로 곤란해하지 않을 이런 질문에 진지충들은 발목이 걸려 넘어진다.

나의 방어 전략은 시니컬해지는 것이다. 매사에 냉소적인 반응을 보이며, '나를 공격하면 같은 식으로 되갚아주마' 하는 신호를 주변에 뿌린다. 그렇게 무장하고 경계한다. 가끔은 스스로를 비웃으면서, 자신이 그리 탐스러운 먹잇감이 아님을 알리기도 한다. 이 음식에 내가 흙 뿌렸으니까 넌 욕심내지 말라고.

회의가 시작하기만을 기다리는 소설가와 온갖 암초 같은 딜레마

2017년 7월 1일, 합정역 근처 한 공연장에서 〈이게 뭐라고〉 공개녹음을 진행했다. 김관과 요조가 진행하고, 임경선 작가, 김봉석 평론가, 내가 게스트로 출연했다. 꽤나 큰 행사였다. 그렇게 사람이 많이 모일 줄 몰랐다. 행사장 한쪽 벽면에는 '캘리포니아 쌍둥이 동생'을 비롯해 이날 무대에 오를 사람들의 대형 사진이 인쇄된 걸개가 걸렸다.

무대에서는 진행자와 게스트가 관객들에게 책을 한 권씩 추천하고, 누가 제일 책 세일즈를 잘했는지, 어느 책이 제일 재미있을 것 같은지를 현장 투표로 결정했다. 나는 제임스 엘로이의 『블랙 달리아』를, 요조는 자신이 쓰고 토끼도둑이 그린 그림책 『이구아나』를, 김관은 『삼국지』를, 김봉석 평론가는 레이 브래드버리의 『화성 연대기』를 소개했다. 임경선 작가가 추천한 줌파 라히리의 소설 『저지대』가 1등을 차지했다. 『블랙 달리아』는 3등이었다.

그 행사 말미에 팟캐스트 청취자들에게 관이 물러나고 내가 다음 진행자가 될 거라는 사실을 알렸다. 무대 앞에서 박수도 받고 꽃다발도 받고 관과 포옹도 했다. 행사를 마무리할 때에는 차기 진행자로서 멘트를 해야 했는데 쑥스러워서 제대로 하지 못했다. 내가 겸연쩍어서 말끝을 얼버무리자 객석에서는 따뜻한 격려의 웃음이 나왔다.

공개녹음을 마치고 요조는 다른 행사를 하러 갔다. 나는 제작진이 앞으로 2기 제작 방향에 대해 회의를 한다고 해서 남아 있었다. 우리는 분식집에서 식사를 하고, 근처 일식 주점으로 자리를 옮겼다. 가는 비가 내리기 시작했다. 나까지 포함해 제작진 다섯 사람이 있었는데 나를 제외하고는 모두 여자였다. 그리고 김봉석 평론가도 왔다. 다른 사람들이 술과 안주를 시킬 때 20세기소녀와 나는 옆 테이블에서 계약서를 작성했다.

제작진과 술을 마시는 것도, 제대로 이야기를 나누는 것도 처음이었다. 그녀들은 서로 아주 친해 보였다. 다들 술을 좋아했고 입심이 좋고 거침이 없었다. 공개녹음을 성공적으로 마쳐 한껏 분위기가 고양돼 있었다. 아무도 앞으로의 제작 방향에 대해서는 말을 꺼내지 않았다. 나는 회의가 시작하기만을 기다리다 한참 뒤에야 그런 건 없다는 사실을 깨달았다.

조금 전 행사에 대한 우호적인 자평도 있었고, 술과 안주에 대한 얘기도 있었고, 왕년의 무용담도 나왔다. 나와 김봉석 평론가는 잠자코 듣는 편이었다. 그러다 은근슬쩍 섹스에 대한 이야기로 화제가 바뀌었는데 수위는 깜짝 놀랄 정도로 높았다. 나와 김봉석 평론가는 더 할 말이 없어졌다.

홀짝홀짝 술을 마시던 내게 한 사람이 불쑥 물었다.

“장 작가님은 ○○○이 좋으세요, △△△가 좋으세요?”

○○○과 △△△는 모두 일본의 성인용 비디오 제작사 이름이었다. 그리고 음…… 어찌된 일인지 나는 ○○○과 △△△를 모두 알고 있었다.

“그게 뭔가요?”

내가 대답했지만 한 박자쯤 느렸다. 허를 찔린 기색도 감추지 못했다.

“△△△구만, △△△야!”

다들 왁자지껄하게 웃음을 터뜨렸다. 그 이후로 내 별명은 △△△가 되었다.

나는 언어적 성희롱을 당한 것일까?

글쎄, 조금 부끄럽기는 했다. 그런데 좋기도 했다. △△△라는 별명 덕분에 제작진들이 나를 어려워하지 않고 만만하게 여기게 됐으니. 원래 별명의 용도가 그런 것 아닌가? 불리는 당사자를 살짝 곤혹스럽게 만들면서 부르는 사람에게 편안함과 친근함을 주는 것.

이후에 팟캐스트에서 정치적으로 올바른 언어 사용을 강조하는 책을 다룰 때마다 이때의 에피소드가 떠올랐다. 다들 게스트 앞에서 "정치적으로 올바르게 언어를 사용해야죠" 하면서 고개를 끄덕일 때 나는 혼자 속으로 이렇게 생각했던 것이다. 그런데 저한테 △△△이라고 두고두고 놀리셨잖아요? 그건 정치적으로 올바른 건가요?

혹시 그건 내가 '젠더 권력'이기 때문에 괜찮은 걸까? 남자에 대한 언어적 성희롱은 성립하지 않거나 덜 심각한 문제인 걸까? 아니면 우리가 모두 이중 잣대를 구사하는 위선자들인 걸까?

지금 나는 이것이 '말하고 듣기'와 '읽고 쓰기'에 같은 원칙이 적용되지 않기 때문이라고 생각한다. 두 문장으로 표현하면 이러하다. 말하고 듣는 사람 사이에서는 예의가 중요하다. 읽고 쓰는 사람 사이에서는 윤리가 중요하다.

예의와 윤리는 다르다. 예의는 맥락에 좌우된다. 윤리는 보편성과 일관성을 지향한다. 나에게 옳은 것이 너에게도 옳은 것이어야 하며, 그때 옳았던 것은 지금도 옳아야 한다. 그러나 나에게 괜찮은 것이 너에게는 무례할 수도 있고, 한 장소에서는 문제없는 일이 다른 시공간에서는 모욕이 될 수도 있다.

암으로 고통받는 환자나 그 가족 앞에서 '암 걸리겠네'라는 표현을 쓰는 것은 무신경하거나, 무례하다. 그러나 그것을 비윤리적이라고 여겨 언제 어떤 상황에서도, 예컨대 인터넷 공간의 모든 사람에게, 앞에 없고 그가 모르는 암환자 가족이 볼 수 있다는 이유로 '암 걸리겠네'라는 표현을 쓰지 말라고 요구할 수 있을까? 그렇다면 '돌겠네, 미치겠네, 죽겠네'라는 표현은 어째서 허용하는가? 신경 질환으로 고통받는 사람과 그 가족, 최근에 사랑하는 이를 잃은 유족들의 상처는 왜 살피지 않는가?

예의는 감성의 영역이며, 우리는 무례한 인간이 되지 않기 위해 감수성을 키워야 한다. 윤리는 이성의 영역이며, 우리는 비윤리적인 인간이 되지 않기 위해 비판 의식을 키워야 한다. 전자도 쉽지 않지만 후자는 매우 어렵다. 직관적이지 않기 때문이다. 그래도 윤리에 대해서는 보편 규칙을 기대해볼 수 있으며, 온갖 암초 같은 딜레마를 넘어 우리가 어떤 법칙을 발견하거나 발명할 수 있을지도 모른다. 그러나 예의는 끝까지 그런 법칙과는 관련이 없는, 문화와 주관의 영역에 속해 있을 것이다.

정치적 올바름을 둘러싼 논란의 상당수는 예의와 윤리를 혼동하는 데서 비롯된 것 아닌가 나는 생각한다. 예의와 윤리는 폭력을 줄이기 위한 두 가지 수단이다. 이 두 덕성은 서로 겹치지 않으며, 맥락과 상황의 문제(예의)를 보편적인 법칙(윤리)으로 만들고자 할 때 종종 충돌이 발생한다.

이제 곧 동료가 될 팟캐스트 팀원들이 나를 △△△라고 놀릴 때, 나는 그것을 유쾌한 환영으로 받아들였다. 우리는 말과 별도로, 비언어적인 수단으로 소통했다. 그들은 공격적인 표정을 짓거나 모욕적인 어조로 △△△을 발음하지 않았다. 내 얼굴에 진심으로 상처받은 기색이 드러났다면 그들은 물러났을 것이다. 말하고 듣는 사람들은 그런 묘기를 부릴 줄 안다. 재치와 우애가 한껏 담긴 그런 대화는 예술의 경지에 이르기도 한다.

〈책, 이게 뭐라고?!〉 팀원들은 이제 나를 △△△라고 부르지 않는다. 딱히 그녀들이 각성하거나 내가 분통을 터뜨려서는 아니다. 그냥 그 별명의 시효가 다해버렸다. 재미가 없어진 것이다.

팟캐스트 초기에 제작진은 방송에서 나를 지칭할 '공식 별명'을 만들었다. 처음에는 '장 작가'를 줄여 '장작'이라고 했다. 다음에는 내 이름이 '명'으로 끝나니까 '명이 님'이라고 했다. 둘 다 잘 되지 않았다. 우리 자신부터가 그런 말을 쓰지 않았기 때문이다. 그러다 어느 날 내게 '영감님'이라는 새 별명이 생겼다. 그 단어는 우리끼리 실제로 쓰는 호칭이었으므로 녹음 중에 말할 때도 자연스러웠다.

진짜로 들으려는 사람과 공포의 지하 특훈

팟캐스트 진행 제안을 받았을 때 HJ는 해보라고 하면서도 이런 말을 덧붙였다.

"그런데 한 가지, 자기가 사람 말귀를 못 알아듣는 점이 걸리네."

HJ는 식당이나 택시, 편의점 같은 곳에서 자주 나를 답답해했다. 그런 장소들에서 나는 내게 뭐라고 말하는 이에게 "네?" 하고 되묻는 경우가 잦았다. 그러면 HJ는 말했다.

"그걸 왜 물어봐. 뻔한 거잖아. 메뉴 골랐느냐는 얘기잖아."

내가 못 알아듣는 그 말들은 "메뉴 고르셨나요"일 때도 있고 "영수증 필요하세요"일 때도 있고 "봉투 필요하세요"일 때도 있고, “포인트카드 있으세요”일 때도 있다. 여하튼 HJ에 따르면 나는 상대가 입을 열 때까지 무방비 상태로 있다가 뭐라고 말하면 그걸 진짜로 ‘들으려’ 한다. 그러고는 상대가 빠르게 읊는 소리를 못 알아듣고 어리둥절해한다.

HJ는 그런 내 모습이 너무 한심해 보인다며 면박을 줬다.

“거기서 종업원이 다른 말을 뭘 하겠어? 그 사람이 ‘지금 빨간 머리 외계인들이 침공했으니 뒷문으로 서둘러 도망가주세요’라고 할 리는 없잖아. 왜 이렇게 센스가 없냐. 어차피 그 사람이 할 말은 뻔한 거라고.”

그런데 HJ는 내게 가끔 “자기는 정말 센스가 좋아, 내 말을 참 잘 이해해”라고 정반대의 칭찬을 하기도 했다. 그녀가 친구나 회사 동료에게 아무리 설명해줘도 상대가 오해하거나 못 알아들은 이야기를 나는 재깍 알아듣고 이해한다는 것이었다.

그렇다면 나는 도대체 남의 말을 잘 알아듣는 사람인가, 못 알아듣는 사람인가? 처음에 나는 내가 귀가 안 좋을 뿐, 이해력은 높다고 생각했다. ‘히어링hearing’을 못해도 ‘리스닝listening’은 잘한다고. 그리고 HJ의 친구나 직장 동료는 나만큼 HJ에게 관심이 없기 때문에 ‘리스닝’을 잘 하지 않을 거라고 짐작했다.

진짜 원인은 좀 더 복잡함을, 이 두 가지 모순된 상황이 같은 원인에서 비롯됐음을 나중에 깨달았다. MC로서 〈책, 이게 뭐라고?!〉 시즌 2 첫 회를 진행하고 난 다음에.

〈책, 이게 뭐라고?!〉 시즌 2 첫 회는…… 망했다.

내가 너무 못했다. 못한 이유는 복합적이었다. TV의 독서 프로그램을 짧게나마 진행해본 나는 팟캐스트도 TV 문법으로 진행하면 되는 줄 알았다. TV에서는 인물들이 자기들끼리만 아는 말을 할 때 화면 속 자막이나 그래픽으로 보충 설명을 할 수 있다. 그러나 라디오나 팟캐스트에서는 그럴 수 없다. 특히 팟캐스트는 TV와 달리 과한 편집을 자제하고 실제 대화 흐름을 자연스럽게 담으려는 분위기가 강하다.

〈책, 이게 뭐라고?!〉 제작진이 만들어준 대본의 질문들은 진짜로 내가 묻고 싶은 사항들이 아니었고, 때로는 질문의 의미를 내가 이해하지 못할 때도 있었다. 거기에 더해 나는 혹시 문제될 발언을 하는 게 아닌가 싶어 너무 몸을 사렸다.

그러나 무엇보다 중요한 점은 이것이었다. 나는 대화에 서툰 인간이었다. 그 사실을 40대 중반에 팟캐스트 MC가 되고서 겨우 알았다.

나는 읽고 쓰듯이 말하고 들으려 하는 인간이었다. 텍스트라고 부르는 언어 기호에는 남들보다 훨씬 더 집중하면서, 비언어적 신호와 맥락으로 소통하는 법에는 무지했다. 그래서 택시 기사나 식당 종업원이 뭔가를 말하면 그 '말'이 뭔지 열심히 들으려 했다. 그들이 그 자리에 선 이유나 덤덤한 표정에 대해서는 잘 생각하지 않았다. 한편 HJ가 자기 회사 생활에 대해 뭔가를 말할 때에도 그녀의 표정이나 몸짓이 아니라 텍스트의 내용에 귀를 기울였다.

어렸을 때에는 정말 깊은 이야기를 나누고 싶은 상대를 만나면 꼭 시비를 걸었다. 그렇게 치열한 언어가 오가지 않으면 의미가 없다고, 무의미한 말 주고받기로는 상대에 대한 나의 진지한 관심을 드러낼 수 없다고 여겼던 것 같다. 나 혼자 토론을 한다고 믿고 상대는 봉변을 당한다고 느끼는 시간들이었다. 말하고 듣기의 고수들끼리는 눈빛과 표정과 웃음, 맞장구만으로도 알차고 그윽한 대화를 나눌 수 있다는 사실을 그때까지 나는 몰랐다.

요즘은 처지가 바뀌어, 간혹 내게 시비를 걸어오는 작가 지망생들을 겪는다. 그런데 개중에는 내가 미워서가 아니라 내가 너무 좋아서 그러는 사람도 있다. 대개 젊은 남자들이다.

신문기자가 된 다음에는 호감이 가는 사람과 단 둘이 있을 때면 인터뷰하듯이 대화를 했다. 상대가 한 말에서 빠진 정보를 재빨리 파악하고 끝없이 물었다. 그래서요? 그게 언제였던 거예요? 그 이유가 이게 아니라 저거였다는 말씀이시죠? 그런 식으로 언어 기호에는 실을 수 없는 내 진심, '나는 당신을 존중하고, 당신과 함께 있는 이 시간이 좋다'는 메시지를 전하고 싶었다.

이 방식은 확실히 시비를 거는 것보다는 나았다. 대개의 상대는 내가 자기 얘기를 경청한다는 사실에 만족스러워하며 열심히 대답했다. 그러나 간혹 "지금 무슨 취재하세요?"라며 어이없어하는 사람도 있었다.

첫 녹음 이후로도 나는 한동안 청취자는 신경 쓰지 않은 채 엉뚱한 질문을 던지거나 대화의 분위기를 파악하지 못했다.

보다 못한 20세기소녀와 예PD가 나를 따로 불러 조심스럽게 가르쳐주었다. 지난 회 녹음 내용을 놓고 과외를 받았다. 우리가 녹음한 부분 중에서 어디가 군더더기였고 어디가 밀도가 높았는지, 영상 프로그램과 오디오 프로그램은 어떻게 다른지, 청취자들이 무엇을 원하고 어떤 대목을 어색하다고 느끼는지 등등.

20세기소녀와 예PD는 내게 그런 이야기를 할지 말지를 놓고 한참 고민했다고 한다. 내가 예민하게 받아들일지 몰라서. 나는 그러기는커녕 정말 감사하게 수업을 들었다. 그즈음 나도 고민이 많았다. 내가 헤매고 있는 건 분명했는데 뭘 어떻게 고쳐야 할지 몰랐다.

그 직후부터 진행 실력이 눈에 띄게 나아졌다. 다른 제작진도 놀라워할 정도였다. 이때는 팟빵이 홍대 근처로 사무실을 옮긴 직후였는데, 나는 평소 우리가 사용하는 지하 2층 스튜디오가 아니라 한 층 아래 지하 3층의 공개녹음용 홀에서 특별 과외를 받았다.

"도대체 지하 3층에서 무슨 일이 있었던 거예요? 왜 이렇게 갑자기 업그레이드가 됐어?"

사람들이 물었을 때 나는 이렇게 대답했다.

"거꾸로 매달려서 한참 맞았어요."

이후로 내가 녹음 중에 실수를 하면 〈책, 이게 뭐라고?!〉 팀원 중 누군가가 "이거 공포의 지하 3층에 다시 가야겠는데, 지난번에 좀 덜 맞았나 봐" 하고 말했다.

나는 여전히 말하고 듣기를 배우는 중이다. 이것도 읽고 쓰기만큼이나 어려운 의사소통 기술임은 분명하다.

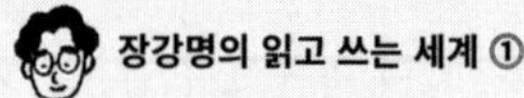

내 인생의 책

악령

도스토옙스키

내 ‘인생의 책’ 1호는 도스토옙스키의 『악령』이다. 이 책은 내 마음속에서 호오의 영역을 아득히 벗어난 곳에 있다. 이 소설을 읽고 문자 그대로 인생이 바뀌었다. 단단한 지면이라고 믿었던 발판에서 미끄러져 어둡고 스산한 세계로 떨어졌고, 영혼의 어느 부분은 지금도 그 진창에서 허우적거린다.

군복무 시절이었는데, 휴가를 마치고 귀대할 때면 가장 두껍고 길고 지루해 보이는 책을 들고 부대로 돌아갔다. 다음 휴가 때까지 읽을거리가 떨어지면 안 되니까. 그렇게 도스토옙스키를 접했는데, 『카라마조프 씨네 형제들』이 먼저였고 그다음이 이 책이었다.

두 작품 중 『악령』이, 더 좋다기보다는, 더 충격적이었다.

들여다봐서는 안 될 심연을 본 느낌이랄까. 너무나 불경한 주장에 나는 놀랐고 무서웠고 결국에는 굴복했다. "인간은 자살하지 않고 살기 위해 신을 생각해낸 것이다. 이때까지의 세계사는 바로 이것에 불과한 거야." 키릴로프는 인류를 구원하기 위한 자살을 계획하지만 나는 거기까지 나가지는 않았다. 그러나 성당은 더 다닐 수 없었다. 기도에서 얻었던 평화와 안식도 그걸로 끝이었다.

십몇 년 뒤 나는 자살선언문을 발표하고 연쇄자살을 감행하는 젊은이들에 대한 소설을 써서 작가로 데뷔했다. 말하기 부끄럽지만, 21세기 대한민국 버전의 『악령』을 쓴다고 생각했다. 소설 앞머리에서 저 키릴로프의 대사도 인용했다.

도스토옙스키가 독실한 기독교인이었고, 무신론을 비판하기 위해 『악령』을 썼다는 사실은 나중에 알았다. 그래도 『악령』에 대한 내 평가는 그대로다. 이 소설은 글자로 된 야수다. 독자를 찢어발기고 아무 대책도 내놓지 않는다. 나는 『악령』 이후로 문학이 인간을 구원한다는 말을 믿지 않는다.

블랙 달리아 1·2

제임스 엘로이

제임스 엘로이의 『블랙 달리아』는 나의 장편소설 작법 교과서였고, 언젠가 이르고픈 목표다. 이 책에 대해서는 이미 추천하는 글을 여러 번 쓴 적이 있어서 그걸 되풀이하는 게 좀 간지럽다. 1940년대 후반 미국에서 있었던 실화를 바탕으로 한, 대단히 끔찍한 범죄소설이라고만 소개해둔다.

여기서는 작가인 제임스 엘로이에 대해 써보려 한다. 1948년생인 이 미국 소설가는 살아 있는 동안에 '거장' 칭호를 얻었고, 동시에 격렬한 비판도 받았다. 주제와 스타일 모두 굉장히 논쟁적이다. 좀 과장하자면 나는 문학 독자를 두 부류로 나눌 수 있다고 본다. 엘로이를 받아들이느냐 아니냐로.

작가이자 평론가인 줄리언 시먼스는 엘로이를 혐오한다. 소설가 스튜어트 네빌은 엘로이의 열렬한 숭배자다. 그런데 두 사람의 이유는 사실 동일하다. 시먼스에 따르면 엘로이는 "미국은 곧 폭력"이라는 세계관을 바탕으로, "힘만이 유일한 덕목"이라 여긴다고 주장한다(『블러디 머더』). 네빌이 보기에 엘로이는 "모두가 손톱 밑에 핏자국을 묻히고 있는" 세계를 그리며 "권력에 눈이 멀어버린 인간과 사회가 치러야 하는 비싼 대가"를 증언한다(『죽이는 책』).

말하자면 엘로이의 작품들은 곧 이런 질문이다. '추악한 인간들의 추악한 행동을 냉정하게 묘사하는 것도 문학이 될 수 있나?' 나로서는 선택의 여지도 없는 물음이다. 『블랙 달리아』는 충격이었고, 다른 작품들도 모두 얼얼했다.

나처럼 대답한 독자는 '소설은 인간을 위무해야 하고, 소설가는 등장인물들의 내면을 어루만져야 한다'는 도그마에 더는 전적으로 동의할 수 없게 된다. 나는 그렇게 엘로이의 문예운동에 반강제로 합류했다. 그래서 오늘도 추악한 이야기를 궁리한다.

포스트맨은 벨을 두 번 울린다

제임스 M. 케인

제임스 M. 케인의 『포스트맨은 벨을 두 번 울린다』만으로도 나는 '소설만이 할 수 있는 일'에 대해 한참 떠들 수 있다. 실제로 이 책을 놓고 그 주제로 강연을 하기도 했다. 이 작품을 읽고 나면 살인을 저지르는 삼류 건달과 내연녀에게 진심으로 연민이 든다. 변호사도, 기자도, 사회학자도, 종교 지도자도 버거워하는 일을 얇은 소설이 마술처럼 해낸다.

그러나 여기서는 그 얘기가 아니라, 이 작품의 문체에 대해 써볼까 한다. 나는 『포스트맨…』의 문장을 본받고 싶다.

케인은 레이먼드 챈들러와 같은 시대를 살았고, 둘 다 '하드보일드의 거장'이라고 불린다. 하지만 실제로 읽어보면 두 작가의 스타일은 아주 딴판이다. 챈들러는 현란한 비유를 구사하는데 케인은 극도로 간결하게, 꾸밈없이 쓴다. 서너 쪽을 짧은 대사로만 구성하기도 한다. "그런 식으로 얘기하지 마", "옷을 너무 많이 껴입었네" 같은 식으로.

《뉴요커》 편집장 출신인 케인의 언어 감각이 빈곤했던 게 아니다. 그는 나이 마흔에 캘리포니아로 이사 와서 '현학적이지 않으며 생생한 보통 사람의 말'을 발견하고, 그 언어로 소설을 쓰겠다고 결심했다. 그리고 『포스트맨…』을 쓰면서 8만 단어였던 초고를 줄이고 쳐내 3만 5,000단어로 압축했다. 계약서에 '4만 단어 이상'이라는 조건이 있었기에 출판사는 출간을 거부하려 했지만 케인은 고집을 꺾지 않았다.

챈들러는 케인을 '문학계의 쓰레기'라고 비난했다. 고독하고 정의로운 탐정을 안 그런 척 로맨틱하게 그렸던 챈들러로서는, 건달이 건달처럼 말하는 소설을 참기 힘들었으리라. 나는 케인 편이다. 살면서 외롭고 의로운 탐정을 본 적이 없다. 그리고 보통 사람의 언어로 이룬 시적 정취의 폭발력은 그 어떤 수사법도 뛰어넘는다.

나는 왜 쓰는가

조지 오웰

'소설가로서 롤 모델이 누구냐'는 질문을 받으면 조지 오웰이라고 답한다. 그는 쉽고 명료한 문장을 고집했고, 당대 사회현실에 늘 관심을 가졌고, 당당히 발언했고, 현장에서 발로 뛰는 저널리스트였고, 뛰어난 논픽션과 에세이, SF도 썼다. 다 따르고 싶은 길이다.

『나는 왜 쓰는가』는 오웰이 쓴 수많은 칼럼과 에세이 중 스물아홉 편을 한국 출판사가 추려서 엮은 책이다. 그중 스물한 편이 국내 첫 번역이라고 한다. 표제작 「나는 왜 쓰는가」와 유명한 에세이 「코끼리를 쏘다」는 전에 읽은 적이 있었고, 런던의 밑바닥 생활이나 스페인 내전에 대해서도 각각 다른 책을 통해 오웰의 의견을 접한 바 있었다. 내게는 다른 글들이 핵심이었는데, 읽으며 큰 위안을 얻었다.

이전까지 내게 오웰은 '정치적이지 않은 글쓰기는 없다'는 말로 다가오는 작가였다. 그러나 이상적인 술집, 서평 쓰기의 괴로움, 봄의 즐거움, 부정할 수 없는 애국심, 톨스토이와 셰익스피어에 대한 에세이를 읽다 보니 그 말의 진정한 의미를 알게 됐다. 그건 '작가는 신념의 총폭탄이 돼야 한다'는 뜻이 결코 아니었다. 그것은 '작가는 정직해져야 한다'는 의미였다. 에세이 「정치와 영어」는 그야말로 통쾌했다. 무슨 뜻인지 알 수 없는 긴 수사와 젠체하는 단어는 속임수일 가능성이 높다.

정직하게 고백하건대, 나는 정직해지는 것이 두렵다. 정직하게 썼다가 정치적으로 바르지 않다거나 미학적으로 서툴다는 비판을 받으며 고립되고, 이런저런 변명을 속으로 늘어놓다가 내면이 일그러지게 될까 봐 무섭다. 그런 내게 오웰은 스승이자 등대다. 그의 정신은 끝까지 건강했고 유머를 잃지 않았다. 결핵으로 몸의 건강은 해쳤지만……. 딱 하나 오웰을 따르고 싶지 않은 게 있는데, 단명한 것이다.

끝없는 이야기 1·2

미하엘 엔데

'내 인생의 책' 마지막 회다. 이 연재를 반쯤은 의도적으로 나의 문학적 출사표를 발표하는 기회로 써먹었음을 고백한다. 반쯤은 내 의도와 상관없이 저절로 그렇게 됐다. 소설가가 자기 인생의 책에 대해 쓰다 보면 자연히 그렇게 되는 거 아닌가.

마지막으로 소개할 책은 미하엘 엔데의 『끝없는 이야기』다. '인생의 책' 다섯 권이 모두 백인 남자 소설가의 작품이라는 사실에 대해서는 반성적으로 검토해봐야 할 것 같다. 그러나 보여주기식 균형을 맞추기 위해 스스로를 속이지는 않으련다.

『끝없는 이야기』는 중학교 2학년 때 친구에게서 빌려 읽었다. 열네 살 장강명은 보름가량 이 책을 병처럼 '앓았다'. 결코 순진한 나이는 아닌데도, 정말로 어딘가에 『끝없는 이야기』라는 책이 있을 것만 같았다. 그 책을 펼치면 『끝없는 이야기』의 주인공처럼 책 속으로 들어가서 어린 왕녀를 만나고, 모험을 벌이고, 나의 우주를 건설할 수 있을 것만 같았다.

『끝없는 이야기』를 읽고 소설가가 되기로 결심한 건 아니었다. 이 책을 접하고 소설의 매력을 깨달았다거나, 읽을 때마다 숨은 묘미를 재발견한다거나, 그런 말도 못한다. 실은 어른이 된 다음에 다시 집어 들었다가 쓴웃음을 지으며 덮은 적이 있다. 분명 어떤 책들은 적당한 시기에 만나야 하는 것 같다.

다만 어린 시절의 소원이 수십 년 만에 매우 기묘한 방식으로 이뤄진 것 같다는 생각은 가끔 한다. 마흔세 살 장강명은 매사가 무의미한 듯한 허무감에 사로잡히지 않으려 발버둥친다. 그래서 나는 책에 집착한다. 읽고 쓸 때에는 아무것도 남지 못할 감각의 세계를 떠나 의미와 영원의 세계로 들어가는 기분이다. 나는 그렇게 어린 왕녀를 만나고, 모험을 벌이고, 내 세상을 세운다. 마침내.

2장

책을 읽는 일, 책에 대해 말하는 일

한밤중 TV 책 소개 프로그램과 거기에 나오는 특이한 이력의 소설가

원래 오디오 방송을 좋아하는 편이 아니다. 좋아서 라디오를 들었던 건 1988년 즈음이 마지막이다. 그때 나는 중학교 1학년이었고, 당시에는 중학생이 좋아하는 음악을 들을 방법이 많지 않았다. 라디오를 들었던 건 음악 때문이었지 DJ의 재담이 좋아서가 아니었다. 그러다가 부모님에게서 워크맨을 선물로 받으면서부터 라디오는 더 듣지 않게 됐다.

사람 말소리를 피하려 한다. 소음이나 외국어 잡담은 상관없는데, 내가 알아들을 수 있는 한국어 대화가 귀에 들어오면 거기에 자꾸 신경이 쓰여 괴롭다. 같은 이유로 TV도 보지 않는다. 특히 토크쇼나 예능 프로그램에 관심이 없다. 아버지에게 물려받은 성향 같다. 클래식 음악 애호가인 아버지는 방송국이 파업을 해서 클래식 채널에서 DJ의 소개 없이 24시간 음악만 내보내자 무척 만족스러워하셨다.

군대에 있을 때에는 내무실에 〈별이 빛나는 밤에〉 팬이 많아 자정까지 잠을 못 이뤘다. 내무실 불을 끈 뒤에도 그 방송을 꼭 스피커로 듣는 고참들이 있었다. 내가 입대해서 제대할 때까지 이문세, 이적, 이휘재가 그 프로그램을 진행했다. 나처럼 스피커 소리에 불만을 품은 병사들이 있어서, 오후 10시 이후 라디오는 이어폰으로 듣자고 합의했다. 그 뒤로는 한결 편안하게 눈을 붙일 수 있게 됐다. 가끔 이어폰을 꽂고 누워 있던 한 방 동료 병사 서너 명이 동시에 웃음을 터뜨리는 통에 깜짝 놀라기도 했지만. 조용한 어둠 속에서 여러 사람이 갑자기 그렇게 소리 내어 낄낄 웃으면 꽤 무섭다.

HJ는 라디오를 좋아한다. 아침에 일어나면 제일 먼저 하는 일 중 하나가 라디오를 켜는 것이다. 덕분에 나도 아침마다 〈FM 대행진〉을 듣는다. 다른 사람 말소리를 듣기 싫어하는 나조차 황정민 아나운서는 매력적이라고 느꼈다.

주말에는 〈이현우의 음악앨범〉까지 듣게 된다. 한번은 내가 HJ 앞에서 불쑥 이현우 성대모사를 한 적이 있는데("지각하셨다고요? 뭐 그럴 수도 있죠. 커피 한 잔 보내드릴게요.") 그걸 들은 HJ는 웃다가 바닥에 주저앉았고, 마침내 완전히 쓰러지고 말았다. 내가 이현우를 그럴싸하게 흉내 낸 데다, 평소에 라디오를 듣지 않는 것 같더니 이현우의 목소리나 말투를 주의 깊게 살피고 있었다는 사실이 너무 웃긴다고 했다.

나는 TV나 유튜브, 라디오, 팟캐스트의 독서 프로그램 애청자도 아니다. 책 소개 프로그램을 보거나 듣느니 그냥 책을 읽으면 된다고 생각하고, 어느 책에 대한 다른 사람들의 반응 역시 글로 접하면 된다고 여긴다. 그래도 그런 프로그램에 자주 출연한다. 신간을 낼 때마다. 책 홍보하러.

나가서 재미있는 건 역시 TV나 유튜브보다는 라디오, 그리고 라디오보다는 팟캐스트다. 영상 매체에 나갈 때는 화장이나 의상 등 책 내용과 무관하게 신경 써야 할 게 많다. TV의 책 관련 프로그램은 대개 진지한 분위기일수록 한밤중에 짧게 편성된다. 촬영장에 가 보면 담당자들은 다소 자포자기한 분위기다. 시청률 따위, 뭐.

그에 비하면 라디오는 출연하는 마음가짐도 가볍고, 스튜디오 현장 분위기도 대체로 쾌활하다. 사회성 강한 소설이나 논픽션을 쓰다 보니 시사 프로그램에 나가기도 하고 책 관련 프로그램에도 나간다.

시사 프로그램은 날카롭고 빠릿빠릿한 분위기여서 좀 더 긴장하게 된다. 진행자와 탁구를 치는 듯한 기분이 든다. 다만 게스트가 이야기할 수 있는 시간이 대체로 15분 안팎이라 내 생각을 충분히 말할 기회는 적다. 진행자가 책을 읽고 오는 경우도 거의 없다. 그에 비하면 라디오의 책 소개 프로그램은 다소 느슨하지만 보다 깊고 길게 이야기할 수 있고 진행자의 의견도 들을 수 있다.

하지만 공중파 라디오만 해도 여러 가지 제한이 많다. 시간도 정해져 있고, 사용할 수 있는 표현도 그렇다. 단순히 비속어만 금지된 게 아니라, 기업이나 상품 이름 같은 고유명사도 말하면 안 된다. 페이스북, 인스타그램 같은 단어조차 돌려 말해야 할 정도로 엄격하다. 팟캐스트는 이런 점이 더 좋다. 책을 열심히 읽는 진행자가 이끄는 독서 팟캐스트에 나가면 비로소 진짜로 대화하는 기분이 든다.

독서 팟캐스트 진행을 맡게 되면서 혼자 다짐한 게 있다. 어떤 경우에도 방송에서 다룰 책을 끝까지 정독하겠다는 결심이었다. 이 다짐은 한 번도 어기지 않고 지켰다. '그건 당연한 거 아냐?'라고 생각하겠지만, 그 당연한 원칙이 여러 책 관련 프로그램에서 잘 지켜지지 않는다.

매일 초대하는 게스트가 여럿이고 공부해야 할 사항이 많은 일일 시사 프로그램 진행자가 소설가 게스트의 책을 읽는 것은 애초에 무리다. 연예인이 진행하는 프로그램도 사정은 비슷하다. 그 연예인이 너무 바쁘다. 그런 프로그램에 나가서 흔하게 듣는 말은 "죄송해요. 제가 아직 책을 다 못 읽었는데, 나중에 꼭 읽어볼게요"다. 그런 MC들은 담당 방송 작가들이 써준 대본으로 방송을 진행한다.

그런 자리에서 대화가 깊어지기는 힘들다. 그래도 간혹 너무하다 싶은 경우도 있는데, 문학계의 유명 인사인 A 씨가 진행하는 독서 프로그램에 나갔을 때가 그랬다. A 씨는 대본조차 읽어 오지 않았다. 책 표지도 들춰 보지 않았음이 분명했다.

그날 다룰 내 책의 안쪽 날개에는 내가 공대를 나와서 신문기자를 하다가 소설가로 데뷔했고, 이런저런 문학상을 받았다고 적혀 있었다. 그가 읽어야 하는 대본 둘째 장에도 그런 이력이 나와 있었다. 대본 셋째 장에는 그가 물어야 할 질문이 두 개 있었다. 각각 "왜 신문사를 그만두고 소설가가 됐나요?"와 "공대를 나왔는데, 그러면 청소년 때에는 작가를 꿈꾸지 않았나요?"였다. 그런데 스튜디오에 들어간 내게 A 씨는 방송이 시작하길 기다리며 이렇게 물었다.

"소설 쓰시기 전에는 다른 일을 하셨나요? 아니면 대학 졸업하고 바로 소설가가 되신 건가요?"

"어…… 신문사를 다녔는데요."

"신문기자셨어요? 와, 특이하시다. 그럼 대학 전공이 어떻게 되세요? 국문과나 문예창작과를 나오신 게 아닌가요?"

"저…… 공대 나왔습니다."

잠시 뒤 방송이 시작됐다. 오프닝 멘트를 읽고 대본 첫 장을 넘긴 A 씨는 그때서야 얼굴이 붉어졌다.

불성실한 책 소개 프로그램 진행자에 대해 나만 그런 불만을 품는 게 아니다. 유명 저자일수록 이런 경험이 많고, 〈책, 이게 뭐라고?!〉에 출연한 게스트들도 예외는 아니다. 어떤 작가는 녹음에 들어가기에 앞서 요조와 내가 "책 너무 좋았다"며 몇몇 부분을 언급하자 심드렁하게 대꾸했다. "예, 책 읽으신 걸로 간주하겠습니다." 그는 우리가 책을 읽었다는 사실조차 믿지 않았다. 다른 작가는 우리와 한창 대화를 나누던 중 놀라서 이렇게 말했다. "아니, 진짜로 책을 읽으셨군요?"

채사장이 우리 프로그램에 나오고 얼마 뒤 팟캐스트 팀원들과 함께 연희동에서 저녁을 먹었다. 채사장은 〈책, 이게 뭐라고?!〉 출연이 무척 마음에 들었던 것 같다. 우리도 그랬다.

중화요리를 먹다가 불성실한 책 소개 프로그램이 화제에 올랐다. 채사장은 자신이 경험한 B 진행자와의 에피소드를 말했다. 그는 B 진행자의 실명을 말하지 않았는데 듣던 내가 B 씨가 누군지 맞혔다. 나는 B 씨 사례는 아무것도 아니라며 A 씨 이야기를 꺼냈다. 자리에 있던 사람들이 모두 그 일화에 놀랐는데, 아무도 A 씨가 누구인지 맞히지 못했다. 다들 궁금해한 A 씨의 이름은 바로…….

누구도 배제하지 않는 공동체와 짧고 차가운 경멸의 시선

〈책, 이게 뭐라고?!〉 시즌 2 초반을 진행하는 동안, 팟캐스트 청취자 게시판에 댓글을 자주 달았다. 방송을 너무 못해서 미안한 마음에 그렇게라도 성의를 보이고 싶었고, 내가 들어야 할 비판이 게스트에게 향하는 것을 막고 싶었다.

그렇게 댓글을 단 기간은 석 달 조금 넘는다. 내가 '장강명입니다'라는 아이디로 댓글을 남기기 시작하자 요조도 '신요조입니다'라는 아이디를 만들어 함께 글을 썼다. 정치 팟캐스트가 많은 팟빵은 청취자 게시판이라면 대체로 분위기가 결코 아름답지 못한데, 〈책, 이게 뭐라고?!〉 게시판만큼은 청정구역이었다.

기대하지도 않았는데 청취자들이 애정 어린 댓글을 남겨 줬고, 그중에는 깊이가 있어서 곰곰 곱씹게 되는 내용도 있었다. 특히 '겉보리'라는 아이디를 쓰시는 청취자분께 감사하다. 우리는 '겉보리 님은 무슨 일을 하시는 분일까?' 궁금해했고, 한번은 만날 시도를 한 적도 있었다. 적정한 거리를 유지하는 게 좋겠다며 그분이 거절하셨지만. 현명한 판단이었던 것 같다.

석 달 남짓 지나고 나서부터 댓글을 더 쓰지 않게 됐다. 그게 은근히 에너지가 필요한 작업이기도 했고, 또 팟캐스트 제작 상황을 너무 솔직하게 드러내는 데 대한 내부 우려도 있었다. 나도 가끔 아슬아슬하다는 느낌을 받곤 했다.

댓글을 남기지 않게 된 뒤로도 청취자들과 함께하는 '온라인 독서 공동체'라는 판타지는 계속 매력적으로 남았다. 그게 판타지임을 알면서도. 트레바리 같은 유료 독서 모임이 등장하고 출판사들이 북클럽을 운영하는 것을 보면서 우리도 저런 걸 만들어볼까 구상했었다. 게시판을 통해 우리가 다룰 책을 추천받거나 몇몇 청취자들을 스튜디오로 초청해서 함께 녹음하는 방안, 유튜브 생방송을 하는 것, 청취자들을 부르는 용어를 따로 만드는 아이디어 등을 논의했다.

그런 구상들을 어느 단계 이상으로 구체화하지 않은 것은, 잘 안 될 것 같다는 예감 때문이었다. 온라인 공동체는 아무리 부푼 마음으로 희망차게 시작해도 대개 조금 운영하다 보면 여기저기서 사고가 터지고 나중에는 원래 기대했던 바와는 동떨어진 모습이 된다. 사실 오프라인의 취향 공동체도 이런 압력은 똑같이 받는다. 그런데 오프라인 공동체와 온라인 공동체는 중대한 차이가 있다.

트레바리가 성공하자 다들 그 비결을 궁금해했다. 만만치 않은 가격의 회비를 내고 독서클럽에 나가는 이유가 뭐지? 무료 독서 모임도 곳곳에 꽤나 많은데. 주변에 트레바리 회원이 몇 있었고, 그들에게 '도대체 트레바리의 매력이 뭐냐'고 물었다. 그중 한 사람의 대답에 머리를 한 대 맞은 듯한 충격을 받았다.

"트레바리에는 이상한 사람이 없어서 너무 좋아요. 다른 독서 모임 나가면 꼭 이상한 사람들이 한둘씩 있거든요. 그런 사람 한 명만 있어도 분위기가 망가지잖아요."

그에게 비싼 회비는 걸림돌이 아니라 오히려 이상한 사람을 막아주는 방벽이었던 것이다. 생각지도 못한 답변에 나는 잠시 어안이 벙벙했지만 이내 고개를 끄덕이게 되었다.

'어느 누구도 배제하지 않는 공동체'라는 말은 얼핏 듣기에는 아름답지만 순진하고 낭만적인, 그리고 불가능한 환상이다. 그런 공동체는 인류 역사에 존재한 적이 없고, 앞으로도 그럴 것이다. 교회 공동체는 다른 종교의 교인을 배제하고 동문회는 그 학교 출신이 아닌 사람을 배제하며 지역 맘카페에는 그 동네 주민만 가입할 수 있다.

현대사회 전체가 형법이라는 규칙을 정하고 그 규칙을 어긴 사람들을 일상 공간에서 쫓아낸다. 사형에 반대하는 사람은 있어도 금고형에 반대하는 사람은 없다. 심지어 우리 사회는 형법상 아무런 죄를 저지르지 않는 사람조차 그저 위험하다는 이유로 정신병동으로 몰아낼 수 있다.

중요한 것은 어느 공동체가 개인을 배제하느냐가 아니다. 그 배제에 원칙이 있는지, 그 원칙이 우리가 믿는 보편 윤리와 인권 의식에 부합하는지다. 그런 원칙이 없거나 윤리적이지 않은 사회에서는 다수가 횡포를 부리게 되며, 거기서 몇 걸음 더 나아가면 강제수용소가 등장한다.

우리는 서로 모일 때 대개 그 모임이 잘되길 기대한다. 거기에 모인 사람들의 선의를 믿지, 그중에 범죄자, 소시오패스, 극단주의자, 관심종자, 무임승차자가 있을 거라고 의심하지 않는다. 취향 공동체 초기에 배제의 원칙과 규칙을 이야기하는 사람은 거의 없다. 그런 규칙들은 대개 사고가 터지면서 엉성하게 자라난다.

인터넷에서는 이상한 사람을 막기가 너무 어렵다. 특히 개방형 커뮤니티나 게시판은 더 그렇다. 부분적으로는 그곳에 배제의 규칙이 없거나, 혼란스러운 형태로 있기 때문이다. 그래서 타인의 관심이 간절히 필요한 몇 사람, 불특정 다수를 욕하는 것으로 스트레스나 분노를 풀고 싶은 몇 사람, 극단주의에 빠진 몇 사람, 그저 일상이 너무 무료한 몇 사람이 수만 명, 수십만 명이 이용하는 공간을 망칠 수 있다.

그 점에서 오프라인 공동체는 다르다. 설사 배제의 규칙이 없더라도 여기서는 사람들이 실제로 한자리에 모여 있기 때문에 그런 '악플러'들이 얼마나 적은 수인지를 바로 확인할 수 있다. 그리고 그 이상한 사람들을 제압하는 데에도 언어보다는 비언어적 신호들이 훨씬 더 효과적이다.

연극성 성격장애를 앓고 있는 사람이 그저 눈길을 끌기 위해 괴상한 행태를 벌일 때 누군가 나서서 말로 그걸 지적하고 그래서 소동이 벌어진다면 성격장애 환자는 만족감을 맛본다. 그는 같은 일을 반복할 동기를 얻는다. 그를 가라앉히는 가장 확실한 수단은 많은 사람들의 짧고 차가운 경멸의 시선, 황당하다는 표정, 외면하는 얼굴이다. 그런데 이것이 온라인에서는 불가능하다. 기껏해야 대응을 안 하는 정도다.

그럼에도 우리는 '누구도 배제하지 않는 공동체'라는 표현을 좋아한다. 아니, 거의 사랑한다. 배제당하는 것에 대한 두려움이 너무 커서 그런 것 아닐까. 그래서 "우리는 가족"이라는 말도 그렇게 좋아하나 보다. 그 말을 들으면 안심이 되는 것이다. 가족은 어지간해서는 내치지 않으니까.

마블의 슈퍼히어로들이, '분노의 질주' 시리즈의 터프가이들이 결정적인 장면에서 "우리는 가족"이라는 대사를 치면 나는 속으로 좀 웃음이 난다. 저 말은 참 동서양 구분도 없고 현재와 미래, 지구와 우주의 구분도 없이, 그냥 인간들이라면 다 좋아하는 말이구나. 그런데 요즘 할리우드 영화에서 점점 더 많이 저 대사가 들린다. 저성과자와 낙오자를 배제하려는 시대에 대한 무의식적인 공포가 반영된 걸까?

갓 고등학교를 졸업한 열아홉 살들과 무앙 사르투에서 열린 도서전

'구글 스프레드시트로 사전 온라인 독서 토론을 하자'는 아이디어는 내가 낸 것이었다. 그리고 그게 〈책, 이게 뭐라고?!〉를 진행하면서 내가 한 일 중 가장 잘한 일이었다.

"구글…… 뭐라고요?"

팟캐스트 팀원들은 어리둥절한 반응이었다. 구글 스프레드시트는 한 줄로 설명하자면 인터넷으로 엑셀을 하는 것이라고 생각하면 된다. 따로 프로그램을 설치하지 않아도, 한 푼도 내지 않아도 쉽게 쓸 수 있다.

인터넷상에서 여러 명이 동시에 한 문서를 읽고 쓰고 고칠 수 있다. 그렇게 문서에 접근할 권한을 미리 정해놓은 몇 사람에게만 줄 수도 있고 모든 사람에게 열어놓을 수도 있다. 기본적으로 스프레드시트 문서의 형태를 갖추고 있어서 게시판이나 메신저 단체 대화방 기록보다 훨씬 더 깔끔하고 보기 좋은 결과물이 나온다. 온라인으로 협업하는 데 최고다. 온라인 독서 토론을 하는 데에도 최고다.

사실 처음에 이런 의견을 낸 이유는 팀원들과 독서 토론을 하고 싶어서는 아니었다. 이전까지 나는 독서 모임, 독서 클럽에 대해 극히 부정적이었다. 대학 신입생 때 딱 한 번 여러 사람이 정기적으로 책을 읽고 토론한다는 학회에 참가한 적이 있다. 실체는 갓 고등학교를 졸업한 열아홉 살들에게 좌파 서적들을 읽혀 의식화하려는 회합……이라고 부르기에도 민망한 조직이었다. 서너 번 나가고 말았는데, 다루는 책들도 실망스러웠지만 그 책을 다 읽어 오는 인간이 나 외에는 아무도 없었다. 신입생 중에도 없었고 선배 중에도 없었다. 그러니 나누는 이야기도 무의미했다.

팟캐스트 팀원들에게 온라인 독서 토론을 제안한 것은 대본에 내 생각이 많이 반영되도록 하기 위해서였다. 시즌 1 때에도 요조와 김관은 책을 성실히 읽어 왔지만 방송 대본은 담당 작가가 따로 썼다. MC 두 사람은 그 대본을 큰 줄기 삼아 진행하다가 녹음 현장에서 자기 생각을 덧붙이는 형태였다.

그런데 내게는 그 방식이 더 어려웠다. 입담도 순발력도 떨어지다 보니 대본의 질문과 내 의견을 매끄럽게 연결하지 못했고, 개인적으로 궁금한 걸 참다가 이상한 타이밍에서 묻기도 했다. 그런 내 질문은 내가 듣기에도 종종 장황하고 어수선했다.

그러다 떠올린 아이디어가 구글 스프레드시트였다. 설사 다른 사람들은 거기에 자기 감상을 적지 않더라도 최소한 내가 책을 읽으며 느낀 것, 묻고 싶은 것을 미리 써서 그게 대본으로 이어지면 나한테는 도움이 될 것 같았다. 내 생각을 가다듬고 녹음 전에 리허설을 하는 효과도 있을 터였다.

다른 팀원들의 참여는 크게 기대하지 않았는데, 다들 기다렸다는 듯이 온라인 독서 토론에 적극적으로 뛰어들었다.

우리는 이런 식으로 문서를 만들었다. 책 한 권을 다룰 때마다 시트를 두 개 만든다. 한 시트에는 인터넷 검색으로 찾은 저자와 책에 대한 기초 정보들을 담는다. 다른 시트에서는 책을 읽으며 느낀 점, 궁금한 점을 한 칸에 한 문단씩 적는다. 그리고 자신이 썼든 다른 사람이 썼든 그렇게 올라온 의견에 덧붙일 내용이 있으면 그 오른쪽 칸에 쓴다. 그와 상관없는 새로운 의견이라면 제일 아랫줄 왼쪽 칸에 세로 방향으로 적는다.

예를 들어 내가 1행 A열에 '저는 이제 읽기 시작합니다. 책이 두툼해서 걱정이 되네요. 그런데 이 책 제목 좀 눈에 안 들어오지 않나요? 더 임팩트 있게 잡을 수 있었을 거 같은데'라고 쓰면 요조가 1행 B열에 '그래요? 전 이 책 제목 되게 재치 있게 잘 지었다고 생각했는데. 장 작가님이라면 어떻게 지으실 건데요?' 하고 적는 식이다. '목차가 무려 여섯 쪽이네요. 이렇게 챕터를 자잘하게 쪼개놓은 책은 난 별로던데'라는 의견은 2행 A열에 쓴다.

대체로 책 한 권을 마치면 우리가 채운 칸은 아래로 80~100행 정도가 된다. 오른쪽으로는 E, F열까지 의견이 달리는 경우가 흔하고, 첨예하게 의견이 갈리거나 할 말이 많은 경우에는 I, J열까지도 간다. 서은국 교수의 『행복의 기원』을 다룰 때에는 아래로는 123행까지, 오른쪽으로는 M열까지 썼다. A4 용지로는 25장 분량, 200자 원고지로는 184매에 이르는 내용이었다.

우리가 그 시트에 적은 글을 그대로 다 읽으면 서너 시간은 족히 걸릴 것이다. 그 말인즉슨, 우리가 직접 만나 서너 시간 이야기한 것보다 더 길고 강도 높게 토론했다는 뜻이다. 아무리 짧은 메모라도 글을 적는 데에는 같은 분량의 말을 하는 것보다 시간이 더 걸리니까.

〈책, 이게 뭐라고?!〉 팀원들은 다들 책 이야기를 좋아했다. 그리고 매우 시니컬했다. 심지어 그중에 제일 염세적인 사람은 내가 아니었다. 팀원들이 책에 대해서 어찌나 서늘하고 엄정하게 평가하는지 가끔은 이게 외부로 유출되지 않을까 등에서 식은땀이 흐르곤 했다. 지인의 책이라거나 북이십일에서 나온 책이라고 봐주는 일은 절대 없었다. 우리는 이 시트가 해킹당하는 날이 바로 〈책, 이게 뭐라고?!〉가 문 닫는 날이라고 말하곤 했다.

〈책, 이게 뭐라고?!〉의 온라인 독서 토론은 나와 무관하게 아주 잘 굴러갔다. 내가 프랑스의 무앙 사르투에서 열린 도서전에 참여하려고 녹음을 빠졌을 때에도 다른 팀원들은 신나게 독서 토론을 벌였다. 우리는 녹음 일정도, 방송 아이디어도 구글 스프레드시트로 논의했다. 내 책인 『당선, 합격, 계급』과 『지극히 사적인 초능력』을 다룰 때에는 내가 볼 수 없는 문서를 따로 만들어 다른 팀원들끼리 토론했다. 나는 그 시트를 보여달라고 요청하지 않았다. 어떤 비판들이 적혀 있을지 겁나서.

우리가 이렇게 독서 토론을 해서 가장 득을 본 사람은 사실 초대 손님들이었다. 좋은 질문도 좋은 문장처럼 시간과 노력의 산물이고, 알아보는 사람은 알아본다. 책 소개 프로그램에 여러 번 출연해본 여러 작가들이 〈책, 이게 뭐라고?!〉 녹음을 마치고 이렇게 소감을 밝혔다.

"책을 진짜 깊이 읽어주셨구나 싶어서 감동했어요. 질문들이……."

"진행자 두 분이 다 글 쓰시는 분들이어서 그런가, 질문들이……."

대본에 인쇄하는 질문들은 우리가 구글 스프레드시트에서 나눈 대화의 일부에 불과하다. 초대 손님이 그 질문을 받고 떠오른 자기 의견이나, 책을 쓰면서 오랫동안 숙고했던 생각을 말할 때, 우리도 여태껏 상상도 해보지 못한 것을 듣는 사람처럼 당황하지는 않았다. 한차례 토론을 하며 자기 생각을 가다듬었기 때문이다. 그렇게 밀도 높은 대화가 이어졌다.

나는 책 팟캐스트 제작진이 이렇게 토론하고 저자와 대화를 나눈다는 사실이 너무 신기해서, 내가 아는 신문기자 두 사람에게 차례로 제보했다. 이거 정말 재미있고 의미도 있는데 기사로 써보지 않겠느냐고. 구글 스프레드시트를 따로 만들어서, 취재기자도 함께 (평소보다 부드러운) 독서 토론에 참여하고, 이후에 저자를 초청해 그 토론을 바탕으로 팟캐스트를 녹음하는 현장을 르포하자는 아이디어였다.

연락을 받은 기자 선후배들은 모두 처음에는 흥미롭다는 반응을 보였고 독서 토론에도 참여했다. 그러나 녹음일 당일에는 오지 않았다. 다른 급한 취재 아이템이 잡혔다거나 개인 사정이 생겼다는 이유에서였다. 문화부 기자들에게 이게 그다지 신기하게 보이지는 않았나 보지, 하고 문화부 경험이 없는 나는 그냥 체념했다. 그러나 나였다면 기사로 재미있게 잘 썼을 것 같다는 생각은 여전히 한다.

『다크호스』 온라인 독서 토론 구글 스프레드시트 (요약본)

	A	B	C	D
1	明: 정말 잘 읽었습니다. 저한테는 하반기에 다른 굉장한 신간을 만나지 않으면 강력한 올해의 책 후보입니다. 조금 과감하게 표현하면 우리 시대가 그토록 기다려온 해답, 적어도 그 해답의 일부라고 생각합니다. 꿈, 진로, 자아실현, 이직, 퇴사를 고민하는 분들께 강력히 권하고 싶고요. 저 개인적으로도 책을 읽으며 몇 가지 다짐을 하게 됐습니다.			明: 제가 단톡방에서 했던 말 같습니다. 제 사례도 많이 이야기할게요. 요조 님 경험도 들어보고 싶네요.
2	**1. 다크호스란 무엇인가**			
3	明: 일반적으로 '다크호스'라는 단어는 스포츠나 정치권에서 순위권 아래 있다가 갑자기 치고 올라오는 사람, 또는 그렇게 될 가능성이 보이는 주자를 말하죠. 그런데 이 책에서 '다크호스'는 조금 다른 뜻입니다. 부제에서는 '성공의 표준 공식을 깨는 비범한 승자'라고 표현하고 있네요.			
4	明: 그런데 한국인이라면 다들 아시겠지만 이 표준 공식은 서구 사회보다 한국 사회에 더 단단하게 들어맞는 거 같습니다. 크게 봐서는 이런 거죠. 열심히 공부→명문대 진학→대기업 입사→비슷한 사회적 지위의 배우자와 결혼→자기계발→승진, 출산→쉼 없는 자기계발, 자산투자→성공→행복.			
5	**2. 다크호스 전략** **(1) 마음속 사소한 끌림들을 파악하라** **(2) 운에 기대지 말고 위험을 통제하라**			
6	明: 신문사에 11년을 다니고 나서는 다시 한번 그 일이 저와 '안 맞는다'는 것을 알았습니다. 저는 기사가 아니라 소설이 쓰고 싶었죠. 그래서 회사를 그만뒀을 때 다시 한번 부모님이 반대하셨습니다. 부모님은 그때에도 '메이저 신문사 기자는 누구에게나 좋은 직업'이라는 보편적 동기 차원의 생각을 하셨던 거예요.		明: 확실히 그런 게 변하기는 하는 거 같아요. 그런데 대충 좀 알 거 같습니다. 이건 죽어도 안 바뀐다는 거랑, 이거는 지금은 못하지만 나중에는 잘 할 수 있을 거 같다는 거랑. 그리고 멋있는 사람을 만나 맨/우먼스플레인을 듣는 걸 좋아한다면 그건 아주 확실한 미시적 동기 아닌가요?	
7	**3. 다크호스 전략** **(3) 장점에 기반을 둔 나만의 전략을 만들라** **(4) 목적지가 아니라 목표를 추구하라**			
8	明: 요조 님은 곡이나 가사를 쓰실 때 '내가 가장 잘 부를 수 있다'는 점도 염두에 두시나요? 문득 궁금하네요.		明: 오… 신기하다…	
9	明: 190쪽, 그런데 마스터 소믈리에가 노벨물리학상 수상자의 수보다 적다니. 후덜덜.		明: 왜 다른 술에는 그런 직업이 없는데 와인에만 그런 직업이 있는 거죠?	

	A	B	C	D
10	明: 다크호스 전략 네 번째는 '목적지가 아닌 목표를 추구하라'인데요, 읽으면서 눈이 확 밝아지는 느낌이 들었습니다. 이거구나, 싶었어요. 다들 목적지를 염두에 두다 보니까 그렇게 가는 길이 힘들구나. 엉뚱한 곳을 향하다 넘어지고 도저히 안 된다며 좌절하는 거구나. 목적지가 아니라 목표를 신경 써야 하는 걸.		明: 그런데 233쪽 그림 어디서 많이 본 거 같다는 생각이 들었는데, 매직 아이 그림이랑 닮았더라고요.	
11	**4. 다크호스들을 키우는 사회**			
12	明: 현재의 교육 시스템은 '재능은 희귀하다'라는 가정하에 굴러갑니다. 명문대에 소수만 들어갈 수 있게 하고, 그 소수는 명문대에 들어갔으므로 재능이 있다는 식의 순환논법으로 '재능이 있다'고 말합니다. 그런데 매년 같은 수의 학생들이 명문대에 들어간다는 것이야말로 명문대가 정해놓은 수에 맞춰 학생을 받을 뿐 일관된 기준이 없다는 것을 증명합니다. 이것은 능력주의라기보다는 '인재 쿼터제'라고 불러야 한다는 게 저자들의 주장입니다.			
13	明: 더 나아가 저자들은 '행복추구권'이야말로 개개인성에 바탕을 둔 사회계약과 상통하는 개념이라고 주장합니다. 읽으면서 이런 발상에 놀라고 감탄했어요. 행복추구권이라는 게 뭔지 다시 생각해보기도 했고. 그런데 이 부분까지 저희가 팟캐스트에서 소개할 필요는 없을 거 같아요.		明: 저도 정말 좋았는데 미국 독립선언문이니 토머스 제퍼슨이니 하는 이야기를 하면 청취자들이 지루해할 거 같아서… 짧게 얘기하기에는 너무 큰 거 같기도 하고요.	
14	明: 대안학교에 대해서는 어떻게 생각하세요? 저는 좀 회의적으로 보는데 사실 잘 모릅니다. 어느 대안학교 선생님이 쓴 글을 읽었는데 대안학교 학생들이 대체로 수학을 못한다고… 글 잘 쓰고 말도 잘 하는데 수학이나 과학 같은 건 되게 못하고, 그런 과목은 강제로 끌고 가야 하는 거 아닌가 싶다는 내용이었던 걸로 기억해요.		明: 저는 고등학생 때 자퇴하고 검정고시를 치고 싶었는데 부모님이 허락을 안 하셨어요. 지금 생각해보면 자퇴했거나 안 했거나 큰 상관은 없었을 거 같은데. 학교에서 별로 한 게 없었어요.	
15	明: 그래도 전체적으로 정말 좋은 책이었습니다. 교육이 아니라 구직 시장에서 성인들의 진로 찾기에 대해서라면 정말 개개인성에 바탕을 둔 진로 설계가 실질적으로 도움이 될 거 같고요. 다른 사람들에게 많이 권해주고 싶은 책입니다. 별일 없으면 연말에 올해의 책으로 뽑으렵니다.			
16		明: 저는 전부터 얼마간 결심한 것을 이 책을 읽고 확고히 굳히게 됐습니다. 나중에 '책, 이게 뭐라고' 에세이에서 알려드리죠. ㅎㅎㅎ		

예비 장인이 예비 사위에게 하는 질문과 맨정신 토론

팟캐스트 팀원들과 온라인 독서 토론을 하면서 어느 순간 예상치 못한 일이 일어났다. 아주 친한 사이에서나 할 수 있을 속내 깊은 이야기를 구글 스프레드시트로 나누게 됐다.

이런 식이다. 임희정의 『나는 겨우 자식이 되어간다』에는 일용직 건설 노동자였던 작가의 아버지가 일하는 모습에 대한 이야기가 나온다. 요조가 이 부분을 읽다가 시트의 4행 B열에 '각자 부모님의 일하는 모습을 보면서 서글퍼한 경험이 있는지 궁금하다'라고 적고, 그녀의 아버지가 어떤 일을 했는지, 그녀가 언제 그 모습에 먹먹해졌는지에 대해 길게 썼다. 나는 그녀가 유복한 가정에서 자라지 못했음을 그렇게 알게 되었다.

나는 망설이다가 그 옆 칸에 내 아버지가 하던 일, 어머니의 걱정, 집으로 아버지가 가져오셨던 봉제 패턴들에 대해 적는다. H열까지 이야기가 이어지고, 우리는 우리 팀에 왜 이렇게 의류봉제업계 종사자 자녀의 비율이 높으냐고 농담을 나눈다.

이제 우리는 서로의 어린 시절, 직업을 선택할 때 했던 방황, 연애 경험, 미래에 대한 고민, 좋아하는 영화, 싫어하는 사람, 인생관, 가치관도 다 안다. 심지어 섹스에 대한 이야기도 퍽 직설적으로 오간다. 그 공간에서는 십년지기 친구들만큼이나 스스럼이 없다.

처음에는 책 이야기가 우리 자신에 대한 이야기로 번지는 것에 당황했다. 우리가 너무 수다스럽고 사생활 털어놓기를 좋아하는 사람들이라 이런 일이 벌어지는 건가 궁금했다. 그러다 머지않아 이게 여러 독서 모임에서 흔히 일어나는 현상이라는 사실을 알게 되었다.

'좋은 삶이 무엇이라고 생각하느냐'와 같은 주제를 놓고 대낮에 맨정신으로 지인과 토론할 일은 거의 없다. 직장 동료와 점심을 먹다가 그런 질문을 던지면 "뭐 잘못 먹었어?"라는 대꾸를 듣기 십상이다. 또는 걱정 어린 시선과 함께 "요즘 안 좋은 일 있는 거 아니지?" 하는 말을 듣게 될 수도 있고.

이 질문은 너무나 중요하기 때문에 평소에 우리는 입 밖으로 꺼내지 못한다. 어두컴컴한 술집에서 한껏 불콰해진 얼굴을 하고서야 겨우 던질 수 있다. 물론 그런 시각에, 그런 장소에서, 그런 정신 상태로는 진지하고 생산적인 대화가 이어지지 않는다. 다음 날에는 그런 화제를 꺼낸 사실을 부끄러워한다.

또는 입사 면접장에서, 예비 장인이 예비 사위를 만난 장소에서 이 질문이 나올 수 있다. 물론 그런 장소에서도 생산적인 대화는 오가지 않는다. 상대 머릿속의 정답을 알아맞히는 퀴즈 시간일 뿐이다. 간혹 대학 캠퍼스 잔디밭 같은 곳에서는 아직 이런 질문을 서로 수평적인 관계에서 주고받는 청춘이 몇 있을지 모르겠다.

그러나 만약 최인철 교수의 『굿 라이프』를 읽고 독서 토론을 하는 자리에서라면, 누구나 쑥스러워하지 않고 자신이 생각하는 좋은 삶에 대해, 인생의 가치와 행복에 대해 말할 수 있다. 아니, 말하게 된다. 그런 생각을 누군가 경청해주는 것은 대단히 감동적인 경험이고, 그 자리에 모인 사람들은 점점 말이 많아진다. 생산적인 대화가 오간다.

책은 우리가 진지한 화제로 말하고 들을 수 있게 하는 매개체가 되어준다.

책이라는 매개체 없이도 마음만 먹는다면, 초반의 쑥스러움을 각오하기만 한다면, 얼마든지 진지한 이야기를 나눌 수 있을까? 물론 가능하지만, 쉽지는 않은 것 같다.

가만히 놔두면 우리는 자꾸 다른 사람들에 대해 이야기하려 든다. 자기도 모르게 그렇게 된다. 삶의 가치에 대한 대화도, 우주의 신비에 대한 토론도 "그런데 그거 알아?"라든가 "맞아, 그때 걔도 그런 말을 했었는데……" 같은 몇 마디 말로 방향이 휙휙 바뀐다. 종종 우리는 사회에 대해, 세계에 대해 이야기한다고 믿으면서 실제로는 다른 사람에 대해 말한다. 그런 대화가 얼마나 자주 대통령이나 야당 대표, 혹은 멍청이 같은 기성세대나 버르장머리 없는 요즘 젊은이들에 대한 욕설과 한탄으로 끝나고 마는가.

심지어 어떤 진화심리학자들은 우리에게 뒷담화를 하는 본능이 있으며, 언어가 바로 그 본능으로 인해 탄생했다고 주장한다. 인간은 타인에 대한 정보를 무엇보다 더, 삶의 가치라든가 우주의 신비보다 훨씬 더 궁금해하며, 그 정보를 공유하기 위해 언어라는 의사소통 수단을 만들어냈다는 것이다. 유발 하라리는 『사피엔스』에서 이 가설을 소개하며 역사학자나 핵물리학자도 휴식 시간에 자기들끼리 잡담할 때는 1차 대전이나 쿼크 대신 다른 교수들에 대한 뒷담화를 할 거라고 말한다. 정말이지 그럴 것 같다.

'뒷담화 본능이 언어를 만들었다'고 할 때의 언어는 말하고 듣기의 언어다. 읽고 쓰기의 언어는 말하고 듣기의 언어보다 훨씬 나중에 출현했다. 읽고 쓰기의 언어는 적어도 말하고 듣기의 언어보다는 뒷담화에서 자유로운 것 같다. 그런 차원에서 나는 SNS의 언어는 읽고 쓰기가 아니라 말하고 듣기의 영역에 있다고 생각한다.

그러나 만약 유현준 교수의 『어디서 살 것인가』를 읽고 토론을 하는 자리에서라면, 누가 "걔가 그때 산 집이 바로 3억이 뛰었잖아"라고 말하더라도, 부동산 투자로 돈을 번 사람들에 대한 뒷담화로 이야기가 마냥 흘러가지는 않는다. 사람들 앞에 책이 있고, 그 책 역시 말을 하고 있기 때문이다. 책은 고집스럽게 한 가지 주제를 이야기한다. 그 자리에 모인 사람들은 책이 묻는 질문에 답변해야 한다.

책은 우리의 대화가 뒷담화로 번지지 않게 하는 무게중심이 되어준다.

요즘 나는 '책이 중심에 있는 사회'를 상상한다. 사람들이 자신의 문제를 포털 뉴스 댓글이나 인터넷 게시판, 소셜미디어가 아니라 단행본으로 만들어 이야기하는 사회. 정치와 언론과 교육 아래 사유가 있는 사회. 책이 명품도 팬시상품도 아닌 곳. 아직은 엉성한 공상이고, 현실성에 대해서는 차마 말을 꺼내기도 부끄럽다.

다만 그런 사회를 만들려면 지금보다 저자가 훨씬 더 많아져야겠다는 생각은 한다. 그래서 '책 한번 써봅시다'라는 제목의 에세이 겸 작법서를 준비 중이다. 저자들에게 자극을 주려면 독자들의 서평 운동도 있어야 할 것 같다. 논픽션 『당선, 합격, 계급』을 쓰면서 거기에 거창하게 '독자들의 문예운동'이라는 말을 만들어 붙였다.

책이 중심이 되는 사회에서는 당연히 독서 토론도 많이 열려야 한다. '전문가'의 고전 강독을 듣는 모임이 아니라, 지금 여기 우리의 삶을 다룬 책을 매개로 참가자들이 자신의 내면을 여는 자리여야 한다. 온라인 독서 토론도 나쁘지 않지만 오프라인 모임이 더 좋다. 그런 모임이 지역 공동체 네트워크와 결합한다면 좋겠다. 아니, 그런 모임이 바로 지역 공동체 네트워크의 중심축이 되는 풍경을 상상한다.

나이나 재산이나 성별에 관계없이, 같은 동네 이웃이라는 이유로 사람들이 열흘이나 보름에 한 번씩 모여 책을 놓고 자기 생각과 경험을 자연스럽게 말하고 듣는 공간. 책을 읽고 의견을 차분히 말할 수 있는 사람이라면 독거노인도, 미혼모도, 외국인 노동자도 모두 환영받는 자리. 그렇게 지역과 지식이 결합하는 세상. 아직은 그냥 꿈이다.

1만 명과 교제한 사람과
1만 권을 읽은 사람

〈책, 이게 뭐라고?!〉 시즌 2에서 두 번째로 다룬 책은 토머스 L. 프리드먼의 『늦어서 고마워』였다. 688쪽짜리 두툼한 벽돌책이다. 이런 논픽션을 좋아하는 나는 재미있게 읽었는데, 제작진 중에는 두껍고 딱딱해서 힘들었다는 사람도 있었다.

방송 게스트로는 이 책을 번역한 장경덕 매일경제 논설위원이 출연했는데, 우리 중 한 사람이 장 위원에게 물었다. 두껍고 딱딱한 책을 쉽게 읽는 방법 없느냐고. 장 위원은 미소를 지으며 대답했다.

"책이 너무 부담스러우면 발췌독拔萃讀을 하면 되죠."

'발췌독'이라는 말을 그때 처음 들었다. 이후에 어느 출판

담당 기자의 글에서 그 단어를 다시 접했다. 얼마 뒤 독자와의 만남 행사에서 질문을 받았다.

"발췌독에 대해서 어떻게 생각하세요?"

"글쎄요……."

나는 한동안 대답을 못해 머뭇거렸다.

'필요한 부분만 발췌해서 띄엄띄엄 읽는 방식'을 무조건 잘못됐다고 비난할 수는 없다. 백과사전이나 전화번호부 같은 책을 처음부터 끝까지 정독하는 사람은 없을 것이다. 그런 책들은 당연히 필요한 정보만 찾아서 보면 된다. 요리나 인테리어 책 같은 실용서도 비슷하겠지. 잡지도 눈길 가는 기사 위주로 대충 읽어도 될 것 같다.

그런데 나로 말하자면 단행본을 그렇게 읽지는 않는다. 따분한 대목을 건성으로 읽기는 한다. 그래도 책장이 정 넘어가지 않으면 그냥 포기하고 접는다. 세상에는 읽을 가치가 없는 책도 분명히 있고, 내 머리로는 이해할 수 없는 책도 분명히 있다. 읽을 가치가 있지만 너무 지루한 책도 있다.

아마 내가 앤 라이스의 '위칭 아워' 시리즈를 다시 집어 들 일은 없을 것이다. 니얼 퍼거슨의 『로스차일드』도, 제임스 해밀턴의 『화산』도, 2011년 서울국제문학포럼 논문집인 『세계화 속의 삶과 글쓰기』도 다시 펼치지 않을 것이다. 나는 읽다가 중도 포기하는 책이 꽤 많다. 엄청난 걸작도 아닌 거 같고,

그 책으로 시험을 쳐야 하는 것도 아닌데 끝까지 참고 읽을 필요 있나?

얼마 뒤에는 다른 행사에서 이런 질문을 받았다.

"작가님은 '독서 권태기'가 왔을 때에는 어떻게 하시나요?"

'독서 권태기'라는 말도 처음 들어봤다. 들으니 무슨 뜻인지 바로 알 것 같기는 했는데, 나는 그런 경험을 해본 적이 없었다. 비슷비슷한 스릴러를 연속으로 읽다 보니 물린다거나, 에세이를 계속해서 읽다 보면 진중한 논픽션이 고파지기는 한다. 하지만 독서라는 행위 자체가 권태로웠던 적은 한 번도 없었다. 글쎄…… 책이 재미가 없어서 책장이 잘 안 넘어가면 그 책은 덮고 그냥 재미있는 다른 책을 읽으면 되지 않을까? 아니면 책을 읽고 싶다는 기분이 들 때까지 자연스럽게 다른 활동을 하면 되지 않을까?

발췌독이나 독서 권태기를 묻는 배경에는 공통적으로 '책을 많이 읽어야 하는데 그러지 못한다'는 부담감과 초조함이 있는 듯하다. 이런 고민은 '책을 많이 읽는 게 자랑거리'라는 허영심과도 연결된다. 책에서 원하는 부분만 찾아 읽는 것은 아무런 문제가 없다. 그런데 그렇게 몇몇 대목만 훑은 책을 '읽었다'고 주장하면 사소하기는 해도 기만이다. 자신을 향해서든, 남을 향해서든.

가끔 책을 몇 만 권 이상 읽었다고 주장하는 사람들을 본다. 나는 솔직히 그게 가능한 일 같지가 않다. 가능하더라도 무슨 의미가 있을까? 기묘한 아이러니다. 책 읽는 사람이 줄어드니 독서가 칭찬받아야 할 일이 되었고, 한쪽에서는 책 읽기를 숙제로, 한쪽에서는 뽐낼 거리로 여기게 되었다.

세상에는 책을 매년 700권씩 읽는다는 사람이 쓴 『1만 권 독서법』이라는 책도 있고, 3년 동안 1만 권을 읽었다는 또 다른 사람이 자기 독서의 비결을 설명한 책도 있다. 후자에 따르면 책 한 권을 읽는데 적정한 시간은 한 시간이라고 한다. 내게 자기가 책을 몇 만 권 읽었다고 자랑한 이도 있었다. "지난해 책을 1천 권 이상 샀는데 다 읽지는 못했다"는 식의 너스레를 떠는 이들도 있다.

그분들께는 미안한 말씀이지만, 그런 이야기를 들으면 나는 어쩐지 이성 교제 횟수를 자랑하는 고등학생을 보는 것 같다. 그 횟수는 이성 교제에 자신이 없는 청소년한테나 중요하다. "난 이렇게 이성을 많이 사귀어봤다"고 으스대는 10대는 그 순간 자신이 매력적인 인물이 아닌 것 같아서 겁에 질려 있다는 사실을 폭로하는 중이다. 혹시 독서량을 내세우는 이들은 자기 독서의 질에 자신이 없는 것 아닐까.

이성 교제 횟수를 자랑하는 학생은 이성과 우연히 만나 짧은 대화를 나눈 것조차 데이트로 간주할지 모른다. '1만 권'

에 집착하는 독서가들은 두꺼운 책들은 피하고 읽기 쉽고 얇은 책들만 골라 읽는 건 아닐까? 그런데 우리는 사실 알고 있다. 1만 명과 교제한 사람보다 평생에 걸쳐 서너 명의 상대와 길고 깊게 연애했다는 사람 쪽이 연애의 다양한 측면을 더 잘 이해하리라는 사실을. 당신이라면 누구에게 연애 상담을 하고 싶은가. 책도 마찬가지다.

한 해에 150여 권을 읽는다. 2, 3일에 한 권씩 꾸준히 읽는 셈이다. 그 정도면 충분하다고 본다. 다른 누구와 비교해서, 예를 들어 대한민국 독서 인구 중에서 상위 몇 퍼센트에 해당하니까 충분하다는 게 아니라, 내 머리로는 책 한 권을 소화하는 데 그 이상 속도를 내는 건 무리라서 그렇다.

독서와 자전거 외에 별다른 취미가 없고, 직장인보다 여유 시간도 많은 편이지만 한 해에 책을 200권 넘게 읽은 적은 한 번도 없다. 회사를 그만두기 전까지는 한 해에 100권을 넘게 읽은 적도 없다. 신문사를 다닐 때 "강명 씨는 늘 책을 들고 다니네"라는 말과 "그 책 진짜로 읽는 건 아니지? 보여주려고 들고 다니는 거지?"라는 핀잔을 함께 들었다. 종종 같은 책을 너무 오래 들고 다녀서. 물론 개중에 은근히 과시하고 싶은 책도 있었다.

20대 중반부터 읽은 책을 기록한다. 지금까지 1,500권 조금 넘게 읽었다. 지금 속도대로 56년 더 읽으면—그러면 난 꼭 100살이 되는데—죽기 전에 독서량 1만 권을 채울 수도 있겠다. 8,500권을 더 읽을 수 있기보다는 앞으로 읽을 책 가운데 머리를 흔들고 마음을 휘어잡는 엄청난 책들이 많기를 바란다. 연애는 더 하고 싶지 않다. 할당량은 채운 것 같다.

안타인지 파울인지 애매한 타구와 비 오는 날 반납해야 하는 책

〈책, 이게 뭐라고?!〉 시즌 2의 6회에서는 데이비드 색스의 논픽션 『아날로그의 반격』을 다뤘다. 젊은 세대 사이에서 레코드판, 몰스킨 노트, 필름 카메라, 수제 맥주 등이 다시 유행하는 흥미로운 현상을 포착해서 깔끔한 문장으로 재미있게 서술한 책이다. 또 그것이 단순한 우연의 일치가 아니며 그 아래 깔린 공통 원인도 설득력 있게 보여준다.

그러나 그 현상들이 곧 '아날로그가 다시 돌아온다'는 결론으로 비약하는 것은 다소 안이해 보였고, 애초에 그 '아날로그'가 뭘 뜻하는 것인지도 명확치 않았다. 야구로 치자면 잘 때려서 쭉 나간 타구인 건 분명한데, 안타인지 파울인지 애매한 책이었다. 제목을 '실물實物의 반격' 정도로 바꾸고, 내용도 좀 더 파울라인 안쪽으로 오도록 전반적으로 방향을 틀어야 하지 않았을까 하는 아쉬움이 있다.

팟캐스트 팀원들과 『아날로그의 반격』을 놓고 온라인 독서토론을 할 때 자연스럽게 전자책에 대한 이야기가 나왔다. 종이책보다 전자책을 더 좋아한다는 내 이야기에 요조는 다소 놀랐다. 그녀는 전자책 독자들이라도 휴대성 같은 이유 때문에 어쩔 수 없이 전자책을 집어 들 뿐 당연히 종이책을 더 좋아한다고 여겼다고 했다.

사실 내가 종이책보다 전자책을 선호하고, 웬만하면 전자책으로 읽으려 한다는 말을 하면 놀라는 사람들이 꽤 많다. 어딘가 비석에 '진지한 독서가=종이책 애호가'라는 등식이라도 적혀 있는 모양이다.

독서가들 중에는 손끝에 닿는 책장의 느낌이니 종이 냄새니 하면서 종이책의 물성에 대한 애정을 호들갑스럽게 과시하는 이들이 있는데, 나는 그게 이상한 자부심과 선민의식에서 비롯된 건 아닌가 의심한다. 책은 정보를 담는 매체지 시각이나 촉각을 만족시키려고 만든 기호품이 아닌데. 나는 리커버 에디션이니 초판본이니 하는 유행도 별로다.

전자책을 좋아하는 가장 큰 이유는 더 빨리 읽을 수 있기 때문이다. 대부분의 전자책 뷰어에는 글자 크기와 줄 간격 조절 기능이 있다. 전자책을 읽기 전까지는 내가 작은 글자를 잘 못 읽는다는 사실을 미처 몰랐다. 나는 위아래로 촘촘하게 인쇄된 글도 잘 못 읽는다. 본문 디자인을 내게 알맞은 글자 크기와 줄 간격으로 조절하면 그렇지 않은 글에 비해 50퍼센트 정도는 더 빠르게 읽는다.

더 빨리 읽으니 더 많이 읽게 된다. 그와 별도로 더 자주 읽게 되기도 한다. 처음에는 이북 리더기를 들고 다녔다. 요즘은 그냥 휴대전화에 이런저런 전자책 앱들을 깔아놓고 그 뷰어로 읽는다. 책장 하나를 주머니 속에 늘 들고 다니는 셈이다. 언제든 펼쳐 볼 수 있어 아주 편하다. 지하철에서는 물론이고 엘리베이터 안에서나 교차로에서 보행자 신호를 기다리면서도 짬짬이 읽는다.

전자책을 몰랐던 시절에는 외출할 때 종이책을 꼭 한 권씩 갖고 나갔다. 되도록이면 늘 한 손에 들고 다니며 틈틈이 읽으려 했지만 밖에 있다 보면 두 손을 다 써야 할 일이 자주 있다. 한 손에 우산을 들고 다른 손으로 교통카드를 꺼내야 할 때도 있고 양손으로 상대의 손을 감싸는 한국식 악수를 해야 할 때도 있다. 그럴 때면 책을 바닥에 내려놓거나 가방에 넣게 되는데 이런 동작들은 상당히 번거롭다.

엘리베이터에서 잠시 짬이 났다고 등에 맨 백팩을 앞으로 돌려 내용물 중에서 읽던 종이책을 꺼내 펼치고 지난번에 멈춘 대목을 찾아 몇 줄 읽다가 엘리베이터에서 내리고 다시 백팩을 앞으로 돌려 지퍼를 열고 거기에 책을 넣은 뒤 갈 길을 가는…… 사람은 드물다. 그런데 휴대전화에 전자책 뷰어가 있다면 이 작업을 바지 주머니에서 한 손으로 꺼내 엄지손가락으로 버튼을 누르고 잠금 화면을 푸는 두세 단계로 줄일 수 있다. 그 차이가 꽤 크다.

밖에서 어떤 책을 다 읽어버렸을 때, 아니면 영 진도가 나가지 않는 책을 들고 있을 때에도 전자책 뷰어가 있다면 얼른 다른 책을 꺼낼 수 있다. 나날이 부족해지는 책장 공간을 걱정하지 않아도 되고 훼손 우려도 없다. 책갈피를 남기고 메모하기에도 전자책이 더 편하다. 분실 가능성도 적다. 내 경우에는 식당이나 카페 테이블에 종이책을 잠시 내려뒀다가 자리에서 일어날 때 챙기지 않아 잃어버린 경험이 부지기수다.

전자책은 누워 읽기에도 편하다. 소파나 침대에 누운 자세로 종이책을 읽다 보면 집중력이 떨어져서가 아니라 팔이 아파서 독서를 멈추게 되는데, 전자책은 그렇지 않다. 특히 밤이나 새벽에 어두운 곳에서 조명 없이 읽기에 아주 좋다("그러다 눈 버려, 불 켜고 읽어"라는 HJ의 잔소리를 듣기는 하지만).

전자책을 읽으면 서점이나 도서관을 오가는 데 드는 시간도 없앨 수 있다. 서가 사이를 걷는 건 내게 휴식이긴 하지만,

비 오는 날 반납해야 할 책들을 가방에 잔뜩 넣고 도서관에 걸어가는 일까지 좋아하는 건 아니다. 전자책은 배송을 기다릴 필요도 없이 바로 내려받아 독서를 시작할 수 있어서 좋다.

특히 전자도서관은 신세계였다. 아무리 읽어도 닳지 않는 전자책을 공공 도서관이 무한대로 대출해주는 서비스가 저자가 받아야 할 몫을 침해하지 않는지를 생각하면 머리가 복잡해지긴 하지만. 쓰는 장강명과 읽는 장강명의 입장이 달라지는 드문 상황이다.

사람들이 전자책의 장점이라고 하는 다른 특징들은, 나는 잘 모르겠다. 멀티미디어 기능이라든가 읽어주기 기능은 개인적으로 좋아하지도 않고 이용하지도 않는다. 색인을 쉽게 검색할 수 있다든가, 궁금한 점을 하이퍼링크로 바로 확인할 수 있다든가 하는 특징도 마찬가지다.

사실 하이퍼링크를 만들 수 있다는 것은 장점이 아니라 단점이다. 하이퍼링크는 단행본의 형식을 무너뜨리고 독서를 방해한다.

어떤 종이책 애호가들은 독자가 전자책을 읽을 때에는 종이책을 읽을 때와 달리 텍스트에 집중하지 못하고 건성으로 글자를 넘기게 된다고 주장한다. 전자책과 종이책을 읽을 때 뇌에서 활성화되는 부분 자체가 다르다고 주장하는 사람도 있다. 나는 그들이 전자책과 웹문서를 혼동하고 있다고 본다.

전자책은 웹문서와 다르다. 그리고 둘의 큰 차이점 중 하나가 하이퍼링크가 있느냐 없느냐다. 전자책은 시작과 끝이 있는 단행본이며, 모든 문장과 문단에 맥락이 있다. 전자책을 볼 때 우리는 저자가 정한 순서에 따라 그 글줄을 차례로 받아들이고 다음 문장, 다음 문단으로 나아간다. 그것은 독서다.

반면 웹문서에는 시작도 끝도 순서도 없다. 늘 화면 어느 구석에 하이퍼링크가 있으며, 본문이 재미없을 때 언제라도 그 링크를 클릭해 다른 문서로 이동할 수 있다. 그런 가능성으로 인해 웹문서를 대하는 사람은 눈앞의 글줄에 집중할 수 없게 된다. 그는 쫓기듯 쉴 새 없이 클릭하며 맥락 없고 단편적인 정보의 파도 위를 '서핑'하게 된다. 그것은 독서라기보다는 케이블 TV 리모컨 버튼을 끊임없이 누르며 채널을 돌리는 행동에 가깝다(이 비유는 니콜라스 카의 책 『생각하지 않는 사람들』에 나오는 것이다).

내가 지키고 싶은 것은 종이책의 물성이 아니라 책이라는 오래된 매체와 그 매체를 제대로 소화하는 단 한 가지 방식인 독서라는 행위다. 세상에는 그 매체를 장식품, 장신구, 장난감, 부적, 팬클럽 회원증, 후원금 영수증 등으로 소비하는 이들도 있다. 그것은 소비자의 자유겠으나, 그런 소비를 독서라고 불러서는 안 된다.

비논리적인 생각의 결론과 물성을 강조하는 흐름

팟캐스트를 진행하기로 하고 북이십일 대표와 문학사업본부장, 그리고 20세기소녀를 만나 점심을 먹었다. 밥을 다 먹고 자리에서 일어날 때 문학사업본부장이 새로 만든 책이라며 히라노 게이치로의 『마티네의 끝에서』를 내밀었다.

“제가 실은 출판사에서 주시는 책을 받지 않는데…….”

머뭇거리다 받았다. 이제 매주 한 권씩 팟캐스트에서 다룰 책을 읽어야 할 텐데, 그 정도 증정 도서는 받아도 될 거 같고, 이 팟캐스트는 북이십일에서 하는 거니까, 그러면 북이십일 신간은 받아도 될 거 같고…… 하는 비논리적인 생각의 결론이었다.

종종 '책을 보내드리고 싶으니 주소를 알려달라'는 연락이 온다. 저자가 연락할 때도 있고 출판사에서 메일을 보내올 때도 있다. 저자가 연락해왔는데 지인이고 첫 책이면 감사히 받겠다고 하고, 다른 요청들은 정중히 거절한다. 그래도 내 집 주소 같은 건 출판계 관계자들이 공유하는 모양이다. 어떻게들 알았는지, 책을 보내온다. '보내지 말아달라'고 담당자에게 몇 번이나 메일을 보내도 계속 책을 부치는 출판사가 있다.

그렇게 증정 도서들이 쌓여서 놔둘 곳이 없는 상태다. 저자 사인이 있거나 '증정'이라는 문구가 도장으로 찍혀 있으니 중고 서점에 팔 수도 없고, 버리자니 죄책감이 느껴진다. 책장 위로 쌓여 무너지기 직전인 책들을 볼 때마다 HJ는 "싹 다 갖다 버려"라고 한다.

화가 나려다가도 그 책의 편집자나, 마케터를 생각하면 짠한 감정이 인다. '좋은 책인데 한번 읽어보세요' 하는 순수한 마음도 없지는 않을 테지만, 그보다는 내가 페이스북에 서평을 올리거나 팟캐스트에서 그 책을 다뤄줬으면 하는 바람이리라. 내 SNS를 들여다보는 사람은 얼마 되지도 않고, 팟캐스트에서 다룰 책을 내가 정하는 것도 아닌데…….

신인 작가가 직접 보내 온 작은 출판사의 책이라면 더 안쓰럽다. 그런 책이 제대로 알려질 가능성은 낙타가 바늘구멍 통과하기와 비슷하다. 한국에 책을 소개하는 미디어가 적지는 않다. 문학과 출판 전문 매체도 꽤 있고, 거의 모든 신문과 잡지에 신간 소개 코너가 있다. 그런데 그중에 비평적 안목과 대중적 영향력을 모두 갖춘 곳은 단언컨대, 없다. 그리고 그 매체의 영향력을 다 합쳐도 방탄소년단이 자기 인스타그램에 책 표지 사진 올리는 것만 못할 거다.

책을 내면 50명 정도에게 보낸다. 절반 정도는 친구와 옛 회사 동료, 선후배들에게 보낸다. 그중에 한국 소설을 꾸준히 읽는 사람은 별로 없는 듯하다. '잘 살지? 난 이렇게 살고 있어' 하고 안부를 묻는 마음을 담아 보낸다.

나머지 절반은 문학계, 출판계 지인들에게 보낸다. 몇 번 만난 적은 없지만 혼자 속으로 동지 의식을 느끼는 소설가도 있고, 작가 장강명에 대해 초기부터 적극적으로 관심을 보여온 젊은 평론가도 있고, 해외에 있는 번역가도 있다. '저 이번에 이런 거 썼어요' 하고 소식을 전하는 느낌으로 보낸다. (단, 나와 일했고 앞으로 함께할지 모를 편집자들에게는 보내지 않는다. 책을 읽으라는 강요로 받아들여질 수 있어서다.)

어느 쪽이건 홍보를 기대하지는 않는다. 바로 위에도 적었지만, 문학계, 출판계 종사자들에게는 책 선물이 너무 흔하다. 받는 책을 다 읽을 수도 없고 알릴 수도 없다. 나한테는 중요한 신작이지만 받는 사람들에게는 처치 곤란한 짐짝일 가능성이 높다.

신인 작가는 책이 나오면 책이 나왔다는 사실 자체를 알려야 하는데, 나는 그 단계는 지났다. 나는 이번 작품이 괜찮다고 알려야 하는데, 그건 친지가 해줄 수 있는 일은 아니다. 어쩌면 친구들이 '나 장강명 신작 받았어요' 하고 책표지 사진을 찍어 올리지 않는 게 나을 수도 있다. 다른 지인들이 '왜 나한테는 안 보내주지' 하고 서운해할 수도 있으니까.

출판계 사정을 잘 모르는 이들은 작가가 출판사에서 공짜 책을 많이 받고, 그래서 책 선물도 부담 없이 보낸다고 생각한다. 출판사마다 다르긴 한데, 저자 증정본은 대개 10~20권 정도다. 나머지는 자비로 사서 보낸다. 역시 출판사마다 다르긴 한데, 30퍼센트 정도 할인된 가격으로 구입할 수는 있다. 그런데 거기에 택배비가 붙으면 결국 책 한 권을 소포로 보내는 데에는 책 뒷장에 적힌 가격 정도의 돈이 든다.

그러니까 내 입장에서는 누구에게도 책을 보내지 않는 게 낫다. 그런 만큼 내가 보낸 책을 읽지 않고 처박아두거나, 혹은 헌책방에 바로 내다 팔더라도 내 기분이 상하지 않을, 내가 정말 좋아하는 이들에게만 보낸다.

나더러 책을 보내라고 요구하는 인간들도 있다. '이번 책 괜찮다며? 한번 보내봐, 읽어줄게' 하는 식이다. 자신이 그만큼 영향력이 크다고 믿는 건지, 나와 그 정도로 친하다고 생각하는 건지. 나는 "아차차, 깜빡했네요, 바로 보내드리겠습니다"라고 대답하고는 상대와 연락을 영영 끊는다. 그치들은 내가 언제부터, 왜 자기들 전화나 메시지에 답장을 안 하는지 이유도 모를 테지.

도올 김용옥이 자기 이름을 적어서 홍준표 전 자유한국당 대표에게 보낸 책이 헌책방에서 발견되어 화제가 된 적이 있다. 얼마 뒤에는 문재인 대통령이 국회의원 시절 사인해서 안대희 당시 대법관에게 보낸 자서전도 헌책방에 나온 사실이 알려졌다. 홍 전 대표와 안 전 대법관은 그 일로 꽤나 욕을 먹었다.

글쎄, 냉정히 말하면 책이건 와인이건 상품권이건 간에 누군가에게 선물하는 순간 그 물건의 소유와 처분에 대한 권한도 넘어간다. 버리든 제삼자에게 넘기든 중고 시장에 되팔든 그건 받는 사람 마음이다. 그런데 우리의 도덕적이고 원시적인 직관은 그런 민법적 진실과 충돌한다. 선물에 보내는 사람의 마음이 담긴다고 믿는 것이다. 심지어 물건에 따라 담기는 마음의 함량도 다르다고 여긴다. 손수 짠 스웨터가 백화점 제품보다 소중하다는 식으로.

그런 차원에서 책은 꽤나 복잡한 물성을 부여받는 물건이다. 나 역시 애서가로서 책이 갖는 특별한 물성을 부인하지 못한다. 책을 활짝 펼치지도, 책갈피를 잘 접지도 못한다. 그러나 나는 애써 그 물성에 맞서려 한다. 부분적으로는 최근의 출판 시장이 점점 글이 아니라 물성을 강조하는 방향으로 책을 취급하기 때문이다. 굿즈니 한정판이니 리커버 에디션이니 하면서. 그런 트렌드를 보면서 나는 글쟁이로서 위기감을 느낀다. (바로 이 책에 한정판 굿즈가 붙거나 이 책의 리커버 에디션이 나오면 진짜 웃길 거 같은데…….)

나는 책에서 글이 아닌 것에 대한 애정을 의도적으로 줄이기로 했다. 그렇게 책의 변질에 저항하고 싶다. 그렇기에 돌고 돌아 다시 한번 강조하자면, 내가 사인해서 보낸 책을 받는 분들은 그걸 중고 서점에 마음 편히 넘겨도 괜찮다.

이라크 공군 조종사를 회유하는 작전과 아카데미상 수상자 자레드 레토

팟캐스트 녹음을 몇 회 마치고 제작진으로부터 '말을 조금 더 빨리해줬으면 좋겠다'는 주문을 받았다. 나는 깜짝 놀랐다. 내가 말이 느리다고?

집에 와서 HJ에게 물었다.

"내가 말이 느린 편이야?"

HJ는 어이가 없다는 표정으로 대답했다.

"자기가 말이 얼마나 느린데! 내가 자기 이야기 듣다가 답답해서 속 터질 뻔한 적이 한두 번이 아니야. 진짜 나니까 들어주는 거지."

HJ에 따르면 나는 말이 느릴 뿐 아니라 기운도 없어서 그야말로 듣다가 잠들기 딱 좋은 말투라는 것이었다. 나는 어안이 벙벙해졌다. 40년 넘게 살면서, 정확히 그 반대로 믿고 있었다. 나는 말이 몹시 빠르고 거센 사람이니까 호흡을 의식적으로 잘 고르며 이야기해야 한다고. 그 순간까지 나는 차분하게 말하는 사람들을 부러워하고 있었다.

이상하고 복잡한 기분이었다. 나는 어렸을 때 분명 말이 빠르고 말투가 날카로웠던 것 같다(설마 그 기억까지 잘못된 건 아니겠지). 그런 말투가 싫었고, 약간 콤플렉스마저 있었다. 그래서 말을 천천히 부드럽게 하려 애썼고, 어느샌가 노력하지 않아도 그렇게 말하는 사람이 된 것이다. 그런데 정작 나 자신은 그런 변화를 몰랐다.

HJ가 계속해서 말했다.

"자기는 말하다가 갑자기 멈추고 머뭇거릴 때가 있거든. 듣고 있으면 진짜 갑갑한데 자기 강연 들은 사람들 후기를 보면 반응이 또 다르더라고. 단어를 신중히 고르는 모습이 보기 좋았다나."

그래, 그러고 보니 난 그런 말버릇이 있다. 말하다 말고 문장 중간에서 2, 3초 정도 침묵하는. 그때 내가 단어를 신중히 고르는 건 아닌데. 그냥 아무 생각이 없는 건데.

"그리고 높낮이 없이 작게 말하는 것도, 작가님이 참 조곤조곤 말씀하신다고 좋아하는 사람도 있어. 그건 굳이 고칠 필요는 없을 거 같아. 밤 시간 라디오 DJ 같은 거 하면 어울릴 거 같아. 예능이나 시사 토론 프로그램에서는 다른 패널들 말소리에 묻혀서 들리지도 않겠지만."

HJ가 덧붙였다. 사실 팟캐스트나 강연장에서 말하는 것도 평소보다 훨씬 더 목에 힘을 싣고 성량도 크게 내는 건데. 떨어져 앉은 사람에게 들릴 정도는 되어야 하니까.

이후로 팟캐스트를 녹음할 때에는 일부러 말도 빨리 하고, 단어와 단어 사이에 빈틈을 주지 않으려 하고, 문장에도 보다 리듬감을 넣으려 의식적으로 노력했다. 그랬더니 어느 날 사람들이 요청했다. 말을 조금만 천천히 해줬으면 좋겠다고.

사소하다면 사소한 에피소드지만, 이 경험은 내게 꽤나 깊은 인상을 주었고, 두 가지 생각할 거리로 남았다.

첫 번째는 제법 교훈적이다. 내가 나 자신을, 그리고 주변을 아주 심각할 정도로 모른다는 것이다. 내가 말하는 소리는 내 귀에도 들린다. 그런데 나는 그 말이 빠른지 느린지조차 모른다. 수십 년이나 몰랐다. 그 말이 논리적인지 엉터리인지, 정의로운지 사악한지는 더 모를 것이다. 남들이 그 말을 좋아하는지 따분해하는지도 물론 모른다.

두 번째는 그보다 모호하다. 나는 말하기와 듣기에서 비언어적 신호가 핵심적이라고 생각한다. 학자들도 그렇다고 한다. 말하기와 듣기에서 종종 예의와 진심은 언어보다 비언어적 신호에 담기는 듯하다. 우리는 눈빛과 표정, 목소리만으로 "아주 잘했다, 대단하다"는 말을 쉽게 칭찬으로도 모욕으로도 만들 수 있다.

그러나 말하기와 듣기에는 엉뚱한 오해도 끼어들기 쉽다. 별생각 없이 말을 멈추는 습관이 있으면 신중해 보인다. 목소리가 작고 말투에 격한 데가 없으면 마음씨도 왠지 상냥할 것 같다. 말이 느리면 둔하고 지루한 사람처럼 느껴진다. 부정확한 발음으로 하는 이야기는 믿음직스럽지 않고, 굵고 낮은 목소리로 하는 설명은 진실처럼 들린다.

특히 말하기와 듣기에서 사람의 외모나 차림새가 끼치는 영향력은 어마어마하다. 똑같은 말이라도 예쁘고 잘생긴 사람이 하면 더 솔깃하고 그럴싸하다. 이건 예의와 진심과는 아득히 멀리 떨어진 차원의 일이다. 읽기와 쓰기에서도 글자체와 편집 디자인이 미치는 영향이 없지는 않지만 그 정도는 훨씬 한정적이다.

말하기와 듣기는 얼마나 믿을 만한 의사소통 수단인 걸까? 누군가를 판단하려면 그를 직접 만나서 이야기를 들어봐야 한다고 하는 이들이 있다. 내가 신문기자일 때 선배들 중에도 그런 사람이 있었고, 기업인이나 정치인 중에도 그런 사람이 있다. 이스라엘의 정보기관 모사드는 1960년대에 이라크 공군 조종사를 회유해 최신 전투기인 미그21기를 몰고 이스라엘에 귀순하게 하는 첩보 공작을 펼쳤다. 그때 모사드 국장은 그 조종사를 직접 만나보고 작전 개시 여부를 결정하겠다고 고집을 부렸다.

하지만 말하는 모습을 보고 진심을 가늠할 수 있다면 세상에 사기 범죄는 존재할 수 없겠지. '사람 잘못 봤다'는 표현도 애초에 나오지 않았을 테지. 난 잘 모르겠다. 사람이 표정과 목소리에 진심을 실을 수는 있다. 그런데 한 사람의 표정과 목소리에 늘 진심이 담기는 걸까? 모사드 국장쯤 내공을 쌓으면 위장을 간파할 수 있을까? 나는 사람을 판단할 때 말하기와 듣기보다는 읽기와 쓰기 쪽을 더 선호한다. 검증이 더 쉬우니까.

'사람은 마흔이 넘으면 자기 얼굴에 책임을 져야 한다'는 말을 들으면 헷갈린다. 40년쯤 비슷한 표정을 짓고 한 말투를 사용하다 보면 거기에 정말 그 사람의 정수가 스며들게 되는 걸까? 나로 말하자면 첫인상 때문에 오해한 사람의 진가를 나중에 깨달은 적이 너무 많았다. 다른 사람의 진심이나 역량을 단숨에 간파하는 능력보다는, 표정이나 목소리로 상대를 판단하려 들지 않는 신중함과 겸손함을 얻고 싶다.

지난번 녹음에서 내 목소리가 빨랐는지 느렸는지 알아

보려면 다시 들어보면 되는데, 그걸 못한다. 〈책, 이게 뭐라고?!〉를 포함해서, TV든 라디오든 내가 30분 이상 출연한 프로그램을 처음부터 끝까지 보거나 들은 적은 한 번도 없다. 어느 TV 프로그램 PD가 "어색하고 쑥스러워도 자기 모습을 봐야 제작 의도를 이해할 수 있고 실력이 는다"며 모니터링을 신신당부했는데 그 어색함과 쑥스러움을 도저히 극복할 수가 없었다. 그래서 실력이 늘지 않는다.

나만 그런 줄 알았는데, 의외로 자기가 나온 프로그램을 보지 못하는 방송인이 꽤 있음을 나중에 알게 됐다. 데뷔한 지 사반세기가 된 유명 연예인인데도 자기 모습을 TV에서 못 본다는 이가 있었다. 그는 꾹 참고 방송 첫 회만 보고 PD의 편집 방향을 파악한 뒤 그다음 회부터는 거들떠도 보지 않는다고 했다. 아카데미상 수상자인 자레드 레토도 자기가 출연한 영화를 부끄러워서 못 본다고 한다. 〈소셜 네트워크〉의 제시 아이젠버그도 그렇다고 한다.

울란바토르 백화점에서 산 미니어처 보드카와 이스라엘 소설가 에트가르 케레트

〈책, 이게 뭐라고?!〉 시즌 2의 네 번째 책은 김호 작가의 『맥주탐구생활』이었다. 김 작가가 독립출판으로 냈던 『맥주도감』을 더 보강해서 다시 낸 일러스트북이다. 150쪽도 안 되는 분량에 맥주 그림과 짧은 설명이 전부인 책이라 진행하는데 크게 어렵지는 않았다. MC들은 그냥 설렁설렁 김호 작가로부터 맥주에 대한 설명들을 들으면서 맞장구를 치고 궁금한 걸 묻고 가끔 자기가 좋아하는 맥주 브랜드를 이야기하면 되었다.

"이번 회는 맥주 한 모금씩 하면서 녹음할까요? 편의점에서 할인 맥주를 종류별로 사 와서……."

누군가 제안했고, 다들 이구동성으로 좋다고 했다. 제작진 중 20세기소녀와 문소가 맥주 여덟 캔과 편의점에서 파는 안주들을 잔뜩 사 왔다. 그렇게 해서 처음으로 음주 방송을 해 보았다. 혈중 알코올 농도보다는 경험 부족이 더 문제인 시기였고, 맥주를 마셔서 방송을 더 망친 것 같지는 않다.

요조나 나나 둘째가라면 서러워할 맥주 애호가들이고, 우리는 이후에도 몇 번 맥주를 마시고 진행을 해보았다. 나는 맥주만 마시지만 요조와 20세기소녀는 주종을 가리지 않는 애주가다. 20세기소녀는 내가 스튜디오에 커다란 바이주白酒를 들고 가 선물했더니 그 자리에서 바로 개봉해서 맛을 보기도 했다. 몽골에 갔을 때 울란바토르 백화점에서 사 온 미니어처 보드카를 팟캐스트 팀원에게 돌린 적도 있었는데 그때도 20세기소녀는 그 자리에서 뚜껑을 땄다. 바이주는 정말 향긋했는데 몽골 보드카는 그냥 소주 같다고 했다.

〈책, 이게 뭐라고?!〉는 보통 하루에 두 회를 녹음했다. 한 회를 녹음하는 데 짧으면 두 시간, 길면 두 시간 반 정도 걸렸다. 오후 1시에 만나서 한 회를 녹음하고 오후 4시에 다음 회를 녹음할 때도 있고, 오전 10시에 만나서 한 회를 마친 뒤 오후 1시에 다음 회에 들어갈 때도 있었다.

오전 10시에 시작하는 날에는 낮에 같이 식사를 했다. 오전 녹음에 시간이 오래 걸리면 스튜디오에서 도시락으로 식사를 해결하고, 조금 여유가 나면 근처 식당에서 간단히 먹고 왔다. 그런 때 반주로 맥주를 한 잔씩 곁들이곤 했다. 특히 오후에 초대 손님 없이 우리끼리 책을 다뤄야 할 때 그리고 오전 녹음이 힘들었을 때 더 그렇게 됐다.

토드 로즈, 오기 오가스의 『다크호스』와 아비지트 배너지, 에스테르 뒤플로의 『가난한 사람이 더 합리적이다』를 다루기 전에 각각 맥주를 한 잔씩 마셨다. 『다크호스』를 녹음하기 전에는 팟빵 스튜디오 근처의 일본 가정식 식당 '모미모미'에서 점심을 먹으며 요조와 나만 작은 병맥주를 한 병씩 마셨다. 『가난한 사람이 더 합리적이다』 때에는 팟빵 스튜디오 바로 옆에 있는 이마트24에서 캔맥주를 사 왔다.

『다크호스』 편은 평소보다 깔끔하게 잘 녹음했던 것 같고, 『가난한 사람이 더 합리적이다』는 다소 어려웠다. 둘 다 술 때문이 아니라 책 때문이었다고 생각한다. 녹음 전에 맥주 한 캔을 넘겨서 마신 적은 없다.

어떤 일을 처리하는 인간 뇌의 능력에는 용량 제한이 있다. 복잡한 사고를 요하는 일은 그 용량을 많이 잡아먹는다. 반면 단순한 일은 동시에 여러 개를 할 수도 있다. 그런 일은 의식도 하지 않으면서 거의 자동적으로 수행하기도 한다(예컨대 걷기). 그런데 알코올은 이 뇌의 용량을 확 줄인다. 술을 마시면 어려운 사고 활동은 아예 할 수 없게 되고(예컨대 공부) 평소에는 무리 없이 하던 작업도 못하게 된다(예컨대 운전).

역으로 술을 마시고 할 수 있는 일인지 아닌지를 기준으로 그 작업이 얼마나 뇌에 부담을 주는지 가늠할 수도 있다. 맥주를 두 캔쯤 마시고 TV를 보거나 음악을 들을 수 있는가? 그렇다. TV 시청과 음악 감상은 뇌에 별로 부담을 주지 않는 일이다. 그런 상태에서 설거지를 할 수 있는가? 그렇다. 내가 여러 번 해봤다. 생맥주 두 잔을 마시고 다른 사람과 대화를 나눌 수 있는가? 물론이다. 일상적인 말하기와 듣기는 그다지 복잡한 의식 활동이 아니다.

술을 마시고 책을 읽는 건 가능한가? 이건 어렵다. 몇 번이나 시도했지만 잘 안 된다. 인터넷 서핑이라면 할 수 있다. 책은 안 읽힌다. 나는 단행본을 읽는 것과 웹문서를 읽는 것이 완전히 다른 활동이라고 생각하는데, 이게 그 주장의 한 근거다. 사람은 독서를 할 때에는 머리를 많이 쓰고, 웹서핑을 할 때에는 그렇지 않다.

술을 마시고 글을 쓰는 건 가능한가? 어렵다고 생각한다. 취한 상태에서 정신없이 원고 몇 장을 쓴 적도 있다. 다음 날에 보면 하나같이 장황한 감성 과잉의 배설물들이었다. 스콧 피츠제럴드나 한때의 레이먼드 카버, 한때의 스티븐 킹처럼 알코올에 전 상태로도 멋진 글을 쓰는 작가들이 있기는 하다.

그런데 카버와 킹은 술을 끊은 다음에 글을 더 잘 썼다. 알코올은 그들의 발목에 묶은 모래주머니였지 지팡이가 아니었다.

읽기와 쓰기가 말하기와 듣기보다 우월하다는 말을 하는 건 아니다. 다만 읽기-쓰기와 말하기-듣기는 완전히 범주가 다른 활동이고, 대부분의 사람은 관심사나 특기도 그 둘 중 한쪽에 치우쳐 있다고 본다. 나로 말하자면 분명히 읽고 쓰는 쪽의 인간이다. 관심사도, 특기도.

한편으로는 내가 너무나 사랑하는 두 가지 일을 동시에 할 수 없다는 게 아쉽다. 왜 밤에 편한 소파에 비스듬히 앉아서 은은한 조명을 켜고 맥주 한 잔 마시면서 책을 읽는 일은 그토록 힘든 건지. 맥주를 마시면서 동영상을 보는 것도 얼마든지 가능하고 홍차를 마시면서 책을 읽는 것도 절대적으로 가능한데. 마치 책은 아폴론의 세계에, 맥주는 디오니소스의 세계에 단단히 고정돼 있어서 도저히 함께할 수가 없는 것만 같다. 내가 아폴론의 세계와 디오니소스의 세계를 오가며 두 가지 일을 따로 즐길 수밖에 없다. 가끔은 그 사실이 어떤 교훈이자 세상의 법칙처럼 느껴진다.

어릴 때에는 이상형을 묻는 질문을 받으면 당황했다. 딱히 이상형이 없었기 때문이다. 내 주변의 어린 남자애들도 마찬가지였다. 입으로는 자기는 어떤 타입을 좋아한다고 이러쿵

저러쿵 떠들었지만 예쁜 여자아이 앞에서는 다들 상대의 환심을 얻으려고 기를 썼다. 상대가 긴 머리이건 단발이건 청순가련형이건 말괄량이건 상관없이.

이제 나는 내 이상형에 대해 안다. 맥주와 책을 모두 좋아하는 사람이다. 그것은 내 인생의 두 가지 낙인데, 그중 어느 하나라도 사랑하는 이와 함께 즐길 수 없다면 참 아쉬울 것 같다. 그런데 맥주와 책을 다 좋아하는 사람은 그다지 많지 않다. 나 정도로 맥주를 좋아하는 사람은 아마도 대한민국 인구의 10퍼센트 미만일 것이다. 나 정도로 책을 좋아하는 사람은 확실히 전 인구의 10퍼센트 미만이다. 그러니까 나 정도로 맥주를 좋아하고 동시에 책도 좋아하는 사람은 백 명에 한 명도 안 된다.

내 이상형이 어떤 사람인지는 결혼하고 나서도 몇 년이 지나 알게 됐다. 그리고 내가 이상형과 결혼했다는 사실도. HJ와 나는 책을 많이 읽고 맥주도 자주 마신다. 술을 마시면서 책 이야기를 한다. 감명 깊게 읽은 책을 서로에게 소개하기도 하고, 상대가 요즘 어떤 책을 읽는지 묻기도 한다. 어떤 책을 한 사람이 추천해서 다른 사람이 읽고 나면 감상을 이야기하며 토론하기도 한다. 술을 마시며 나눌 수 있는 가장 좋은 대화일 것이다.

HJ가 최근에 내게 강력히 추천한 책은 이스라엘 소설가 에트가르 케레트의 에세이 『좋았던 7년』이다. 그녀는 이 책을 읽는 동안에도 내게 여러 번 추천했고, 다 읽고 나서도 꼭 읽어보라고 권했다. 책 속의 한 에피소드를 이야기해주기도 했다. 조만간 읽을 것이다.

논쟁적인 주제를 파고드는 책과
공공 도서관에 보급하기 위해 구매하는 도서 목록

그렇다. 세상에는 시시한 책들이 있다. 그리고 그 시시한 책들을 팟캐스트에서 다루게 되기도 한다. 시시한 책인 줄 알고 다루는 경우도 있고, 시시한 책인 줄 모르고 골랐는데 뒤늦게 시시한 책임을 깨닫는 경우도 있다. 드물지만 시시한 책인 줄 알았는데 아니라서 반가운 마음이 든 때도 있다.

시시한 책인 줄 알면서 소개하게 되는 이유는 여러 가지다. 먼저 팟캐스트에서 다룰 수 있는 책의 범위가 그다지 넓지 않다. 무엇보다 신간이어야 한다는 제약이 크다. 영화 시장처럼 출판 시장도 큰 회사들이 야심작을 내놓는 시기가 있고 그렇지 않은 시기가 있어서, 비수기에는 마땅한 책을 고르기 어렵다. 대형 출판사들은 주로 초여름에 그해의 중점 도서를 내고, 연말을 피한다.

〈책, 이게 뭐라고?!〉는 저자를 스튜디오로 초대해 신작을 소개하고 MC와 이야기를 나누는 방식으로 진행했다. 나중에는 예외를 만들었지만 시즌 2 초반까지는 그랬다. 그런데 내성적인 작가들 중에는 방송 출연을 부담스러워하는 이들이 있다. 처음에는 작가 없이 진행자들이 마음껏 책 이야기를 하는 형식이 아니었기 때문에, 그런 작가의 책은 아예 다룰 수 없었다.

번역서도 대체로 택하기 어려웠다. 번역가를 대신 모신 적도 있고, 해당 분야 전문가를 작가 대신 부르기도 했지만 그것도 한계가 있었다. 역으로 방한한 외국인 저자와 출판사 측이 출연을 문의한 적도 있었는데 우리가 고사했다. 통역을 거친 대화가 자연스럽게 들리지 않을 것 같았고, 청취자들이 통역사의 육성에 귀를 기울이는 상황도 기묘할 듯했다.

청취자들이 관심을 갖고 따라올 수 있어야 하므로 전문 학술서나 좁은 영역의 실용서도 제외하게 된다. 출판계에서의 화제성도 따지게 되고. 그러다 보면 국내 에세이 비중이 지나치게 높아진다. 시집은 한두 번 논의해봤으나 끝내 다루지 못했다.

팟캐스트 순위를 높이는 데 대한 욕심도 있었다. 유명인이 출연하면 다운로드와 구독자 수가 치솟는다. 그래서 '이 작가는 화제성 높은 셀럽이니까, 이 사람은 인스타그램 팔로워가 많으니까' 하면서 책을 제대로 살피지 않고 출연을 섭외하기도 했다. 그런 섭외에 제일 적극적으로 찬성한 사람이 나였다. 다른 독서 팟캐스트에 대한 경쟁심과 성과를 내고 싶다는 조급함도 있었고, '한국 에세이들 다 고만고만하지 뭐' 하는 오만함도 있었다.

내 취향의 책을 고집하면 다른 팀원들이 난감해하고 들을 사람도 없으리라는 두려움도 있었다. 논쟁적인 주제를 깊이 파고드는 책에 끌리는 편이고, 관심사도 특이하고, 오타쿠 기질도 있다. 남들이 다 시시하다고 하는 작품을 혼자 좋아하기도 하고, 다들 감동받았다는 작품을 혼자 따분해하기도 한다(특히 상업 영화를 볼 때 그렇다).

그러다 보니 도서 선정과 관련해 보다 미묘한 상황도 발생했다. 다른 독자들은 다 좋다고 하고 팀원들도 좋아하지만 나는 속으로 시시하다고 여기는 책을 다루는 때다. 그런 때에는 내가 생각하는 그 책의 단점을 주장하기보다는 잠자코 다른 사람들의 의견에 고개를 끄덕였다.

내 취향의 책을 고집해야 했을까? 그랬더라면 채널의 색깔이 더 뚜렷해졌을지도 모르겠다. 그러나 청취자들의 사랑은 받지 못했을 수도 있다. 알 수 없는 것이다.

〈책, 이게 뭐라고?!〉는 여러 사람이 함께 만드는 프로그램이고 북이십일과 팟빵이라는 두 회사에서 지원도 받고 있었다. 중간에 합류한 내가 정체성이나 방향을 일방적으로 주장하거나 결과에 최종 책임을 질 위치에 있지도 않았다. 원래도 미디어 시장에 성공 공식 같은 것은 없지만 팟캐스트라는 뉴미디어는 더 그랬다. 우리는 시행착오를 거듭하며 나아갔고, 어떤 길을 택했든 아쉬움은 늘 남았을 것이다.

구글 스프레드시트에서는 다뤄야 할 책에 대한 비판을 적어놓고 막상 저자 앞에서는 쓴소리를 삼가는 내 모습을 보고 팀원들은 "이중인격자"라며 놀렸다. 정도의 차이만 있지, 온라인 독서 토론에서는 날카롭게 책을 분석하다가 스튜디오에서 부드러워지는 것은 요조도 나와 다를 바 없었는데.

처음에는 그런 내 모습에 나도 다소 혼란스러웠다. 정직한 서평 문화가 필요하다고, 한국문학장에는 악평이 너무 없어서 문제라고 주장하던 사람이라 더 그랬다. 그러나 지금은 게스트의 작품을 비판하지 않은 걸 기만이라고 여기지는 않는다.

이것은 예의의 문제라고 생각한다. 앞서 말했듯 예의는 감성의 영역에 있으며, 보편적이지 않다. 막 책을 낸 작가를 스튜디오로 불러서 얼굴을 마주보며 공개적인 대화를 하는 시공간이라면 진행자가 지켜야 할 예의가 있다. 그런 상황에서 나는 진행자의 예의가 정직한 서평이라는 윤리에 앞선다고 판단한다. 못생긴 아기를 데리고 있는 어머니에게 "아기 너무 예뻐요"라고 말하는 예의가 거짓말을 하지 않을 의무에 앞서는 것과 마찬가지다. 그런 이유로 읽고 쓰는 세계에서는 존재할 근거가 없는 '하얀 거짓말'이, 말하고 듣는 세계에서는 허용된다. 아니, 장려된다.

오늘날에는 정보통신 기술의 발달로 읽고-쓰기와 말하고-듣기의 경계가 흐릿해지고 있다. 소셜미디어에서 오가는 대화는 글자로 이뤄져 있고 당사자 간의 물리적 거리도 멀리 떨어져 있다. 그러나 그 대화는 말하고-듣기에 가깝다. 우리는 그 대화에 감성적으로 참여하고, 부지불식간에 상대에게 윤리보다 예의를 요구하게 된다. 그건 그것대로 큰 문제다. 상대가 펼치는 주장의 옳고 그름보다 무례함의 여부가 더 중요한 그런 공간에서 공적 논의가 제대로 이뤄질 리 없다.

〈책, 이게 뭐라고?!〉에서 다뤄보자고 내가 강력히 요청한 책이 딱 두 권 있다. 한 권은 채널A 황승택 기자의 『저는, 암병동 특파원입니다』였다.

황 기자는 신문사에 다닐 때 내가 가장 아꼈던 후배 중 한 명이었다. 내가 사표를 던지는 날에 국회 기자실에 같이 있었던 같은 팀 동료이기도 했고, 내가 회사를 그만두겠다는 말을 HJ 다음으로 한 상대이기도 했다. 내가 신문사를 떠난 뒤 그는 백혈병 진단을 받았고, 그 투병기를 썼다. 내가 그 원고를 받아서 출간 제안서와 함께 아는 편집자들에게 보냈다.

황 기자는 〈책, 이게 뭐라고?!〉 애청자였으므로 출연 제안에 무척 기뻐했다. 녹음일에 우리는 먼저 만나서 팟빵홀 근처에서 달큰한 꿔바로우와 어향가지덮밥을 먹었다. 재활 치료 중에는 매운 음식을 먹을 수 없다고 했다. 승택은 방송 초반에 "장강명 작가의 과거 비밀을 폭로하겠다"고 바람을 잡았는데, 기껏 꺼낸 이야기라곤 내가 HJ와 사귀던 시절 국회 의원 동산에서 그녀와 도시락을 먹는 모습을 자기가 봤다나 뭐라나 하는 에피소드였다.

『저는, 암병동 특파원입니다』는 이듬해 세종도서로 뽑혔다. 정부가 공공 도서관에 보급하기 위해 구매하는 도서 목록에 높은 경쟁률을 뚫고 올랐으니, 비록 사심으로 이 책을 팟캐스트팀에 추천하기는 했지만 나도 꿀릴 거 없는 셈이다.

내가 다루자고 주장한 다른 책 한 권은 요조의 『아무튼, 떡볶이』다. 이 책에 대해서도 꿀릴 게 전혀 없다. 내가 읽어본 '아무튼' 시리즈 여덟 권 중에서 최고였고, 시리즈를 떠나 정말 잘 쓴 산문이라고 생각한다.

폴리네시아 원주민들이 쓰는 말과 고매한 인간에 대한 판타지

내용이 시시하다는 걸 뒤늦게 깨달은 책을 〈책, 이게 뭐라고?!〉에서 다뤄야 했을 때에는 '이걸로 뭘 어떻게 이야기해야 하나' 하고 걱정이 태산 같았다. 그런데 막상 녹음할 때 스튜디오 분위기는 상당히 좋았다. 글은 별로였지만 작가가 무척 매력적이었다. 그런 경험을 몇 번 더 하면서, 나는 '글의 매력과 말의 매력은 별개'라는 사실을 온전히 받아들이게 되었다.

기실 2년 반 가까이 〈책, 이게 뭐라고?!〉 시즌 2를 진행하면서, 소개한 책이 시시한데 작가마저 시시했던 경우는 거의 없었다(두 번쯤 있었다). 어찌 보면 당연한 일인데, 말도 글도 매력이 없는 인물에게 편집자들이 출간 제안서를 보냈을 리가 없다. 스타 강사건 SNS 인플루언서건 인기 유튜버건 사람의 마음을 사로잡는 힘이 있으니 그 자리에 올라섰을 테고, 그중에서도 글쓰기에 관심이 있는 사람들이 책을 내자는 제안을 받아들였을 것이다. 아마 그들은 전업 작가보다 훨씬 더 경쟁이 치열한 업계 종사자들일 거다.

앞서 말하기와 듣기에서는 사람의 외모나 차림새가 미치는 영향력이 어마어마하다고 썼는데, 말의 달인에게는 그 이상의 것이 있다. 김미경 원장이 출연했을 때 스튜디오는 열광의 도가니였고 심지어 몇몇 팀원은 김 원장의 이야기에 감명받아 눈물을 흘리기도 했다. 그런데 그것은 김 원장의 외모가 젊은 연예인처럼 예쁘장하다거나 목소리가 성우 같아서는 아니었다(혹시 오해가 있을까 봐, 김 원장은 말과 책 양쪽 모두 참 좋았음을 밝혀둔다).

글의 매력이 하나의 결이 아니고 세상에 다양한 개성의 작가들이 있듯, 말의 매력도 여러 결이고 말의 달인에도 다양한 종류가 있음을 팟캐스트를 하면서 알게 됐다. 내게도 말의 매력이 있는지, 있다면 어떤 종류인지 생각해보게 되었다.

말하기와 듣기의 세계에 내가 너무 무지해서, 남들이 다 알고 거쳐 간 길을 뒤늦게 발견한 걸까? 꼭 그렇지만은 않은 것 같다. 글을 잘 쓰는 사람에 대해서는 작가(우리는 정식 매체에 글을 발표하지 않은 사람에게도 종종 찬사의 의미로 이 단어를 쓴다), 문장가라는 호칭이 있지만 말을 잘하는 사람에 대해서는 두루 일컫는 정확한 용어가 없는 듯하다. 웅변가나 달변가는 말을 잘하는 사람 중 일부만을 가리킨다. 입담, 입심이라는 단어도 말을 잘하는 능력 중 일부만 짚는다. 그런가 하면 말재주라는 단어에는 글재주보다 훨씬 더 부정적인 뉘앙스가 담겨 있다.

내가 막연하게 이해하기로는, 말을 매력적으로 하는 사람에는 최소한 세 부류가 있는 것 같다.

먼저, 거의 원시적이고 동물적이라고 해도 좋을 흡인력을 타고난 이들이 있다. 그걸 카리스마라고 불러도 좋고 폴리네시아 원주민들이 쓰는 말로 '마나mana'라고 불러도 좋다. 이 힘을 지닌 사람이 입을 열어 뭔가를 말하면 청중은 그냥 넋을 놓고 듣는다. 우리는 그들의 동작 하나하나, 손짓 하나하나에 집중한다. 그가 "콩으로 메주를 쑨다"고 말하면 우리는 그 사실을 비로소 깨닫게 된 것만 같고, 그가 "팥으로 메주를 쑨다"고 말하면 그 말이 굉장히 설득력 있게 들린다. 김미경 원장에게 이런 힘이 있는 듯하고 HJ도 약간 그런 편이다. 성공한 정치인, 기업인, 사회운동가들 중에 일정 비율로 이런 이들이 있다. 사이비 종교 교주 중에도 있다.

다음으로 흔히 '방송인'이라고 하는 직업인들에 해당하는 유형이 있다. 이들은 탁월한 어휘 감각과 박자 감각을 지니고 대화를 음악처럼 연주한다. 별것 아닌 이야기인데도 이 사람들이 하면 좌중에서 웃음이 터져 나온다. 같은 내용이라도 다른 사람이 하면 감흥이 없다. 이런 이들은 자신의 지위나 분량을 희생해 전체 대화를 오케스트라처럼 지휘해 흥겨운 분위기를 연출할 줄 알면 토크쇼의 메인 진행자가 된다. 지휘보다 개인 연주 능력이 뛰어나다면 보조 MC나 패널이 된다. 이들 유형은 협연을 얼마나 잘하느냐에 따라 환영받는 인기인이 되기도 하고 톡톡 튀지만 부담스러운 손님이 되기도 한다.

마지막 유형은 TV에서 잘 볼 수 없는 인물군이다. 적어도 30분 이상 대화를 나눠야 그윽한 매력을 느낄 수 있는 사람들이다. 그들은 뽐내지 않고 날을 세우지도 않으면서 안으로는 통제력을, 밖으로는 배려심을 발휘하고 있지만 주변 사람들은 시간이 좀 지나야만 확실하게 알게 된다. 그런 태도에 사람들은 느리게, 하지만 속절없이 매료된다. 앞의 두 유형이 호감과 분리된 불안정한 인기를 누리는 데 반해 이런 타입은 호감과 단단한 인기를 함께 얻는다.

이 마지막 유형이 마치 가장 이상적인 화자인 것처럼 썼지만 실제로는 썩 그렇지도 않다. 그들 역시 말하고 듣는 세계에서 매력을 지닌 사람들이고, 그들이 말하는 내용이나 쓴 글 자체는 특출한 게 없을 수 있다. 말하는 매력을 지닌 사람들이 쓴 시시한 책을 다룰 때, 첫 번째 유형은 혼자 말하도록 내버려두면 되고 두 번째 유형은 놀려먹는 재미가 있는데 마지막 유형과는 적어도 그들의 책에 관해서는 나눌 이야기가 많지 않다.

글의 달인과 말의 달인을 대하는 사람들의 태도는 매우 다르다. 사람들은 글은 일종의 기술이라고 생각한다. "글은 잘 쓰는데 인품은 형편없다"는 말은 위화감 없이 들린다. 반대로 글은 못 쓰지만 인품이 뛰어난 사람도 쉽게 떠올릴 수 있다.

그러나 말에 대해서는 대체로 그것이 그 사람 자체라고 받아들인다. 어떤 사람이 그윽하게 말의 매력을 풍긴다면 그것이 곧 그의 인품이라고 생각한다. 카리스마 있는 말투나 대화에서의 협연 능력에 대해서도 그렇게 생각한다. 말은 따뜻하게 하지만 성격이 냉혹한 인물, 반대로 말은 까칫하지만 속으로 다정한 인간형은 매우 드라마틱하게 여긴다.

읽고 쓰는 세계에 속한 사람으로서 나는 다소 고립된 기분을 맛보기도 한다. 나는 둘 중에 고르라면 어떤 사람을 그가 쓰는 글로 생각하는 버릇이 있다. 그래서 좋아하는 작가의 책을 찾아 읽어도 그를 직접 만나고 싶다는 생각은 그다지 하지 않는다.

게다가 나는 어둡고 날카로운 글을 좋아하는데, 그런 글을 쓰는, 내가 사랑하는 작가들은 성격도 그렇게 어둡고 날카로웠다. 도스토옙스키가 그랬고 조지 오웰이 그랬고 제임스 엘로이가 그랬다. 말하는 인간으로서의 그들은 기껏해야 수줍음이 많다는 평가를 받았고, 독선적이라거나 괴팍하다는 비난도 들었다.

나로 말하자면, 물론 나도 그윽하게 호감을 주는 화술을 익히고 싶다. 내가 카리스마도 없고 유머의 타이밍도 잘 모르는 사람이라서 그렇기도 하고, 나 역시 더 나은 인간, 고매한 인간에 대한 판타지를 품고 있어서 그렇기도 하다. 글은 어둡고 날카롭게 쓰고, 말은 밝고 부드럽게 하려는데 쉽지 않다. 말과 글 모두가 인품의 반영이라면 두 목표를 동시에 추구하는 것은 꽤나 분열적인 작업일 것이다. 나는 내가 다른 사람들 앞에서 늘 가면을 쓰고 있는 기분이 들기도 한다.

당신만의 오디오 콘텐츠와 크리스마스 책 홍수

2018년 서울국제도서전에서 〈책, 이게 뭐라고?!〉 시즌 2 공개녹음 행사를 열었다. 트레바리의 윤수영 대표를 초대 손님으로 모셨고, 녹음 파일은 50회로 올라갔다. 그해 서울국제도서전의 테마가 '확장'이어서 행사를 앞두고 요조, 윤 대표와 함께 그 테마를 공개녹음 대본에 어떻게 녹일 건지, 각자 '독서 경험의 확장'에 대해 무슨 말을 할 수 있을지 메일로 의견을 나눴다.

행사도 좋았지만 나는 사전에 그렇게 그 두 사람과 메일로 대화하는 게 무척 재미있었다. 영리하고 명료한 사람들과는 업무 메일을 주고받는 것도 종종 즐겁다. 업무 성격이 뭔가를 새로 만들어내야 하는 종류의 일이고, 부담이 크지 않고, 돈 얘기를 하지 않아도 되고, 우리가 다 책을 좋아하는 사람들이라서 더 그랬던 것 같다. 무엇보다 세부 사항을 챙겨주실 분들이 따로 계시기도 했고.

나는 팟캐스트 팀원들과 온라인 토론을 벌이는 것이 내가 경험하는 독서의 확장이라고 이야기했고, 가끔 소설을 쓰는 일도 독서의 연장이라는 생각을 한다고 덧붙였다. 윤수영 대표는 트레바리 자체가 사람들의 독서 경험을 확장시키는 일을 하는 회사라고 설명했다. 사람들이 혼자서는 읽지 않았을 책을 읽게 만들고, '남의 생각'인 책을 토대로 '나의 생각'을 하게 되고, 다양한 사람과 교류하면서 관점을 넓히게 된다고.

요조는 독서 토론 외에도 책을 읽은 뒤 저자와 직접 대화하는 것, 전에 선호하지 않던 장르의 책을 읽는 것, 서점을 열고 칼럼과 추천사를 쓰면서 출판계와 인연을 맺게 된 것, 그리고 작가가 된 것에 대해 자세히 적었다. 그녀는 그런 일들이 서로 얽히며 선순환이 일어난다며 거기에 '확장의 확장'이라는 이름을 붙였다.

공개녹음 뒤에는 요조와 함께 〈당신만의 오디오 콘텐츠를 만들어드립니다〉 이벤트에도 참여했다. 이것도 재미있었다. 도서전 관객과 함께 들어가 책의 한 대목을 낭독해서 녹음하는 것이다. 포털 사이트에서 신청자를 받아 주최 측에서 열명을 추렸고, 그들이 보낸 사연과 읽고 싶어 하는 책을 보고 나와 요조가 최종 당첨자를 각각 다섯 사람씩 뽑았다.

나는 내 책을 낭독하고 싶다는 신청자들을 선택했다. 당첨자들과 각각 녹음 부스에 들어가 『표백』, 『한국이 싫어서』, 『그믐, 또는 당신이 세계를 기억하는 방식』, 『댓글부대』, 『5년 만에 신혼여행』을 읽었다. 여러 사람이 들을 게 아니라고 하니 부끄러움 없이 신나게 목소리 연기를 펼칠 수 있었다. 그런데 신청자들도 다들 준準성우들이었다.

바쁜 하루였다. 공개녹음과 오디오 콘텐츠 녹음 이벤트 뒤에는 민음사 부스에서 구병모, 조남주 작가와 함께 사인회를 열었다. 구병모 작가 앞으로 그가 쓴 책을 전부 들고 온 팬들이 길게 늘어섰고 조남주 작가 앞에도 사람들이 구름처럼 몰렸는데, 내 사인을 받으려는 줄은 금방 끝났다. 민망해서 진땀이 났다. 그런 사정을 아는지 모르는지 〈책, 이게 뭐라고?!〉 팀원들이 "장강명 잘생겼다!"고 외치며 민음사 부스 옆을 지나갔다.

이날은 내가 서울국제도서전을 처음으로 구경한 날이기도 했다. 과거 서울국제도서전은 출판사들이 책을 할인 판매하는 곳이었다. 그래서 도서정가제 시행 이후 관람객이 크게 줄어들었다. 그랬다가 2017년부터 다양한 기획과 이벤트로 이

전과 완전히 달라진 축제가 됐다고 한다. 특히 문화체육관광부가 아니라 대한출판문화협회를 중심으로 출판계가 직접 그런 변화를 주도해서, 관계자들은 몹시 뿌듯해하는 분위기였다.

나는 독서를 무척 개인적인 일로 여기는 데다 북적거리는 곳을 혐오하기 때문에 독자로서 도서전에는 별 관심이 없었다. 거리 응원도 해본 적이 없고 대학 축제도 1학년 때 슬쩍 둘러본 게 전부다. 연세대와 고려대의 스포츠 경기와 응원전에도 관심 가져본 적이 없다. 한편으로는 큰 도서관에 가면 언제나 축제에 초대받은 것 같은 기분이 든다.

그래도 팟캐스트 팀원들끼리 구글스프레드시트에서 '예산 1,000억 원을 준다면, 어떤 책 축제를 기획하겠는가' 하는 쓸모없는 공상을 한 적이 있었다. 문소는 '당장 1억 원만 있으면 좋겠다'고 적었고, 요조는 유명 소설가 대 AI의 소설 창작 대결이라는 종말론적 아이디어를 냈다.

나는 작가들이 오지 않는, 그래서 작가들이 방해할 수 없는, 순수한 독서 축제를 상상했다. 이 행사장에서 모든 기획과 이벤트는 텍스트와 독자의 만남에 초점을 둬야 한다. 작가와 출판사 직원도 입장할 수는 있지만, 자신들이 업계 관계자임을 티 내선 안 되며, 어떤 특별 대우도 받지 못한다.

예산이 1,000억 원이나 된다면 주최 측에서 참가비를 오히려 나눠주면서 사람들을 불러 모아도 되겠지. 게다가 사람들은 종종 선택의 여지가 없는 상황을 더 편안해한다. 내 상상 속 책 축제는 한겨울에 일주일 동안 펼쳐진다. 참가자들은 첫날 행사장에 들어와서 마지막 날까지 외부로 나가지 못한다. 급한 사정이 있어서 밖으로 나간 참가자들은 다시 돌아오지 못하며, 그해 축제는 포기해야 한다.

일주일 동안 모든 참가자들에게는 소박하지만 멋진 숙소가 제공된다. 시설은 다 똑같다. 노약자와 가족을 위한 방이 조금 다를 뿐이다. 방을 배정할 때에는 지인들은 이웃하지 않게 두는 게 원칙이다. 방의 옷장에는 입을 옷가지들도 다 갖춰져 있는데 이용자의 옷 사이즈를 주최 측에서 미리 파악해 크기가 다 잘 맞는다. 다만 무작위라서 운이 없으면 일주일간 괴악한 옷차림으로 다녀야 한다.

행사장은 작은 마을 규모인데 중심부에 책 축제 참가자들을 위한 호텔과 진행 요원을 위한 숙박시설, 사무국, 식당, 체육관 그리고 거대한 도서관이 있다. 모든 시설은 무료이며, 식당에서는 24시간 뷔페식을 먹을 수 있고, 뷔페가 싫은 사람을 위해 끼니마다 두 종류 메뉴로 배식도 한다. 해가 지면 맥주도 제공한다. 맥주도 두 종류다. 페일에일과 바이젠. 지역 양조장에서 만든 수제 맥주다.

어디에서나 늘 좋은 음악이 흐르며, 진행 요원들로 구성된 아마추어 밴드의 공연도 곳곳에서 열린다. 그러나 마을 전체에 TV는 한 대도 없고, 영화관도 없다. 도서관도 장서 수가 어마어마하게 많지만 영상 자료는 하나도 갖고 있지 않다. 물론 시각장애인을 위한 점자책과 오디오북은 모자람 없이 갖추고 있다.

참가자들은 축제 첫날 행사장에 들어갈 때 입구에서 돈과 휴대전화와 컴퓨터 기기를 모두 진행요원에게 맡겨야 한다. 그리고 한 사람도 예외 없이 제비뽑기를 한다. 제비에는 책의 제목과 등장인물의 이름이 적혀 있다. 참가자들은 도서관에 가서 그 책을 찾아 읽고, 등장인물을 자기식으로 이해해야 한다. 그리고 마지막 날 해당 등장인물의 모습으로 분장해 그 인물의 관점으로 책의 내용을 해석해 모든 사람들 앞에서 발표한다.

분장 재료는 참가자가 알아서 조달해야 한다. 자기가 받은 옷과 다른 참가자가 받은 옷을 교환할 수도 있다. 책에 대한 해석 역시 자기가 직접 해야 한다. 다만 참가자들이 작은 그룹을 만들고 독서 토론을 열어 구성원의 책을 다 같이 읽은 뒤 서로에게 조언을 해줄 수는 있다. 그러면서 마음이 맞는 사람과 썸을 타고 연애를 하고 싶다면 그래도 좋다. 다만 깊은 독서와 해석, 발표 준비에 일주일은 그리 충분한 시간이 아니다. 수상을 하는 것은 큰 영예이기 때문에 경쟁도 엄청나게 치열하다.

축제 마지막 날에는 참가자와 진행 요원이 모두 심사를 한다. 채점 기준은 딱히 없다. 어떤 이는 꼼꼼하고 충실한 분장에, 어떤 이는 전복적인 해석에 높은 점수를 준다. 모두가 다 아는 유명 소설의 유명 캐릭터를 뽑은 사람은 돋보일 가능성이 높지만 그만큼 부담도 크다. 소설이 아니라 비문학 도서에 나오는 인물을 맡게 된 이도 고민이 많다.

심사 결과를 현장에서 바로 발표하지는 않는다. 투표 결과로만 입상자를 선정하는 건 아니기 때문이다. 이후 열한 달 동안 도서관 대출 기록과 서점 판매량을 파악해서 축제로 인해 독자가 많아진 책을 가려내고, 그 책을 소개했던 이에게 가점을 부여한다. 그렇게 해서 수상자를 뽑아 메달을 수여하는데, 순위는 없다. 메달을 받은 사람들은 다음 축제에서 진행 요원으로 활동한다. 책 축제에서 진행 요원으로 일한 경험은 두고두고 자랑거리가 된다.

이거 1,000억 원으로 되려나?

이 상상 속의 책 축제는 발터 뫼르스의 판타지 소설 『꿈꾸는 책들의 도시』에 나오는 열혈 독서 종족인 '부흐링'의 삶에서 힌트를 얻었다.

이렇게 책을 사랑하는 사람들이 모여 사는 곳이 과연 있을까 싶은데, 아이슬란드가 그렇다고 한다. 아이슬란드에서는

TV 독서 프로그램이 황금 시간대에 편성되며, 1년 내내 이런 저런 책 관련 페스티벌이 열린다고 한다. 아이슬란드 사람들은 크리스마스에 책을 선물하는 전통이 있어서, 그 시즌마다 신간들이 쏟아져 나오는데 이를 '욜라보카플로드jólabókaflóð'라고 부른다고 한다. '크리스마스 책 홍수'라는 뜻이다. 크리스마스가 다가오면 아이슬란드 사람들은 어떤 책을 선물할지를 놓고 뜨거운 토론을 벌인다고 하는데, 정말이지 판타지 소설처럼 들린다.

마오쩌둥의 다채로운 독서 생활과
곰팡이가 만드는 기하학적인 균사

'정말 그럴까? 읽고 쓰는 일만으로 우리는 점점 더 좋은 사람이 될 수 있을까?'

위의 두 문장은 신형철 평론가의 책 『슬픔을 공부하는 슬픔』 중 「우리는 더 좋은 사람이 될 수 있을까?」라는 글에 나온다. 이 책은 신 평론가가 신문과 잡지에 기고한 원고를 모은 산문집이다. 〈책, 이게 뭐라고?!〉 시즌 2 73회에서 다뤘다.

문학평론가의 글이다 보니 서평이나 책을 소재로 한 칼럼이 많다. 「우리는 더 좋은 사람이…」에서는 김연수 작가의 두 권짜리 산문집 『우리가 보낸 순간』을 이야기한다. 김연수 작가가 읽기와 쓰기의 가치를 찬양하는 대목이다.

신형철 평론가가 소개하는 김연수 작가의 주장을 다시 장강명식으로 요약하면 이렇다.

① 글을 쓰는 행위는 자신을 긍정하는 행위이므로 글을 쓰면 쓸수록 더 나은 인간이 된다.

② 우리는 읽는 글로부터 영향을 받는다. 그러므로 아름다운 문장을 읽으면 아름다운 인간이 된다.

신형철 평론가는 ①, ②에 대해 '정말 그럴까?'라며 다소 회의적인 모습이다. 그는 쓰기에 대해서는 언급하지 않고 소설 읽기에 대해서만 견해를 적었다. 장강명이 요약하자면 다음과 같다.

③ 문학은 간접 체험을 제공하므로 사람은 독서를 통해 배울 수 있다. 그러나 그런 간접 체험에는 한계가 있다. → 결정적인 도움은 안 되지만 시뮬레이션 정도는 된다.

우리는 이 부분을 놓고 토론했다. 요조는 글이나 책을 많이 읽는다고 좋은 사람이 되는 것은 아니라며, ②에 반대한다고 했다. 수필, 소설, 시는 모두 작가를 꾸며주기에 좋은 장르이며 글을 읽고 저자가 좋은 사람이라고 여기는 것은 어떤 경우에는 위험한 일이라고까지 했다. 성폭력을 저지른 남성 시인의 사건은 어떻게 봐야 하느냐며. ①에 대해서는 틀린 말은 아니지만 그렇다고 글쓰기가 만능인 것도 아니라는 의견이었다.

나는 어떤 사람이 글을 쓰는 행위를 통해 더 나은 인간이 될 수 있다고 생각한다. 그러나 글쓰기가 자신을 긍정하는 행위인지는 잘 모르겠고, 또 자신을 긍정하는 일이 사람을 더 낫게 만드는지도 의문이다. 그런 논리라면 자기 합리화를 잘할수록 더 훌륭한 사람이 된다는 결론이 나온다.

②에 대해서도 앞 문장만 동의한다. 독자가 글에서 영향을 받는 거야 당연하다. 그런데 아름다운 문장을 읽는다고 아름다운 인간이 되는 건 아니라고 생각한다. 거대한 폭력을 합리화하는 데 아름다운 문장들을 동원하는 추악한 체제가 얼마나 많은가. 책벌레였던 인간 백정도 수두룩하다. 히틀러는 매일 500쪽씩 책을 읽었고 보유한 책이 1만 6,000권이나 됐던 장서가였다. 죽는 순간까지 다양한 책을 엄청나게 읽은 마오쩌둥에 대해서는 『마오의 독서생활』이라는 분석서까지 나왔을 정도다. 스탈린은 독서광이자 시인이었다.

③은 문학 독서의 효용에 대한 한 가지 설명은 될 수 있다. 그런데 우리는 더 좋은 사람이 되기 위해 소설을(그리고 책을) 읽는 것일까? 세계를 이해하거나 가능성을 탐구하거나 현실에서 벗어나기 위해, 아니면 그저 즐거워하거나 슬퍼지려고 읽어서는 안 되는가?

사실 내게는 ①, ②, ③이 모두 조금씩 핀트가 어긋난 이야기로 보인다. 나는 문학(혹은 책)을 읽는 게 좋은 인간이 되는 일과 그리 겹친다고 보지 않는다. 2020년 즈음 한국 문단에서는 쓰는 사람이나 읽는 사람이나 문학을 무슨 인격 수양처럼 여기는 게 기본 정서 같지만.

나는 오히려 '읽고 쓰면 더 좋은 인간이 될 수 있다'는 주장이 실제로는 편리한 면죄부로 쓰이는 것 아닐까 의심한다. 힘들게 행동하지 않으면서, 읽고 쓴다는 쉽고 재미있는 일만으로 자신이 좋은 인간이 되고 있다고 믿고 싶은 사람들에게. 그들이 그런 허약한 가설에 기대 은근한 우월감을 즐기는 듯 비칠 때에는 좀 딱해 보인다.

운동을 열심히 하면 몸이 건강해져 자존감이 높아지고 노력의 중요성을 깨달은 좋은 사람이 될 수도 있을 것이다. 반대로 자기보다 약한 사람을 괴롭히는 덩치가 될 수도 있을 테고. 독서와 인성의 관계도 그 정도 아닐까. 앞서 말한 것처럼 나는 읽고 쓰는 세계에 있는 사람들이 일관성을 더 추구하며, 그래서 보다 공적이고 반성적인 인간이 된다고 생각한다. 그러면서 이웃을 경멸하는 오만하고 재수 없는 인간이 될 수도 있을 것이다(내가 그렇다).

그렇다면 왜 읽는가? 왜 쓰는가? 개인적인 답변은 허탈할 정도로 간단한데, 그러지 않을 수가 없기 때문이다. '왜 자는가'라는 질문과 마찬가지다. 수면이 인체에 끼치는 영향이 뭔지는 모르겠지만, 오래 깨어 있으면 졸려서 버틸 수가 없다.

아무리 즐거운 나날이 이어져도 글을 읽거나 쓰지 않는 기간이 길어지면 나는 허무해진다. 그런 허무함은 짧은 몇 문장으로는 해소되지 않는다. 내가 읽고 쓰는 글은 단행본 한 권 길이는 되어야 한다.

때로는 이게 땀을 많이 흘린다든가 새우에 알레르기가 있다든가 하는 것처럼 그냥 단순히 타고난 체질 문제 아닐까 싶기도 하다. 아이들 한 무리를 데리고 소풍을 나가 하고 싶은 일을 하라고 하면 온갖 행동을 볼 수 있을 거다. 어떤 아이는 벌레 소리를 듣고 별을 관찰하는 일에 푹 빠진다. 어떤 아이는 지쳐 쓰러질 때까지 공을 차고 던진다. 어떤 아이는 자연과 스포츠 대신 선생님이나 친구가 들려주는 귀신 이야기에 넋을 잃는다. 어떤 아이가 더 뛰어나다고 얘기할 수 있는 건가? 어떤 아이가 좋은 인간이 될 자질이 더 많다고 말할 수 있는 건가?

나는 축구공에 흥미가 없고 이야기에 정신이 팔리는 아이였다. 지금도 그렇다. 왜 그렇게 됐는지는 잘 모르겠고, 사실 큰 관심도 없다. 이런 접근법에는 큰 장점이 있다. '왜 읽어야 하는가, 왜 써야 하는가'를 두고 소모적인 고뇌에 빠지지 않아도 된다. 레이디 가가 노래 제목처럼 이렇게 태어났는걸, 뭐. 이 접근법의 단점은, 내가 아닌 다른 사람에게는 도움이 되지 않는다는 것이다. "책을 왜 읽어야 한다고 생각하시나요?"라고 질문을 받으면 솔직히 '글쎄요?'라는 생각이 제일 먼저 든다.

요즘은 "책을 왜 읽어야 하느냐"는 질문을 받으면 "타인과 세계를 이해하기 위해서"라고 대답한다. 내가 아닌 남의 이유에 대해서는 그렇게 말해도 될 것 같다. 타인과 세계를 체험하지 않고 이해하는 방법은 언어뿐이고, 그들은 무척 복잡한 존재이기 때문에 아주 긴 언어로 표현해야 하고, 긴 언어를 순서대로 기록하고 재생하는 가장 효율적인 매체는 책이라고. 다른 사람과 세상을 깊이 이해하다 보면 더 나은 인간이 될 수도 있을 테고. 헌데 가끔은 그 질문에 대해 "그야 물론 재미있으니까"라거나 "억지로 읽지 않아도 됩니다"라고 대답하고픈 충동도 인다.

책을 쓴다는 일—아니 보다 엄밀히 표현해 누군가에 의해 책이 쓰이는 현상—에 대해서는 가끔 거창하고 황당한 생각도 든다. 그건 그냥 우주의 기본 속성 아닐까? 유기화합물 중 어떤 것들이 단세포생물이 되고, 수증기 분자가 얼어붙어 복잡한 육각형 패턴의 눈송이가 되듯이, 생각의 파편들이 어떤 조건으로 인해 한자리에 모이면 저절로 책이 되려는 것 아닐까 하고 말이다. 그리고 곰팡이가 심오한 의도 없이 기하학적인 패턴으로 균사를 만들어내듯이 작가들은 '의미 기계'로서 책을 토해내는 것 아닐까…….

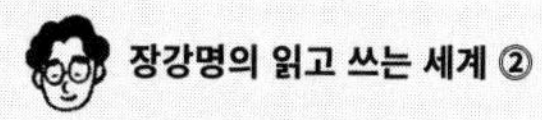

끝내주는 책

1998년, 서울—나는 여름에 제대했다.

바로 복학을 하려면 할 수도 있었지만, 그러기에는 왠지 억울해서 그냥 한 학기를 놀았다. 놀면서 아르바이트를 하고, 혼자 영화를 보고, 책을 읽었다.

책은 주로 집 근처 공공 도서관에 가서 읽었는데, 한번 가면 하루 종일 머무르면서 SF와 추리소설을 닥치는 대로 읽었다. 도서관에는 맛은 없지만 싼 밥도 있고, 한 잔에 150원인지 200원인지 아무튼 몇 백 원 하지 않는 커피 자판기도 있었다. 졸리면 열람실 책상에 엎드려 잘 수도 있었고. 도서관은 책 읽는 사람들로 항상 북적였는데, 지금 생각해보니 외환 위기 때라 할 일 없는 명예퇴직자들이 그리 몰렸던 것 같다.

군대에 있는 동안 나가지 못했던 하이텔 과학소설 동호회 모임에도 다시 나갔는데, 거기서 누가 『블랙 달리아』라는 끝내주는 소설이 나왔다며 읽어보라고 했다. 월드와이드웹이 막 보급되던 때였고, 네이버도 알라딘도 없던 시절이었다. 괜찮은 책은 늘 그렇게 사람에게서 추천받았다. 취향이 맞는 사람을 만나기 어려운 시절이었으므로, 그런 추천 하나하나가 소중했다.

마침 도서관에는 『블랙 달리아』 1권이 있었다. 지금은 절판된 시공사판으로, 그때 책 제목은 '블랙 달리아'가 아니라 '블랙 다알리아'였고 두 권짜리였다. 프롤로그가 20여 페이지쯤 됐는데, 마지막 문장이 이랬다. '그렇게 해서 우리 두 사람의 영혼은 그 여자에게 완전히 사로잡히고 말았다.' 1권 중간까지 읽었을 때 내 영혼도 그 책에 완전히 사로잡히고 말았다.

두 시간인가 세 시간인가, 앉은 자리에서 1권을 뚝딱 다 읽고 서가로 뛰어갔다. '혹시 2권이 없으면 어쩌지?' 하는 생각뿐이었다. 다른 사람들 눈에는 구질구질한 옷을 입은 더벅머리 청년이 눈에 불을 켜고 서가로 달려가는 모습이 어떻게 보였을지 모르겠다. 다행히 2권은 있었고, 나는 또 두 시간인가 세 시간인가, 앉은 자리에서 2권을 다 읽었다.

1장은 프롤로그보다 더 뛰어났고, 2장은 1장보다 더 좋았다. 2권은 1권보다 훨씬 더 재미있었다. 읽는 사람의 마음을 갈기갈기 찢어놓는 종류의 재미였다. 몇 시간 동안 꼼짝 않고 책만 읽었다. 내 인생 최고의 독서 경험이었다. 집에 가는 길이 너무 행복했다. 다음 날 당장 서점에 가서 책을 사야겠다는 마음뿐이었다.

지금 나는 이 책을 네 가지 판본으로 갖고 있다. 한국어 번역본, 페이퍼백 원서 두 종류, 그리고 오디오북이다. 그 한국어 번역본을 딱 한 번 지인에게 빌려줬을 때에는 돌려받지 못할까 봐 전전긍긍했다. 오디오북은 굵직한 목소리의 남자 성우가 여성 캐릭터의 대사를 너무 열심히 연기하기 때문에 들으면 좀 웃긴다. 소설을 각색한 브라이언 드 팔마의 영화도 당연히 보았는데, 대단히 실망스러웠다. 나는 지금도 종종 이 책을 읽는다. 내게는 절대적인 소설 작법 교본이다. 이야기를 끌고 가는 수법이나, 스타일, 주제, 모두 배울 점으로 가득하다. 언젠가 이런 책을 쓰는 게 목표다.

이 책의 내용은…….

1947년, 로스앤젤레스—한 배우 지망생이 끔찍하게 고문당한 뒤 살해됐다.

실화다. 죽은 여성의 이름은 엘리자베스 쇼트. 나이는 스물셋. 스타의 꿈을 품고 할리우드로 상경한 가난한 시골 처녀였다.

쇼트의 시신은 로스앤젤레스 주택가 길거리에서 발견되었다. 알몸이었고, 핏자국은 전혀 없었던 데다 허리가 두 동강이 나 있었기 때문에 목격자는 처음에 그게 마네킹인 줄 알았다. 몸에 칼자국과 맞은 자국이 수없이 많았고, 가슴과 넓적다리 살은 거의 도려내어져 있었다. 손발이 다 묶인 상태로 매달려서 오랫동안 고문을 당한 것 같았다. 몸에서 뽑힌 내장이 곱게 접혀 시신 옆에 놓여 있었다. 몸과 내장은 물로 깨끗이 씻겨 있었다. 제일 끔찍한 것은 얼굴이었다. 입을 양쪽 귀까지 칼로 찢어놓았다. 영원히 웃을 수밖에 없도록(소설에서 쇼트는 마지막 순간 찢어진 얼굴에서 흘러내린 피가 목구멍으로 들어가 자기 피에 질식해 숨진 것으로 나온다).

얼마 뒤 자신이 범인이라고 주장하는 남자가 신문사에 전화를 걸어 "기사가 좀 줄었네?"라고 말하고 쇼트의 소지품들을 편집국으로 보냈다. 그러나 그 남자가 누구인지는 끝내 알 수 없었다.

1940년대 후반 미국을 뒤흔든 '블랙 달리아 사건'이다. 당시 언론이 엘리자베스 쇼트에게 붙인 별명이 '블랙 달리아'였다. 우리로 치면 화성 연쇄살인 사건에 해당한다. 모든 사람이 경악했고, 어마어마한 수사 인력이 투입됐으나 끝내 범인은 잡히지 않았다.

제임스 엘로이는 이 실화를 바탕으로 소설을 썼다. 피해자의 이름과 사건 묘사는 실제 그대로 썼지만, 사건을 추적하는 주인공 형사 버키와 그의 동료 리는 창작이다. 영화 〈살인의 추억〉을 생각하면 된다. 다만 〈살인의 추억〉과 달리 소설 『블랙 달리아』에서는 결말에서 버키가 범인을 잡는다. 몇 년에 걸친 지독하고 고독한 수사 끝에. 동료도, 연인도, 경찰 업무에 대한 믿음도 잃고, 만신창이가 된 채로.

그러나 읽는 이에게 버키의 몰락과 광기에 가까운 범인 추적 과정은 동시에 기묘한 구원 서사이기도 하다. 왜냐하면…….

1958년, 로스앤젤레스—진 엘로이의 시신이 주택가 길거리에서 발견되었다.

이혼녀였던 진 엘로이는 남자친구가 많았다. 그중 한 명을 만나러 나갔다가 혹은 그렇게 만난 남자친구에게 살해된 것 같았다. 그녀의 아들은 그때 열 살이었다. 범인은 끝내 잡히지 않았다.

아들은 어머니의 죽음으로 말미암아 제대로 된 청년기를 보내지 못하고 한참 방황했다. 그는 어머니의 죽음과 비슷한 (하지만 훨씬 더 유명한) 블랙 달리아 사건에 강박적으로 매달렸다. 알코올중독과 좀도둑질 같은 범죄로 망가져가던 이 젊은이는 골프 캐디를 하는 틈틈이 소설을 쓰면서 점점 정상적인 삶을 되찾게 된다. 전업 작가로 어느 정도 이름이 알려지고 생계가 해결됐을 때 그는 블랙 달리아 사건을 소설화하는 일에 착수한다. 그리고 마침내 완성된 소설 『블랙 달리아』 제일 앞 장에 이런 헌사를 적었다.

'어머니, 스물아홉 해가 지난 지금에야 이 피 묻은 고별사를 바칩니다.'

소설에서 주인공 버키의 수사와 그의 정신적 몰락은 서로 분리되지 않는다. 1940년대 후반 미국 사회와도 분리되지 않는다. 엘리자베스 쇼트에 대해 알아갈수록 그녀의 죽음은 당시의 미국 사회와 떨어뜨려 생각할 수 없다는 것이 드러나기 때문이다. 할리우드 드림, 포르노 제작, 매춘 조직, 부동산 붐, 선정적인 언론, 부패한 공권력. 수사를 하면 할수록 버키는 점점 더 보고 싶지 않은 것들을 보게 되고, 마침내는 가장 믿었던 동료와 연인에 대한 추악한 진실에까지 이른다. 버키 또한 타락한다. 그는 용의자를 고문하고 목격자를 협박하며 증인과 바람을 피운다.

이것은 아마 제임스 엘로이 자신의 경험이기도 하리라. 순진한 신참은 끔찍한 사건을 맞닥뜨리고 그 사건을 통해 세상을 배운다. 캘리포니아의 찬란한 태양이 빚어내는 그림자, 어둠, 악을. 우리의 발이 퀴퀴하게 썩어가는 바닥에 잠겨 있음을. 이 세계에 차고 넘치는 폭력이 불가해한 방식으로 희생자를 골라 고문하는 방식을. 단 한 조각의 희망도 없는 것처럼 보이는 압도적인 절망을.

이 하드보일드한 세계에서 우리를 구원하는 것은 용서라

든가 사랑이라든가 하는 것이 아니다. 세계를 똑바로 보겠다는, 어둠을 직면하겠다는 의지다. 나는 『블랙 달리아』보다 범인의 트릭이 더 절묘하거나 반전이 더 놀라운 추리소설을 몇 편이고 댈 수 있다. 그러나 범인을 잡겠다는 형사의 집념이 이보다 더 강렬하게 묘사된 소설은 한 편도 알지 못한다. 로스앤젤레스 경찰이 수사를 포기한 후 버키는 스스로의 경찰 경력을 망가뜨리면서, 가정 파탄을 감내하면서 범인을 쫓는다. 그렇게 마침내 발견한 진상은, 아이러니하게도 그를 구원한다. 그는 폭력적인 세계의 끝에 기어이 도달함으로써 그 세계와 비로소 화해하게 된다.

제임스 엘로이 자신도 같은 길을 걸었다. 이 책을 출간한 뒤 세계적인 명성을 얻게 된 엘로이는 어머니의 죽음을 본격적으로 파헤치기 시작했다. 전직 경찰을 고용해 진 엘로이 살해 사건을 다시 수사하는 한편, 자신의 어린 시절과 암울했던 청년기, 어머니와 아버지에 대한 기억을 담은 에세이를 썼다. 수사 기록과 회고록이 섞인 이 기묘한 에세이는 비평가들의 격찬을 받았으며, 한국어로도 번역되었다. 끝내 어머니 살해 사건의 범인을 잡지는 못했지만 그의 에세이 『내 어둠의 근원』을 읽으면 저자가 세계와 화해했음을 알게 된다.

2015년, 서울—나는 소설을 쓴다.

그리고 『블랙 달리아』를 출간했을 때의 제임스 엘로이보다 한 살이 더 많다. 그 사실이 거의 믿기지가 않는다. 마흔도 되기 전에 이런 걸작을 썼다고? 부끄럽지는 않다. 그냥 놀랄 뿐이다. 오히려 나는 이런 훌륭한 교본으로 소설 공부를 하고 있다는 사실이 자랑스럽다.

학교에서 소설 작법을 배우지 못한 나는 이 책을 분석하며 어떻게 글을 쓸 것인가를 연구했다. 하필 교재가 장편소설이었던 바람에, 나는 장편소설을 쓰는 법만 열심히 연구한 셈이 되었다. 이 자리에서 나의 연구 결과를 두 가지만 공개하면 이러하다.

첫째, 클라이맥스에서 주인공은 반드시 정신적으로 붕괴해야 한다. 타인과의 갈등이나 육체적인 위기만으로는 충분치 않다. 그는 발밑이 무너지는 경험을 해야 하며, 어떤 식으로든 자기 내면의 어두움과 마주쳐야 한다. 그 과정은 점진적이어야 한다.

30분, 또는 50페이지마다 사람이 죽어나가는 요즘 스릴러 영화나 소설에 비하면 『블랙 달리아』는 우직하다. 연쇄살인도 없고, 살인 예고도 없으며, 프로파일러와 천재 사이코와의 대면도 없고, 납치되어 죽을 날만 기다리는 다음 희생자도 없다. 자동차 추격전도 시한폭탄도 없다. 핏물에 담갔다 꺼낸 듯한 제임스 엘로이의 다른 대표작 『L.A. 컨피덴셜』과 비교하면, 다소 심심할 정도다.

그런데도 매 페이지에서 시선을 돌릴 수 없는 이유가 뭘까? 그것은 주인공 버키가 몰락하기 때문이다. 독자들이 주인공을 향해 '제발 그리 가지 마'라고 외칠 때 이야기에는 놀라운 박진감이 생긴다. 주인공이 걷는 한 발 한 발이 엄청난 서스펜스가 되기 때문이다. 결국 버키는 '암흑의 핵심'에 이르고, 독자는 주인공과 함께 정신적으로 파괴된다. 그런데 암흑의 핵심에서는 어느 방향으로 걸어가도, 서 있던 자리보다 더 밝은 곳이 나온다. 그러기에 결말은 자연스럽게 어떤 희망과 구원을 제시하는 듯 보이게 된다.

둘째, 주인공의 욕망과 두려움이 드러나야 한다. 주인공은 두세 층위에 걸쳐 여러 가지 욕망과 두려움을 품고 있는 인물이어야 하고, 그 욕망과 두려움이 서로 부드럽게 연결되어야 한다. 그러면 인물이 훨씬 그럴싸하게 보인다. 감정이입도 쉬워진다. 그래서 독자는 그 인물의 몰락을 편하게 앉아서 지켜볼 수가 없게 된다.

『블랙 달리아』 도입부에서 버키의 두려움과 욕망은 두어 가지뿐이다. 순경이 아닌 사복형사가 되고 싶은 욕망, 경찰이 되기 위해 친구를 밀고한 사실이 들통나지 않을까 하는 두려움, 사회정의를 구현하고픈 욕망, 치매에 걸린 아버지 부양비를 댈 수 없을 거라는 두려움.

이야기가 진행되면서 그의 욕망과 두려움은 제각기 커진다. 엘로이는 인물이 새로 추가되거나 에피소드가 하나 발생할 때마다 버키의 욕망과 두려움을 솜씨 좋게 한 쌍씩 추가한다. 예를 들어 동료 형사 리의 동거녀 케이가 등장한다. 버키는 케이와 깊은 관계가 되고, 그녀를 욕망하는 한편 동료와의 관계가 파탄나지 않을까 두려워하게 된다. 그런 음영을 통해 독자는 버키의 내면을 생생하게 겪는다.

이외에도 『블랙 달리아』를 통해 내가 배운 소설 작법 요령은 예닐곱 개가 더 있지만, 이쯤 하련다. 나 자신도 잘 구현하지 못하는 노하우들인데다, 그 귀중한 비급을 경쟁자들과 공유하고 싶지 않아서다. 하지만 그들이 서점에서 『블랙 달리아』를 사 읽는 것까지 막지는 못할 테지. 많은 독자들에게 이 책을 적극 추천하고픈 욕망과, '그러다 한국에 갑자기 엘로이의 문학적 후계자가 나타나면 어떻게 하지(그 자리는 내가 차지해야 하는데)' 하는 두려움이 나를 사로잡는다.

3장

말하기-듣기의 세계에서 만난 작가들

저승에서 돌아온 남자와 마케팅의 부스터

〈책, 이게 뭐라고?!〉 시즌 2 12회와 13회는 같은 날 녹음했는데 12회에는 김민섭 작가가, 13회에는 은유 작가가 출연했다. 새로운 길을 개척하는, 전에 보지 못한 유형의 작가 두 사람을 같은 날 연달아 만나게 됐다는 우연의 일치가 재미있었다.

다양한 작가들을 만나 고민과 아이디어를 들어볼 수 있다는 건 〈책, 이게 뭐라고?!〉를 진행하면서 얻은 즐거움이자 특권이었다. 특히 김민섭, 은유, 이슬아처럼 자신들이 전에 없던 작가라는 자의식이 있고 앞에 놓인 벽을 돌파하기 위해 몸을 사리지 않는 작가들이 흥미로웠다. 그들의 실험이 실패하건 성공하건, 내가 거기에 찬성하건 반대하건 간에.

대학원생이자 시간강사로 한 대학에 다니던 김민섭 작가는 인터넷에 익명으로 지방대 시간강사의 현실을 비판하는 글을 연재했다. 지방대 시간강사 벌이로는 도저히 가족을 부양할 수 없어 맥도날드에서 아르바이트를 한다는 고백과, 대학보다 맥도날드에서 오히려 노동자의 권리를 더 잘 보호해주더라는 고발이 사람들의 마음을 울렸다. 그는 이 연재물을 『나는 지방대 시간강사다』라는 책으로 펴냈다. 그때는 '309동 1201호'라는 필명을 사용했다.

책이 나온 뒤 정체가 드러난 그는 대학을 떠나야 했고, 이후 대리운전을 하면서 보고 느낀 점을 모은 에세이이자 사회학 서적인 『대리사회』를 본명으로 펴냈다. 우리는 김민섭 작가와 한국출판마케팅연구소가 주최한 강연에서 처음 만나 인사를 나눴다. 나는 이후에 그의 책 두 권에 추천사를 썼고, 논픽션 『당선, 합격, 계급』을 쓰면서 그를 인터뷰했다. 우리는 부산에서 북토크를 같이 열기도 했다.

〈책, 이게 뭐라고?!〉에는 그의 세 번째 책인 『아무튼, 망원동』을 소개하면서 처음 초청했다. 이 책은 제철소, 위고, 코난북스 세 출판사가 기획한 '아무튼' 시리즈의 첫 책들 중 한 권이었다. 마케팅 자원이 부족한 1인 출판사(위고는 대표 부부가 공동으로 운영하는 곳이긴 하지만)들이 연합해서 한 시리즈를 끌고 가며 입소문을 일으키겠다는 계획이었는데, 당시에는 그게 잘 될지 안 될지도 궁금했다.

은유 작가는 김민섭 작가에 비하면 극적인 사건 없이 천천히 인지도를 얻은 케이스다. 어찌 보면 더 어렵고 희귀한 사례라고 할 수 있다. '대학 졸업장이 없는 상고 출신 글쓰기 강사'라는 독특한 이력이 약간의 오라가 됐을까? 첫 책 『올드걸의 시집』은 다른 작가가 쓴 시와 자신의 일상을 엮은 징검다리 성격의 에세이였는데, 이후 그의 글은 점점 '바깥'과 '체험'을 향했다.

은유 작가의 두 번째 책인 『글쓰기의 최전선』은 작법서 중에서는 이례적으로 르포와 인터뷰를 비중 있게 다룬다. 그 뒤로 그는 본인이 직접 르포와 인터뷰 책들을 써냈다. 간첩 조작 사건의 피해자를 인터뷰한 『폭력과 존엄 사이』, 출판인들을 취재한 『출판하는 마음』, 특성화고 학생들을 둘러싼 열악한 현실을 고발하는 『알지 못하는 아이의 죽음』 등이다. 은유 작가와 논픽션 문학에 대해서는 몇 페이지 뒤에서 따로 다루겠다.

이슬아 작가는 독자에게 직접 구독료를 받고 주 5일 에세이를 보내는 '일간 이슬아'라는 프로젝트를 성공시키면서 일약 독립출판계의 스타가 되었다. 물론 그에게도 오라는 있다. 누드모델 경력이나, 웹툰 그리기, 동생과 함께하는 음악 밴드 활동, 가난과 섹스에 대해 솔직하게 말하는 태도, 심지어 외모나 패션까지도 '1990년대생 발칙한 젊은 작가'에 대한 사람들의 얕은 기대에 들어맞는다. 그러나 그는 그 이상의 작가이며, 그를 띄운 것은 그의 글이라고 생각한다. 읽으면 이의를 제기할 수 없다.

나는 이슬아 작가가 한때 '청년 논객'으로 불리며 조명을 받았던 작가들의 길을 따라가게 될지 궁금하다. 청년 세대의 목소리로 소비됐던 작가들은 청년이 아니게 되었을 때 그 역할을 더 이어갈 수 없었다. 이슬아 작가는 그 선배들과는 결이 달라 보이고 자기 세대의 목소리를 적극적으로 자처하지도 않지만, 2020년 현재 젊다는 사실이 그의 중요한 작가적 자산이기는 하다. 그런데 누구도 영원히 젊진 않다.

위의 세 작가는 〈책, 이게 뭐라고?!〉 시즌 2에 두 번 이상 출연했다는 공통점이 있다. 김민섭 작가는 시즌 2 12회, 26회, 76회에, 은유 작가는 13회, 103회에, 이슬아 작가는 70회, 113회에 출연했다. 세 작가는 그사이에도 가야 할 길을 고민하며 경로를 조정하는 것처럼 보였다.

김민섭 작가는 인터넷 커뮤니티 '오늘의 유머'에 초단편 소설을 올리던 김동식 작가를 발굴해 『회색인간』을 출간하면서 출판 기획에 본격적으로 뛰어들었다. 문화류씨 작가의 괴담 소설집 『저승에서 돌아온 남자』와 『무조건 모르는 척하세요』가 출판 기획자 김민섭이 낸 성과물이다. 김민섭 작가는 이후 아예 1인 출판사 '정미소'를 차리고 첫 책으로 고등학교 3학년생 저자 노정석의 에세이 『삼파장 형광등 아래서』를 펴냈다. 두 번째 책은 군대에서 불명예제대를 당한 성소수자 이상문의 경험을 담은 『내 이름은 군대』였다.

이슬아 작가도 출판사를 차렸다. 이슬아 작가의 부모님 두 분이 그 출판사 직원이 되었다. 작가 주변이 아니라 다소 떨어진 곳에서 일어난 현상이 더 흥미로운데, 그중 하나는 젊은 작가들이 '직거래 구독경제' 모델을 채택하는 것이다. 에세이스트 김현진의 〈월간 살려줘요 김현진〉, 북튜버 김겨울의 〈주간 김겨울〉 등이다.

나로 말하자면 기자 후배의 원고를 출판사로 보내주는 것 이상의 출판 기획에는 흥미가 없고, 출판사를 차리거나 메일로 에세이를 연재할 마음도 없다. 냉정하게 말해 위에 적은 실험들에 대해서도 아직은 고개를 갸웃하고 있다. 한국에는 좋은 출판 기획자보다 좋은 작가가 부족하다고 여기고, 창작자의 구독경제는 팬덤부터 만들어야 성공할 것 같다는 생각이 든다. 팬덤은 마케팅의 부스터가 될 수 있지만, 창작의 족쇄도 될 수도 있다. 만들겠다고 만들어지는 것도 아니다.

그럼에도 불구하고 나는 그들을 관심 있게 지켜본다. 우리 모두 움직이는 것을 정지된 것보다, 새로운 것을 오래된 것보다 더 흥미롭게 바라보는 동물이라서 그렇기도 하고, 그들이 돌파구를 열어줄지 모른다는 기대 때문이기도 하다. 그때가 되면 나뿐 아니라 많은 사람들이 아무 부끄러움 없이 그들이 개척한 길에 무임승차하면서, "옛날부터 관심 있게 지켜봤다"고 주장할 테지.

한편으로는 나 역시 스스로를 '새로운 길을 개척하는, 전에 보지 못한 유형의 작가'라고 믿고 있기에 그들과 동지 의식을 (나 혼자) 느낀다. 이 말을 듣는 누군가는 어이없다며 코웃음을 칠지도 모르겠으나…… 그런데 그런 믿음 없이 소설을 오래 쓰기는 어렵다.

신선한 피에 환장하는 드라큘라와 몰래 우월감을 품는 작가들

〈책, 이게 뭐라고?!〉 시즌 2 26회에서는 요조의 『눈이 아닌 것으로도 읽은 기분』을 다뤘다. 이 책은 난다 출판사에서 낸 '읽어본다' 시리즈 중 한 권이다. 이 시리즈는 독서가들이 반년 동안 읽은 책에 대해 쓴 독서 일기를 담았다. 처음에 다섯 권이 나왔는데 장으뜸 카페꼼마 대표와 강윤정 문학동네 편집자, 김유리 예스24 MD와 김슬기 매일경제 기자, 장석주 시인과 박연준 시인, 이렇게 부부 세 쌍이 2인 1조로 한 권씩 책을, 응급의학과 의사인 남궁인 작가와 요조가 각각 한 권씩 썼다.

내 근처에는 이 시리즈에 참여한 출판계 인사가 세 명 있는데, 집필 기간에 다들 스트레스로 난리였다. 책 얘기니까 쉽게 쓸 줄 알았는데, 책 얘기건 뭐건 매일 한 편씩 글을 쓴다는 게 장난이 아니라며. 그게 일간지 기자의 삶이다, 이 사람들아.

『눈이 아닌 것으로도 읽은 기분』에서 내 눈이 가장 오래 머문 대목은 임솔아 시인의 시집 『괴괴한 날씨와 착한 사람들』에 대한 글 마지막 부분이었다. 이 시집에는 해설이 없다. 거기에 대해 요조는 해설이 없어서 아쉽다고 토로하고 이렇게 덧붙였다. '나는 나에게도 해설이 있었으면 한다. 누가 내 해설을 써주었으면 한다.'

여러 의미로 해석할 수 있는 문장이지만, 나는 단순하게 음악 평론에 대한 이야기로 먼저 받아들였다. 전에 강헌의 『신해철』을 다루면서 요조와 대중음악 평론에 대해 대화를 나눈 적이 있어서이기도 했다.

문학비평이 춥고 배고픈 곳에서 하는 일이라고 하지만, 대중음악 비평과 비교하면 그 작업 환경은 툰드라 지대와 해왕성 정도의 차이가 있다.

적어도 2010년대 한국문학 비평에는 물적 토대가 있다. 대학 국어국문학과가 있고, 문학평론에 원고료를 지급하는 문예지들이 수십 종 있다. 비평적 지위를 보장해주는 등단 절차가 있고, 대학교수라는 정규직 일자리도 있다. 대중음악 비평에는 이런 것이 없다. 대중음악 평론가라는 직함을 공인해주는 제도는 없으며 대중음악 평론을 전문으로 실어주는 매체도 없고 대중음악 평론 활동으로 기대할 수 있는 경제적 안정도 없다. 그런 전망 자체가 없다(이런 진술이 한국문학 비평계의 관료화를 옹호하는 것은 아님을 분명히 해둔다).

한국 대중음악 자체의 물적 토대도 바뀌었다. 주류는 이제 팬덤 산업이다. '내가 덕질하는 아이돌의 장점을 그럴듯한 용어로 적어달라고!'와 '다 큰 어른이 아직도 그런 걸 들어?' 사이에서 평론이 할 수 있는 일은 아주 적다. 내가 만난 대중음악 평론가들은 거의 체념한 분위기였고, 한 평론가는 책을 쓸 마음이 없다고까지 했다. 팬덤 산업에서도 흥미로운 일, 분석해봄직한 현상은 일어나지만 그에 대해 쓰는 것은 점점 더 음악에 대해 이야기하는 일이 아니게 되는 것 같다. 사회 비평과 기업 분석을 섞은 듯한 작업이 되어가고 있다.

물론 나도 한국 소설가들과 문학평론가들이 들어 있는 작은 세상을 떠올리면 미소보다는 한숨이 나온다. 그래도 자기 작품에 대한 진지한 비평을 구하는 데 있어서는 한국 소설가가 한국 뮤지션보다는 처지가 낫지 않나 생각한다. 미술가보다도 나을 것 같다. 한국 현대미술에 대해 말하는 사람은 수도 적고, 다른 세상과 더 분리되어 있는 듯하다.

논란이 될 만한 주장인데, 어쩌면 그런 측면에서는 한국 소설가의 처지가 한국 영화감독보다도 낫지 않을까? 그 많던 영화 잡지가 다 사라지고 2020년 현재 독립 잡지가 아닌 매체는 《씨네21》과 2018년에 창간한 《필로》뿐이다. 영화 정보와 감상은 인터넷 게시판, 블로그, 유튜브에 차고 넘치는데, 거기서 나는 역설적으로 비평의 죽음을 확인하곤 한다. '비평 따위 없어도 우리는 이렇게 재미있게 잘 살 수 있다니까' 하는 침묵의 외침이 들리는 것 같다.

나는 시집이나 소설 뒤에 해설을 붙이는 것이 탐탁지 않고, 비평의 역할을 묻는 것은 문학이나 예술의 역할을 묻는 것만큼이나 별 의미 없는 질문이라고 본다. 개인적으로는 한국 현대 소설에 대해서는 전문 평론가의 비평보다 일반 독자의 솔직한 리뷰가 절대적으로 부족하고, 이 영역이 활발해져야 대중문학, 나아가서 한국문학계 전체가 살아날 거라고 믿고 있다. 그래서 서평지와 서평 플랫폼에 관심이 많다. 논픽션 『당선, 합격, 계급』에서는 이에 대해 '독자들의 문예운동'이라고 이름 붙이기도 했다.

'이거 진짜 재미없음. 완전 구림'이라는 한 줄짜리 감상도 아예 없는 것보다는 훨씬 낫다. 어떤 사람이 그런 한 줄 감상이라도 많이 올리면 그의 취향이 드러나고, 그렇게 되면 그의 한 줄 감상은 취향이 겹치는 다른 사람에게 의미 있는 참고 사항이 된다. 취향이 정반대인 사람에게도 마찬가지로 유용한 지침이다.

하지만 '완전 구림'이라는 한 줄 감상은 절대로 비평은 아니다. 거기에는 작품을 읽어내겠다는 의지가 없다. '눈물 나도록 좋아요'라는 짧은 찬사 역시 마찬가지다. 그것은 소비자 반응에 가깝다. '완전 구림'과 '눈물 나도록 좋아요'에 대해서는 양쪽 모두 더 이어갈 말이 별로 없다. "왜 그렇게 생각하시죠?"라는 질문을 던져서 대화를 유도할 수는 있겠지만 상대의 답이 "몰라요, 그냥요"라면 거기서 끝이다.

문학평론가 중에 '누구누구는 너무 낡았다'는 평가를 남발하는 이가 있는데, 내게는 그런 말도 '완전 구림'과 별다를 바 없게 들린다. 문학작품이 가을/겨울 시즌 신상품이라서 최신 트렌드를 좇았는지 아닌지가 중요한가. 몇몇 기표를 뽑아내 신자유주의라든가 여성 혐오라는 딱지를 붙이는 것 역시 게으르다고 본다. 거기에도 '읽어내겠다'는 의지는 희박하다. '젊은 피'에 대한 평론가들의 찬사와 요구는 강박에 가까워 보인다. 나는 신선한 피라면 환장하는 드라큘라가 아니기에, 그 지점에서 자세한 해설을 원한다. 새로운 얼굴은 새로운 얼굴일 따름이며, 우리가 아무것도 하지 않아도 늘 나타난다. 나는 읽고 쓰는 사람들 간의, 글자를 통한 대화를 원한다. 악평도 좋다.

한편으로는 '창작을 하지 못하는 사람이 비평을 한다'는 식의, 작가들이 몰래 품는 은근한 우월감에도 나는 반대한다. 나는 비평 역시 창작이며, 다만 그 재료가 다른 사람의 작품인 것으로 여긴다. 내가 주변 세계를 재료로 소설을 쓰는 것과 다를 바 없다. 그래서 평론가들에게 묘한 동료 의식을 느끼기도 한다. 내 작품을 재료로 누군가 글을 쓴다면 기쁘다. 내 글이 의미의 세계에 포함되었다는 확실한 증거이기 때문이다. 그건 단순한 허영은 아니다.

언젠가 술을 마시고 요조의 노랫말에 대해 이야기한 적이 있었다. 나는 싱어송라이터들에게도 소설가처럼 '문체'가 있다는 사실이 재미있었다. 예를 들어 신해철은 거창한 관념을 잔뜩 과장할 때 매력을 뿜는다. 대신 작은 실체를 섬세하게 말하지는 못한다. 「날아라 병아리」 같은 노래 가사는 듣다 보면 좀 부끄럽다.

박진영은 자신의 구체적인 감정과 욕망에 집중하는데, 턱없는 솔직함이 과잉으로 느껴지지만 막상 사용하는 표현에는 과장이 없다. 그게 진솔하게 들리면 감동이 있다. 하지만 욕망의 대상과 종류에 따라서는 싸구려로 들리기도 한다. '아무리 예뻐도 뒤에 살이 모자라면 난 눈이 안 가' 등. 그게 위악 같지가 않아서 오히려 더 할 말이 없어진다.

요조는 과소過少와 생략의 송라이터다. 특히 소박하고 절제된 언어로 관념이나 감정을 붙잡으려 할 때 나는 그 시도가 무척 시적이라고 느낀다. 때로는 어렵기도 하다. 그녀의 노래 중에 나는 「불륜」이라는 곡을 아주 좋아한다. 가사에는 '불륜'이라는 단어가 한 번도 나오지 않으며, 과장되거나 멋 부린 표현도 없다. 하지만 듣고 나면 굉장히 비통해진다. 짧은 노랫말 안에 격정, 불안, 자존심, 고립감, 절망의 급류가 흐른다.

참고로 그 노래는 KBS 방송 금지곡이라고 한다. 불륜을 조장할 우려가 있다고. 음…….

단 한 사람의 독자와
죽음을 기다리는 병든 짐승

〈책, 이게 뭐라고?!〉 시즌 2에서 소설을 다루면서 작가를 스튜디오로 초청한 것은 36회가 처음이었다. 영화감독 김영탁의 두 권짜리 SF 소설 『곰탕』이었다. 우리끼리는 무척 즐겁게 녹음했는데, 방송을 들은 HJ는 반응이 시큰둥했다.

"자꾸 반전을 밝힐 수 없다면서 말을 안 하고 자기들끼리 웃으니까 듣는 사람 입장에서는 몰입이 안 되네."

『곰탕』이 반전이 여러 번 나오는 소설이기는 했다.

그 뒤로 〈책, 이게 뭐라고?!〉에는 정유정, 구병모, 심윤경, 김금희, 박솔뫼, 은모든 작가가 와서 자신의 신작 소설을 이야기했는데, HJ의 평가는 대개 심드렁했다. 그녀는 아예 "소설가가 나오면 재미가 없다"고 결론 내렸다. 소설가들이 그다지 입담이 뛰어나지 않고, 진행자인 내가 소설가 게스트 앞에서는 지나치게 조신해지고, 스포일러를 막아야 한다면서 책 소개도 제대로 하지 않는다는 것이었다.

소설가들이 대체로 내성적인 건 나도 인정하는 바인데, 자기 신작을 말로 소개해야 하는 소설가의 상황도 참 곤혹스러운 처지다. 비문학 도서처럼 주제는 뭐다, 의도는 뭐였다 하고 딱 떨어지게 설명하기 어려우니. 나 역시 소설을 냈을 때보다 논픽션을 출간했을 때 책 소개 프로그램에 나가서 할 말이 훨씬 많았고 더 편했다.

게다가 반전에 기대는 소설이 아니라 하더라도 예상치 않은 전개 한 번쯤은 나오기 마련이다. 어떤 장르의 소설을 읽을 때건 독자는 주인공의 운명을 궁금해한다. 방송을 준비하며 정유정의 『진이, 지니』를 읽다가 120쪽 부근에서 나는 깜짝 놀랐다. 그런 소재인 줄 전혀 몰랐다. 구병모의 『네 이웃의 식탁』은 서스펜스 스릴러가 아니지만, 페이지가 넘어갈수록 독자들은 불안해진다. 어떤 식으로든 파국은 올 텐데, 그 파국의 형태와 규모를 가늠할 수 없다. 심윤경의 『설이』는 시종일관 독자의 예상을 경쾌하게 배신하며 독특한 리듬으로 이야기를 펼친다.

우리는 소설가들이 초대 손님으로 왔을 때 "줄거리를 어디까지 밝혀도 될까요" 하고 물었다. 소설가들은 예외 없이 모두 매우 보수적인 선을 제시했고, 나는 그 가이드라인을 충실히 따랐다. 줄거리를 더 공개한다고 해서 책 판매에 얼마나 도움이 될지도 모르고, 진지한 예술가로서 그들도 나와 같은 욕망을 품고 있을 거라고 믿었기 때문이다. 어중간한 지지자를 스무 명 만드는 것보다 단 한 사람의 독자라도 완전하게 사로잡고 싶다는.

다른 책 소개 프로그램들은 이 문제를 어떻게 해결하는지 참고하려고 살펴봤는데, 다들 신간 소설에 대해서는 비슷한 어려움을 겪는 듯했다. 일단 한국 소설가와 그의 신작을 자주 다루는 독서 팟캐스트가 드물다. 독서 팟캐스트들 상당수는 고전, 비문학, 해외문학, 한국문학을 별 구분 없이 다루며, 그중에서 한국문학은 그다지 인기가 없다. 위에서 말한 난점들도 있고, 화제가 되는 (청취자들이 이름을 알 만한) 작가도 한줌이다. 나 역시 신작을 들고 다른 독서 팟캐스트에 나가면 녹음 전에 "어디까지 내용을 밝혀도 좋을까요?"라는 문의를 받는다.

〈책, 이게 뭐라고?!〉가 한국 신간 소설을 다룰 때 어떤 형식이나 규칙을 미리 정해놨으면 좋았을지도 모르겠다. 스포일러가 있다고 경고하고 작가 없이 진행자들끼리 날선 비판을 곁들여 깊이 파고든다든가, TV 토크쇼에서 새 영화 출연자들을 손님으로 초청할 때처럼 책이 아닌 작가 개인에 초점을 맞춘다든가, 철저하게 책 판매량을 높이는 데에 초점을 두고 '북 트레일러'로서의 역할을 충실히 수행한다든가.

그러나 형식을 어떻게 정하든 반드시 잃는 것이 생긴다. 방향을 어떻게 잡느냐에 따라 '내가 읽지 않았고 앞으로도 읽지 않을 작품에 대해 길게 듣고 싶지 않다'는 청취자를 놓칠 수도 있고, 〈출발! 비디오여행〉의 출판계 버전이라는 비판을 받을 수도 있다. 사실 무언가를 버리지 않고 뚜렷한 정체성을 쌓을 수는 없다. '인지도가 올라갔으면 좋겠다'는 마음으로 방송에 합류한 내가 이런 문제를 인식한 것은 한참 나중의 일이었다.

한편으로는 소설에 있어서 각 구성 요소들이 서로 얼마나 단단하게 얽혀 있는지를 깨닫는 계기이기도 했다. 나는 문단 문학이니 장르 소설이니 하는 용어보다 구성 요소들을 기준으로 분류하는 게 더 정확하고 유용하다고 믿고, 인터뷰나 강연장에서 그런 구분법을 설명하곤 한다. 캐릭터 중심 소설, 서사 중심 소설, 세계관 중심 소설, 스타일 중심 소설이 있다고.

그런데 인물이나 세계관, 스타일이 서사와 분리되어 존재하지는 않는다. '줄거리는 밝히지 말고, 흥미로운 인물들 위주로 얘기해보자'고 달려들어도 한 캐릭터의 깊이에 대해 말하려면 종종 소설 후반부에 일어나는 사건, 막판에야 밝혀지는 진상을 언급해야 한다. 배경과 문체에 대해서도 마찬가지다.

반대로 서사 역시 인물, 배경, 문체와 따로 떨어져 있는 게 아니다. 주인공의 내면에서 벌어지는 갈등을 이해해야 느낄 수 있는 서스펜스가 있고, 어떤 플롯은 시대적, 공간적 배경을 모르면 제대로 음미할 수 없다. 대중소설 작가 중에는 '나는 그저 이야기꾼'이라고 주장하는 이들도 있지만, 이야기가 정말 재미있어지려면 인물도 설득력 있어야 하고, 배경도 풍성해야 하며, 문체에도 멋이 있어야 한다. 같은 말을 소위 '골방 소설'을 쓰면서 사건이 아니라 인간의 내면에 관심 있을 뿐이라고 둘러대는 작가들에게도 던질 수 있겠다.

요즘 유튜브에는 10~15분짜리 영화 리뷰 영상들이 많이 올라온다. 제작자들이 항의할 것 같지 않은 옛 영화들, B급 영화들이 주된 대상인데 말이 '리뷰'지, 실체는 줄거리 요약이다. 〈출발! 비디오여행〉을 가뿐히 넘어 최후의 반전까지 남김없이 다 폭로해버린다. 그 반전을 알려주는 것이 이 동영상들의 목적이다. 감독과 배우가 공들여 쌓았을 드라마와 분위기는 다 날아가고 15분짜리 수수께끼 풀이만 남는다. 이 동영상들을 본 사람들이 원작을 찾아볼까? 안 그럴 것 같다. 그런 점에서 부모님이 들려주는 옛날이야기와는 다르다고 생각한다.

그런 동영상들을 보면 털이 다 빠져 맨 가죽과 그 아래 앙

상한 뼈를 드러낸 채 쓰러져 죽음을 기다리는 병든 짐승의 모습이 떠오른다. 개미핥기라든가 땅돼지처럼 내가 그다지 관심 없어 하는 동물이라도 그런 상태에 있는 것은 보기 괴롭다. '만화로 읽는', '청소년을 위한' 같은 수식어가 붙은 축약판 서적에 대해서도 비슷한 생각이다.

다만 나는 영화 예고편들에 대해서는 그렇게 생각하지 않는다. 때로는 영화 예고편이 하나의 독립된 비디오 예술이라는 생각도 한다. 풍성한 영상과 음악, 흐릿하고 암시적인 서사와 과감한 편집 기법으로 이뤄진. 예술성과 작품성에 있어서 본편보다 나은 예고편도 있다. 새롭고 흥미로운데 불행히도 비평의 대상이 되지 못하는 영상 예술의 작은 장르는 아니려나.

동물이 대접받는 나라와 구식 저널리즘의 열렬한 지지자

〈책, 이게 뭐라고?!〉 시즌 2 51회에서는 하재영 작가의 논픽션 『아무도 미워하지 않는 개의 죽음』을 다뤘다. 이 책은 한국 '개 산업'의 수면 아래를 보여주는 르포다. 개 번식장, 경매장, 개 농장, 개 시장, 도살장, 보호소 등.

필력 있는 저자가 한 자 한 자 신념과 정성을 담아 꾹꾹 눌러 쓴 좋은 책이고, 특히 '에버그린'이라는 소제목이 붙은 프롤로그는 압도적이다. 사유지인 개 농장에 무단 침입하는 화자 일행이 느끼는 두려움, 그곳에서 목격하는 처참한 학대 광경, 거기서 쩌렁쩌렁하게 울려 퍼지는 수전 잭스의 노래 「에버그린」, 필자의 고교 시절 추억이 어우러져 뭐라 말할 수 없이 기괴하고 강력하며, 끔찍하게도 얼마간 아름답기까지 하다.

책의 논지에 전적으로 찬성하지는 않았다. 나도 누구보다 개를 사랑하고 동물 학대에 반대하는 사람이지만, 뒤표지에 적힌 대로 '동물이 대접받는 나라는 사람을 함부로 대하지 않습니다'라고 생각하지는 않는다. 그 구호는 우리가 추구해야 할 가치의 순서를 고의로 흐리며, 사실에도 부합하지 않는다. 세계 최초로 동물보호법을 만든 나라는 나치 독일이었고, 히틀러는 평생 개를 아낀 채식주의자였다. 이는 단순히 불쾌한 우연이 아니다. 공감이 윤리의 지침이 되기에 얼마나 부적절한가를 웅변하는 강력한 증거다.

동물권에 대해서는 복잡한 의견이지만, 『아무도 미워하지 않는 개의 죽음』과 앞으로도 논픽션 작업에 집중하겠다는 하재영 작가의 말은 두 손 들어 환영했다. 은유 작가의 르포 작업 역시 반기고 있다. 스토리텔링이 가미된 문학적 논픽션, 특히 르포르타주를 나는 아주 좋아하고 사회적으로도 의미 있는 장르라고 생각하는데 한국 출판 시장에서 이 분야는 정말 인기가 없다. 독자도, 작가도 적다.

외국에 나갈 때마다 공항 서점에서 소설 코너만큼이나 넓은 논픽션 코너를 보며 혼자 부러워한다. 한국에서는 그 자리를 에세이가 차지하고 있다. 한국처럼 논픽션 소재가 넘쳐 나는 나라도 흔치 않을 텐데.

원인은 여러 가지겠지만 근본적으로는 이성적 분석보다는 감성적인 위로를 선호하는 정서 때문이라고 본다. 한국인들이 세상을 객관적으로 보는 데에도 서툰 것 같다고 말하면 너무 야박한 평가일까. 과거에는 에세이와 르포르타주 사이에 체험기, 수기手記 같은 문학적 전통이 있었는데, 그나마도 흐릿해지는 듯하다.

내가 한국 논픽션 작가들을 편애하는 데에는 쓰기 힘든 장르라는 이유도 있다. 물리적으로, 육체적으로 힘들다. 발품을 팔아야 하고, 사람들을 섭외하고 설득하고 기다리고 대면하고 인터뷰해야 하고, 이리저리 꼬인 사실관계를 확인해야 한다. 실제 인물을 거론하기 때문에 상대의 반응에 대한 마음의 부담도 크다. 마음 가는 대로 쓰는 에세이나, 허구라는 만능 도구가 있는 소설과는 다르다.

내 경험을 말하자면 소설은 에세이보다 배 이상 쓰기 어렵고, 논픽션은 소설보다 배 이상 쓰기 어렵다. 건방지게 들릴지 모르겠지만 나는 세상 거의 모든 걸 소재 삼아 에세이를 매끈하게 쓸 수 있을 듯한 기분이 든다. HJ와 보라카이에 3박 5일로 여행을 다녀와서 책 한 권을 내기도 했고.

에세이를 쓰면 치유되는 느낌이다. 그런데 내게 에세이 작업의 매력은 거기까지다. 세계에 맞선다는 기분이 들지 않는다. 세상과 함께 흘러간다는 느낌이다. 긴 장편소설이나 논픽션을 쓸 때 비로소 세계와 싸운다는 기분이 든다. 그런 정신이 훌륭한 문학에 꼭 필요한 것이냐고 묻는다면 어느 쪽으로도 확답은 못하겠다. 그러나 내가 좋아하는 책들은 다 이런 기상을 담고 있고, 내가 추구하는 문학도 그러하다. 2000년대 들어 한국 소설에서 열어진 특성이라고도 생각한다.

(SF야말로 현실 비판을 가장 잘할 수 있다고 주장하는 SF 팬도 있던데, 특수한 조건에서 부분적으로만 성립할 수 있는 얘기다. 지금 여기의 현실을 비판하는 SF는 어쩔 수 없이 비유가 되어버린다. 현실에 대해 발언할 때 목소리에 가장 힘이 실리는 장르는 동서고금을 막론하고 논픽션이다.)

소설가로 데뷔했을 때부터 논픽션을 쓸 마음이 있었고, 지금도 그러하다. 신문사 밥을 10년 이상 먹은 내가 논픽션을 쓴다는 것은 소망이라기보다는 기정사실에 가까웠다. 그렇게 착수한 아이템 두 가지가 문학 공모전과 1990년대 북한의 대기근 문제였다. 공모전 문제를 다룬 『당선, 합격, 계급』에는 꼬박 2년이 걸렸다. 고난의 행군을 소재로 한 『팔과 다리의 가격』은 힘이 부쳐 처음 계획했던 형태로 쓰지 못했다. 두 책을 낸 뒤에 나는 구상했던 논픽션 아이템 상당수를 포기했다. 내게 남은 시간과 에너지를 살펴보게 되는 계기이기도 했다.

은유 작가가 『알지 못하는 아이의 죽음』을 들고 다시 찾아

왔을 때 우리는 그런 얘기를 나눴다. 그 책은 현장 실습을 하다가 사망한 특성화고 학생 사건을 다룬 논픽션이다. 숨진 김동준 군, 이민호 군과 가족들, 노무사, 특성화고 선생님 그리고 졸업생들의 이야기가 아프게 소개된다. 은유 작가는 이 책을 쓰느라 2년이 걸렸다고 했다.

"시작할 때에는 1년 정도 걸릴 거라고 예상했거든요. 그런데 인터뷰이 섭외도 쉽지 않고 취재를 하면서 저도 너무 우울해져서, 요즘 젊은 친구들 표현으로 '현타'가 와서 멍하게 보내는 날도 있었어요. 이게 1년 만에 할 수 있는 게 아니구나 싶더라고요. 정말 힘들었어요."

특히 김동준 군의 담임선생님을 비롯한 특성화고 선생님들 취재가 쉽지 않아 마음고생이 컸다고 했다. 그런데 책은 그다지 많이 팔리지 않았다.

"사람이 2년 동안 어떤 일에 전념하려면 뭔가 생계 수단이 있어야 하잖아요. 그러니까 이걸 할 수 있는 사람이 없어요. 저도 강연이나 글쓰기 수업 같은 다른 수입이 있으니까 이걸 했지, 전업 르포 작가였다면 힘들었을 거예요." 은유 작가가 말했다.

『아무도 미워하지 않는…』과 『알지 못하는…』은 모두 값진 책이고 그런 결과물을 내기 위해 고군분투한 하재영, 은유 작가의 노력을 나는 진심으로 존경한다. 하지만 내가 같은 소재로 글을 썼다면 각도가 달랐으리라 예상한다. 나라면 개 농장 운영자나 특성화고 학생들을 고용했던 회사 관계자들의 입장을 실으려 시도했을 것이다.

나는 인터뷰를 요청했지만 거절당하는 바람에 가해자들의 이야기가 실리지 않은 거냐고 은유 작가에게 물었다.

"그분들은 처음부터 인터뷰 대상이 아니었어요."

은유 작가가 대답했다.

"아, 그런가요?"

"책의 목적이 진상규명을 다시 하자, 사건을 재구성해보자는 그런 게 아니었으니까요. 가해자 측에 초점을 맞추기보다는 그냥 그런 일을 겪은 사람들이 어떤 삶을 살고 있는지를 알아보고 싶었어요. 우리 사회에서 계속해서 일어나는 이런 일을 겪었을 때 당사자들은 일상을 어떻게 살아가고 있는지, 그걸 어떻게 감당하고 받아들이면서 혹은 받아들이지 못하면서 살고 있는지에 관심이 있었어요."

그것도 하나의 작가적 태도라고 생각한다. 르포르타주를 사회운동의 도구로 삼는 것도 나쁘지 않다고 생각한다. 사실 르포는 늘 그런 도구였다. 동시에 사건의 다른 측면을 보여주려는 나의 태도가 비겁한 중립주의라고 여기지도 않는다. 총체總體를 파악해야 세계와 정면으로 싸울 수 있다고 믿기 때문이다. 그것이 작가로서 나의 태도다. 나는 볼테르와 구식 저널리즘의 열렬한 지지자이기도 하다.

무언가 의미 있는 일을 한다는 감각과 젊은이들이 이별하고 들었던 노래

"팟캐스트라는 매체가 생긴 지도 얼마 되지 않았고, 독서 팟캐스트라는 것도 이제 막 색깔들을 만들어가는 거 같아요. 〈책읽아웃〉과 〈책, 이게 뭐라고?!〉는 주로 신간을 낸 저자를 모시고 이야기를 나눈다는 공통점이 있죠. 그런데 저자 없이 날카롭게 책을 분석하는 팟캐스트도 있고, 그런 채널들도 꽤 매력적이잖아요. 작가를 스튜디오로 모시기 때문에 하고 싶은 말을 마음대로 못 하는 답답함은 없으세요?"

내가 김하나 작가에게 질문을 던졌다. 김하나 작가는 예스24에서 운영하는 독서 팟캐스트 〈책읽아웃〉의 진행자다. 요조와 나는 〈책읽아웃〉 진행자인 김 작가, 오은 시인과 함께 팟빵홀에서 공개방송 녹음 중이었다. 독서 팟캐스트 진행자들끼리 모여 책과 팟캐스트에 대해 수다를 떨어본다는 콘셉트였다. 〈책, 이게 뭐라고?!〉 시즌 2 64회 방송 분량이기도 했고, 2018년 서울와우북페스티벌의 부대 행사이기도 했다.

"저는 카피라이터 출신이잖아요. 어떤 제품이나 서비스의 가장 큰 장점을 발견해서 전달하는 일을 계속해온 거죠. 책을 이야기한다기보다는 그 책을 쓴 저자와 대화를 나눈다고 생각해요. 저자와 책의 매력 중에 제가 가장 돋보이게 하고 싶은 부분을 찾아내서 그걸 드러내는 데 주안점을 둬요."

김하나 작가가 대답했다. 어떤 사람이라도 대화를 나눠보면 특유의 매력이 있지 않느냐고, 자신은 그런 점을 발견하는 일이 즐겁다고 그녀는 덧붙였다. "내가 추구하는 방향은 책을 뾰족하게 읽는 것과는 좀 차이가 있다"는 설명이었다.

"책이 너무 시시한 경우도 있잖아요? 그런 때도 최대한 좋은 점을 발견하려고 노력하세요?"

"책은 소재일 뿐이죠. 추천하고 싶은 책을 이야기한다기보다는 그 책을 소재로 놓고 다양한 대화를 나눈다고 생각해요. 책이 별로라도 대화는 아주 즐거울 수 있고 심지어 유익할 수도 있어요."

김하나 작가가 말했다. 그것은 그즈음 내가 고민하던 질문, '우리는 여기서 뭘 하고 있는 걸까'에 대한 하나의 답이었다.

내용도 충분히 수긍할 만했고, 그런 명쾌한 답을 품고 방송에 임한다는 사실도 부러웠다.

독서 팟캐스트는 무엇일까? 긴 글 읽기를 버거워하는 사람들을 위한 책 요약 서비스인가? 그런 팟캐스트도 있다. 특히 고전을 쉽게 설명하는 채널이 인기가 높다. 아니면 독서 팟캐스트는 교양 있는 사람들의 점잖은 토크쇼일까, 책은 그저 거들 뿐인? 그렇다면 진행자의 대화 솜씨와 매력 있는 초대 손님을 섭외하는 일이 중요할 터다. 그것도 아니면 신간을 알려서 구매로 이어지게 하는 홍보용 매체일까? 그게 분명한 목표이고 다른 사항은 아무것도 신경 쓰지 않아도 된다면 오히려 창의적인 시도들을 해볼 수도 있을 것이다.

팟빵 홈페이지에서 도서 팟캐스트 카테고리로 들어가면 지향점이 다른 수백 개의 채널 설명들이 나온다. 비평에 무게를 둔 곳도 있고, 지식을 전수해주겠다는 곳도 있고, 진행자의 솔직한 감정이나 즐거움을 전하겠다는 곳, 낭독에 초점을 맞춘 곳도 있다. 〈책, 이게 뭐라고?!〉는 이것저것 다 건드렸다. 무언가 의미 있는 일을 한다는 감각은 있었다. 그런데 그 '무언가'가 무언지를 잘 설명할 수 없었다. 그러니 그 '무언가'를 더 의미 있게 만들 수도 없었다.

〈책, 이게 뭐라고?!〉는 듣기 전이든 후든 청취자가 책을 읽는 것을 전제로 하는가, 아니면 읽지 않아도 괜찮은가? 어느 쪽으로 답하건 곤란한 딜레마에 빠지게 되는 질문이었다. 이 대화가 그 자체로 완결된다면 왜 굳이 책이 필요한가? 그 자체로 완결되지 않는다면 많은 청취자들이 방송에서 소개하는 책을 읽지 않는다는 엄연한 사실을 어떻게 받아들여야 하는가?

이는 무엇을 포기할 것인지에 대한 선택의 문제이기도 했다. 저자와의 만남과 정신이 번쩍 드는 날카로운 리뷰, 화기애애한 대화와 지적인 도발, 청취자들이 궁금해하는 작품과 출판사에서 원하는 책을 한 손에 움켜쥐려면 손이 아주 커야 할 거다.

처음에는 별생각 없이 시작한 일이었는데, 애정과 보람을 느낄수록 그런 질문들을 스스로에게 던지게 되었다. 의미를 묻고 따지는 것은 나의 고약한 버릇이고, 읽고 쓰는 세계 거주자들의 운명인 것 같다. 그것은 힘이고 은총이며 고통이자 저주다. 나는 이게 어느 정도 죽음이나 소멸과 관련이 있는 문제가 아닐까 추측한다. 중력을 버티기 위해 골조를 세우는 것처럼 시간을 버티고 싶어 의미를 구하는 것 아닐까.

그 반대편에 '한바탕 재미있게 수다를 떨었으면 됐지, 꼭 의미가 필요해?'라는, 말하고 듣는 세계의 사고방식이 있다. 인터넷 게시판이나 SNS에서 퍼졌다가 사라지는 유행, 먹방 같은 개인 방송, 연예인들이 모여서 노는 모습을 보여주는 리

얼 버라이어티 프로그램들의 상당수가 그 세계의 문화에 속해 있다. 나는 이게 고독이나 자존감과 관련이 있는 문제 아닐까 하고도 생각한다.

말하고 듣는 사람들이 읽고 쓰는 사람들보다 현재를 더 많이 사는 것 같다. 읽고 쓰는 부류만이 수십 년, 수백 년 뒤를 진지하게 고민한다. 그만큼 '지금 이 순간'을 놓치게 된다. 현재에 집중하는 것이 행복의 비결이라고 하던데, 그렇다면 읽고 쓰는 이들은 우울해질 수밖에 없는 운명인 걸까? 대신에 우리는 외로움을 덜 탄다고 할 수 있을까?

"콘셉트는 하면서 만들어갈 수도 있는 거지. 요즘 예능 프로그램들 보면 방향성만 대강 한 줄로 잡아 놓고 일단 시작하는 것들이 얼마나 많은데."

같이 맥주를 마시다 HJ가 말했다. HJ는 〈책, 이게 뭐라고?!〉 에피소드를 빠짐없이 듣고 모니터링해줬다. 내가 실수한 대목에 대해 듣다가 채널 정체성에 대한 화제로 대화가 흐른 참이었다.

"방향성이라는 게 뭐야? 그게 정체성 아니야?"

내가 물었다.

"내가 요즘 보는 음악 예능 프로그램이 있어. 방송인이랑 개그맨, 아이돌 가수를 모아놓고 '저희 프로그램은 음악 프로그램입니다. 요새 어떤 곡을 들으시는지 말씀해주세요' 하면서 1회를 시작했어. 패널들이 한참 이야기하다가 PD한테 묻더라고. '그런데 죄송한데 저희 프로그램은 정체가 뭐예요?' 하고. 음악 프로그램이라고는 들었는데, 출연자들이 밖으로 나가서 게릴라 콘서트를 여는 건지, 스튜디오에서 음악 평론가 이야기를 듣는 인포테인먼트인지, 버스킹 공연장을 찾아다니면서 연주자와 행인 들의 사연을 듣는 건지, 도대체 뭐냐고. 그러니까 PD가 대답을 못 해. '음, 좋은 생각인데요' 하면서 얼렁뚱땅 넘어가."

HJ가 설명했다.

"아니, 그게 방송에 다 나와?"

내가 웃으며 물었다.

"응. 정해진 포맷 없이 음악 가지고 아무거나 다 해보겠다는 거지. 합창단도 만들어보고 컴필레이션 앨범도 제작해보고 음악에 얽힌 추억도 얘기하고. 신선하지 않아? 음악이라는 키워드로 모든 걸 할 수 있잖아. 그렇게 좌충우돌 난장판인데 재미있어. 1회에서는 싸이월드 음악이 주제였어. 그 시절에 젊은이들이 이별하고 들었던 노래 퀴즈를 하는데 패널들한테 힌트도 하나 안 주고 다짜고짜 곡을 맞춰보래. 그러면 또 얘기가 웃기게 펼쳐져. 출연자들이 PD한테 가수가 남자인지 여자인지만 알려달라고 사정하고, PD가 대답을 못하니까 혼성 그룹일 거라고 추리하고."

"혼성 그룹의 이별 노래? 쿨인가? 아니면 아바?"

"둘 다 아니야. 맞춰봐."

정답은 장혜진이 피처링한 바이브의 「그 남자 그 여자」였다고 한다. 그렇게 인기가 많았다는데 나는 제목을 처음 듣는 곡이었다. 선율은 몇 번쯤 들어본 것 같기도 하고 아닌 것 같기도 했다. 그러고 보면 음악 차트를 보거나 다른 사람들과 음악 이야기를 한 지도 무척 오래됐다.

그날 밤 HJ와 나는 옛 노래들에 대해 한참 얘기했다. 아무 방향성 없이, 어떤 의미도 추구하지 않고, 그저 친숙하게 말하고 들을 뿐인 공간에서.

기준 없이 손 가는 대로 집어 들었던 몇 권과 포인트 적립이라는 유혹

베스트 댄서상: 김하나 작가님

감독상(남자): 김영탁 감독님

감독상(여자): 이경미 감독님

'암 쏘 쏘리 벗 알러뷰'상: 김원영 변호사님

'날 이렇게 대한 건 네가 처음이야'상: 전순예 작가님

2018년 마지막으로 올라갈 방송 분은 '책, 이게 뭐라고—2018 어워드'로 꾸며보기로 했다. 그래서 구글 문서에서 아이디어를 짜내어 이것저것 상 이름과 수상 후보를 적어보았다. 위의 목록은 그 일부다. '이런 일도 있었지' 하고 가볍게 웃으면서 1년간 다룬 책이나 작가 이야기를 해보자는 취지였다.

김하나 작가는 공개녹음 때 〈책읽아웃〉 옛 로고송에 맞춰 춤을 추었기 때문에 베스트 댄서상 후보, 2018년에 출연한 게스트 중 남성 영화감독은 김영탁 감독이 유일하니까 남자 감독상, 같은 이유로 이경미 감독은 여자 감독상이라는 식이었다. 『실격당한 자들을 위한 변론』을 쓴 김원영 변호사는 해외 출장을 마치고 밤새 비행기를 타고 귀국해서 당일에 지친 몸을 이끌고 스튜디오로 왔다. 실은 녹음 날짜가 그렇게 어이없게 잡힌 이유가 제작진의 실수 탓이었는데…… 죄송해요, 변호사님. 사랑합니다.

전순예 작가는 1950~1960년대 강원도 산골의 먹거리와 풍습을 소개하는 친환경 에세이 『강원도의 맛』을 썼다. 〈책, 이게 뭐라고?!〉에서 이 책을 소개할 때에는 베트남에 사는 저자를 대신해 막내딸이자 바로 그 책을 만든 송송책방의 김송은 대표가 출연했다. 작가 본인은 방송에서 유선으로 짧게 인터뷰를 하자고 했었는데, 전화를 걸어도 통화가 되지 않았다. 그런 일은 처음이었으므로 '날 이렇게 대한 건 네가 처음이야'상.

구글 문서에서 낸 아이디어대로, 실제로 상을 수여하지는 않았다. '2018 어워드'를 녹음할 때 전화를 받을 수 있는 작가분들을 미리 섭외해서 그분들 위주로 대본을 준비했다. 수상소감을 함께 들으면 재미있을 것 같아서였다.

나도 상을 받았다. '지킬 박사와 하이드 씨'상. 스튜디오에서와 온라인 독서 토론을 할 때 확연히 다른 모습으로 많은 이중인격자들에게 귀감이 되었다는 것이 선정 사유.

2018년은 스웨덴 한림원이 노벨문학상 수상자를 발표하지 않은 해이기도 했다(한림원 종신위원의 성폭행 의혹으로 파문이 일어 2018년도와 2019년도 수상자 두 사람을 2019년에 함께 발표했다). 그해에 종합 일간지와 대형 서점 한곳의 공동 기획에 참여해달라는 요청을 받았다. 앞으로 10년 이내에 노벨문학상을 받아도 좋을 작가와 대표작을 뽑아달라는 내용이었다. '노벨문학상 발표가 없는 해니까, 우리가 해보자'는 취지로 이해했다. 당연히 생존 작가를 대상으로 한다고 생각했고 제임스 엘로이와 『블랙 달리아』를 골랐다.

다른 작가, 평론가, 편집자, 서점 MD 들도 이 기획에 참여했다. 그런데 결과물이 이상했다. 리스트에 톨스토이, 가와바타 야스나리, 찰스 부코스키, 가즈오 이시구로, 제임스 설터처럼 사망했거나 이미 노벨문학상을 받은 문인, 또 국내 작가의 이름이 많았다. 제목도 별다른 설명 없이 '명사들이 꼽은 인생 소설'이라는 식으로 얼버무려져 있었다. 한편으로는 마거릿 애트우드가 여러 번 언급되는 걸로 봐서는 '10년 이내 노벨문학상'이라는 조건을 의식하고 답한 이들도 꽤 되는 것 같았다.

기획을 진행하다가 어느 순간 취지가 조금 바뀐 것이다. 의도적인 것 같지는 않다. '톨스토이'라고 답장한 누군가에게 "그게 아니고, 생존 작가 중에서 골라주셔야 합니다" 하고 얘기할 타이밍을 놓치는 바람에 일이 꼬인 것 아니었을까. 목록에 있는 서적이 다 좋은 작품이긴 할 테니, 이 정도 변질은 문제가 안 될까.

매년 연말에 서점이나 언론사에서 올해의 책을 뽑을 때에도 비슷한 일이 벌어지는 것 같다. 이들 선정 기관은 많아야 수십 명의 '전문가'들에게 올해의 책을 추천해달라고 요청한다. 적을 때에는 그런 추천인이 고작 5, 6명이다. 어떤 책이 두세 명의 지지자만 있어도 올해의 책에 포함된다는 얘기다. 추천인들의 풀은 협소하기도 하거니와, 편향성 문제도 있다.

요청을 받는 측도 당혹스러운 처지다. 내 경우 한 해 읽는 책 중 신간은 절반이 안 된다. 그중에 소설은 또 절반이 안 된다. 거기서 한국 작가의 소설은 몇 권이나 될 것이며, 장르 소설은 얼마나 될까. 그런데도 '올해의 국내 소설'이나 '올해의 장르 소설'을 선정해달라는 요청을 받는다. 빠지겠다고 해도 안 된단다. 책 읽는 사람이 적어서 요청하는 측도 다급하다. 안 읽은 작품을 꼽을 순 없으니 기준 없이 손 가는 대로 집어 들었던 몇 권 중에서 적당히 고르게 된다. 추천자들끼리 모여 독회를 하거나 토론을 벌이는 것도 아니다.

정작 올해의 책이 무엇을 지향하는지는 모르겠다. 무조건 작품성이 기준인가? 아니면 올해의 사건이나 올해의 보도사진을 뽑듯이 한 해를 상징하는 책을 뽑는 건가? 올해 화제가 된 책 중에 골라야 하는 건가, 올해 나온 책 중에 골라야 하는 건가? 몇몇 국내 매체는 2007년에 출간된 『채식주의자』를 2016년에 올해의 책으로 선정했다. 맨부커상 수상이라는 사건이 있었으니 신간이 아니어도 괜찮은 건가. 그렇다면 1인 출판사 책인 『언어의 온도』가 SNS 입소문에 힘입어 100만 부를 돌파한 것도 우리 시대의 특징을 드러내는 사건 아닐까.

한 해가 저물 때 책을 신경 쓰는 매체에서 양서 몇 권을 골라 한 번 더 조명해주겠다는데 꼬장꼬장하게 그 선발 메커니즘을 따질 일인가 싶기도 하지만…… 책 추천하는 일에 예민한가 보다. 어쩌다 보니 그런 글을 여러 편 썼다.

논픽션 『당선, 합격, 계급』에서는 온라인 서점에서 실시하는 독자 투표에 한 소리 늘어놨다. 책을 읽지 않은 사람들이 포인트 적립이라는 유혹에 이끌려 투표를 하니 결과물이 작가 인지도나 이미지 호감도 조사가 되어버리고 만다고. 출판사에서 고료를 주고 유명 작가들의 추천사를 받아 마케팅에 활용하는 현상을 꼬집는 칼럼을 쓰기도 했다. 띠지나 광고 문구에 '소설가 ○○○ 추천'이라고 적힌 걸 보고 사람들이 상상하는 바와 실상은 다르다고.

책에 관심 없는 이들에게는 그러거나 말거나 대수롭지도 않은 마케팅 문제인데, 나는 혼자 열을 낸다. 어떤 책들이 행운을 누리는 모습을 무슨 독재나 불의처럼 여긴다. '이 책은 그렇게 추천할 만한 책이 아니라고! 더 좋은 책이 있다고!' 하고 스트레스를 받는다. 이제 올해의 책까지 비판했으니, 앞으로 이런 글은 그만 쓰련다.

가끔은 이게 읽고 쓰는 세계 거주자들의 한 특성인지도 모르겠다는 생각을 한다. 보편 가치를 진지하게 추구하는 이들이라서, 가치의 권위나 계급제도에 정당한 근거가 없다고 판단하면 분개하는 걸까. 북튜버 김겨울이 〈책, 이게 뭐라고?!〉에 출연해서 독서계의 악플러들은 다른 분야 악플러와 다르다는 이야기를 한 적이 있었다. 장르 소설 독자들이 문단문학에 이를 가는 이유도 비슷한 것 같다. 그들은 일종의 정의감에 휩싸인 듯하다. 누군가에게는 취향의 문제가 이들에게는 공적 사안이다.

그런데 우리는 최근 1년 동안 나온 책 중 가장 뛰어난 책, 가장 가치 있는 책을 과연 알아볼 수 있기는 한 걸까? 애초에 그건 좀 아니지 않을까. 어떤 책이 시대를 앞섰다면 그 작품은 당대에 환영을 받을 수 없다. 그게 바로 시대를 앞섰다는 말의 의미다.

영화도 음악도 마찬가지다. 히치콕은 1930년대에 미국으로 진출해서 30년 넘게 걸작을 찍고 명성을 누렸다. 그런데 아카데미상 감독상을 한 번도 받지 못했다. 작품상은 한 번 받았는데, 미국 데뷔작인 〈레베카〉로 받았다. 지금 〈레베카〉를 히치콕의 대표작이라고 하는 사람은 아무도 없다. 〈현기증〉, 〈싸이코〉, 〈새〉, 〈이창〉 같은 영화들이, 극장에 걸린 바로 그해에는 아카데미 회원들의 지지를 얻지 못했다. 참고로 〈시민 케인〉도 개봉됐던 해에는 아카데미상 작품상이나 감독상을 받지 못했다. 〈시민 케인〉이 높은 평가를 얻은 건 나온 지 20년쯤 지나서부터다.

히치콕은 나중에 공로상을 받았다. 〈사운드 오브 뮤직〉의 감독인 로버트 와이즈가 시상자로 나와서 히치콕을 1분 넘게 소개했는데 당사자는 뚱한 표정으로 나와 마이크 앞에 제대로 서지도 않았다. 히치콕이 "땡큐"라고 말하고 들어가려 하자 청중이 웃음을 터뜨렸다. 그러자 그는 "정말로요very much, indeed"라고 덧붙였는데, 이미 마이크는 꺼져 있었고 V 발음을 하려고 아랫입술에 힘을 준 모습이 꼭 '씨발fuck'이라고 말하려는 것처럼 보였다. 하여튼 히치콕의 수상 소감은 그렇게 다섯 단어였다. 아카데미상 역사상 가장 짧은 수상 소감은 아니다. 그냥 "땡큐"라고만 하거나 "땡큐 베리 머치"라고만 한 수상자들도 여럿 있었다.

첨단 플랫폼에서 강조하는 정절과 내가 고치지 못하는 나쁜 버릇

"처음엔 제가 너무 독자들의 니즈를 파악하지 못했어요. 금기시되는 게 몇 개 있거든요. 예를 들어 무조건 해피엔딩이어야 해요. 그리고 분위기가 심각해져서 독자들한테 '고구마'를 주면 안 돼요. 또 남자 여자 주인공은 둘 다 아주 조신해야 해요."

박연필 작가가 말했다. 이날 주제는 웹소설이었고, 웹소설을 쓰는 한산이가 작가와 박연필 작가가 게스트로 나왔다.

"아니, 묘사 수위는 높은데 주인공 행동은 조신해야 한다고요?"

내가 물었다. 박연필 작가는 "남녀 주인공이 둘이서 서로 지지고 볶아야 하는 거지, 서브 여자 주인공이 남자 주인공과 썸을 타면 안 된다는 뜻"이라고 설명했다. 그녀가 "남녀 주인공이 상대에게 서로 첫 경험 상대여야 한다"고 말했을 때 스튜디오에 있던 사람들이 같이 폭소를 터뜨렸다. 박 작가는 그게 트렌드라고, 아주 중요하다고 강조했다.

"그런 첨단 플랫폼에서 정절을 그렇게 강조하다니……."

요조가 말끝을 흐렸다. 나도 동감이었다.

웹소설 시장은 남성 독자와 여성 독자가 읽는 소설이 20세기 후반 자본주의 진영과 공산주의 진영처럼 둘로 나뉘어져 있다. 박연필 작가의 성인 로맨스 소설은 여성향이고, 박 작가는 여성향 소설에서의 금기 사항을 설명하는 중이었다. 박 작가가 말을 이었다.

"저는 웹소설의 문법을 모르는 채로 연재를 시작했거든요. 첫 번째 작품에서는 여주인공이 이복형제를 동시에 만났는데 여주인공이 너무 더럽다는 댓글이 달리더라고요. 이런 걸 되게 싫어하는구나 하고 깨달았죠. 두 번째 작품에서는 제가 서브 남주인공을 죽였는데 이건 완전 금기예요. 로맨스 소설에서는 있을 수가 없는 일이에요."

한산이가 작가가 바통을 이어 받았다.

"저는 남성향 소설만 쓰고 남성향 플랫폼에 있으니까 남성 독자들의 니즈는 알고 있다고 생각하는데요. (남성향 웹소설 플랫폼인) 문피아 소설에는 이런 금기가 있어요. 주인공이 절대로 실패하면 안 됩니다. 주인공에게 위기가 닥칠 수는 있어요. 그런데 그걸 주인공이 미리 알고 있고 대비가 돼 있어야 합니다. 독자들이 그걸 알고 있어야 해요. 그래야 안심하고 다음화를 봅니다. 아, 얘는 실패하지 않아, 얘는 뭐든지 잘해, 하면서요. 그리고 여자 주인공이 한 명 나오는 것보다는 여러 명이 나와서 남자 주인공과 썸을 타거나 아니면 여자 주인공이 일방적으로 남자 주인공을 좋아하는 걸 독자들이 원해요. 그냥 대부분의 남자분들이 이렇게 살아보고 싶다, 하고 꿈꾸는 바람을 작가가 글로 써주기를 원하는 거 같아요."

결국 남성향이든 여성향이든 지향점은 대리만족이라는 얘기였다. 남자의 판타지와 여자의 판타지가 모습이 다를 뿐이다.

"피드백이 그렇게 너무 즉각적이고 강하면 작가가 애초에 구상했던 줄거리를 그대로 밀고 나갈 수 없게 되는 거 아닌가요?"

요조가 물었다.

"특히 초보 작가일수록 그러기 쉽죠. 저희가 제일 많이 하는 말이 독자의 니즈를 파악하되 독자에게 휘둘리면 안 된다는 거예요. 댓글을 다는 분들이 독자 전체를 대변하지는 않거든요. 전개가 이상하다, 고구마다라는 댓글이 한두 개 있다고 바로 '사이다'를 먹이면 재미가 없어지죠. 그걸 잘 취합해서 선택하는 게 관건이에요."

"작가의 멘탈이 중요하겠네요." 요조가 말했다.

"굳건한 멘탈이 중요합니다."

한산이가 작가가 말했다.

"그런데 진짜, 장 작가님은 어떠세요? 웹소설 써보실 생각 없으세요?"

요조가 물었다. 나는 "글쎄요, 한때 생각해봤는데요……" 하며 이야기를 시작했다.

종종 듣는 질문이고, 실제로 몇몇 웹소설 플랫폼에서 제안을 받기도 했다. 하지만 현실적으로 앞으로 써야 하는 종이책 계약이 몇 권 더 남아 있고, 글을 쓰면 쓸수록 나는 소설만큼은 연재보다는 단행본을 통째로 쓰는 편이 맞는다고 믿게 되었다.

문단문학이든 장르 문학이든 출판 시장의 작가들이 웹소설 시장에서 그리 성공한 사례를 보지 못하기도 했다. 환경과 문법이 너무 달랐던 것이다. 더구나 작가들의 경쟁이나 치열함은 오히려 웹소설 업계가 출판 시장보다 더하면 더했지 덜하지는 않은 것 같았다. 솔직히 웹소설을 잘 쓸 자신이 없었다. 그런 얘기를 했다.

한때 웹소설을 써볼까 고민했던 이유는 거기에 독자들이 있다고 생각해서였다. 가끔은 한국문학이 이제는 일반 대중과 거의 유리되어, 전국에서 몇 만 명 정도가 즐기는 독립 예술이나 마이너 장르가 된 게 아닌가 싶은 폐쇄감이 든다. 몇만 명이라면 한국 인구의 1퍼센트도 안 되는 수치인데, 작가고 편집자고 문학평론가고 그 범위 밖은 아예 상상도 못하는 것 아닌가 하는 두려움. 단순히 규모가 크고 작음의 문제가 아니다. 창작과 비평의 지평이 어떤 소수 취향에 갇혀가는 것 아닐까, 자신들은 시대를 앞선다고 주장하지만 실은 점점 게토화, 갈라파고스화하는 것 아닐까 하는 의구심의 문제다.

그런데 웹소설 시장에 대해 알수록 건강하지 않은 면들이 자꾸 눈에 걸린다. 막 떠오른 땅이니 앞으로 이곳에서 어떤 가능성들이 펼쳐질지 모르겠지만 말이다. 편당 결제 시스템 덕분에 작가들의 수입이 엄청나게 올라갔지만 동시에 창작자들이 독자의 반응에 종속되는 현상도 널리 퍼졌다. 남성향이고 여성향이고 주 소비자층의 감상 수준이 그리 성숙해 뵈진 않는다. 독자들의 악플이나 인터넷 조리돌림 때문에 정신과를 찾는 작가도 있다.

『당선, 합격, 계급』을 쓰느라 웹소설 작가들을 취재하면서 남성향 웹소설 독자들이 능동적인 여성 캐릭터를 얼마나 싫어하는지 듣고 충격을 받았다. 남자 주인공이 활약하는데 옆에서 설치지 말라는 거다. 그냥 주인공을 짝사랑하기만 하라는 거다. 사랑이 아니라 짝사랑이다. 완벽하고 무적이어야 할 우리의 남자 영웅이 한낱 여인한테 감정적으로 영향을 받아서는 안 되니까. '히전죽'이라는 웹소설 독자들 사이의 속어도 있다. '여성 캐릭터는 전체 이야기나 남자 주인공에게 영향을 미칠 수 있는 히로인의 위치에 오르기 전에 죽입시다'라는 말을 줄인 거란다.

한편으로는 문단에서건 웹소설 플랫폼에서건 독자의 반응을 예측하고 그 요구에 맞춰 쓴다는 게 결코 쉽지 않다. 다른 사람들은 내가 거기에 능숙할 거라고 오해하는데, 나는 솔직히 아닌 것 같다. 그리고 글을 쓰면 쓸수록 동시대 독자가 아닌 미래의 평가 쪽으로 마음이 기운다.

"출판 시장에서 활동하시는 작가님들이 웹소설로 많이 들어오시면 좋겠어요. 그분들이 저의 경쟁자가 될 수도 있겠죠. 하지만 그 작가님들을 따라 새로운 독자도 들어올 거고, 웹소설에 대한 인식 변화도 생길 거고요. 개인적으로 장 작가님이나 다른 작가분들이 한번쯤 생각해보셨으면 하네요."

한산이가 작가가 말했다.

"요조 님은 웹소설 쓰실 생각 없으세요?"

내가 물었다.

"지금 장 작가님 들어오면 좋겠다고 하는데 왜 나한테……. 자기가 대답하기 곤란하면 매번 이래요. 그런 나쁜 버릇, 안 고쳐?"

요조가 말했다. 다른 사람들도 같이 야유했다.

"이거 로맨스 소설 제목으로 괜찮은 거 같아요. '나쁜 버릇 안 고쳐?'"

박연필 작가가 말했다. 다들 괜찮은 제목이라며 고개를 끄덕였다.

"그런데 진짜, 장 작가님은 어떠세요? 웹소설 써보실 생각 없으세요?"

요조가 물었다. 나는 "글쎄요, 한때 생각해봤는데요……" 하며 이야기를 시작했다.

막시밀리안 3세 요제프 선제후의 답장과 내가 할 수 있는 일

'1777년 9월 모차르트는 어머니와 함께 독일 남부를 거쳐 파리로 향했다. 하지만 18개월에 이르는 모차르트의 취업 여행은 처음부터 실패와 좌절의 연속이었다. 첫 방문지인 뮌헨에서 만난 막시밀리안 3세 요제프 선제후는 "그런데 귀여운 아가야, 빈 자리가 없구나. 미안하다. 빈 자리만 있었다면"이라며 완곡하게 거절했다.'

클래식 클라우드 시리즈의 일곱 번째 책인 『모차르트』 146쪽의 한 대목이다.

모차르트는 뮌헨, 아우크스부르크, 만하임, 파리의 오케스트라에서 일자리를 얻으려 했지만 번번이 실패했다. 그는 너무 어렸고, 가족이 기대하는 연봉 수준도 지나치게 높았다. 이 기간에 모차르트는 연주회 수입과 레슨비로 생계를 유지했다. 오전에 작곡을 하고 오후에는 레슨을 했다고 한다. 결국 이 천재는 교회나 궁정에 소속된 것이 아닌 프리랜서 음악가로 살았는데 사실상 그런 직업을 창조한 셈이었다.

인간계를 아득히 뛰어넘은 천재 이야기에서 얻을 게 뭐 있나 싶어 심드렁하게 집어 들었는데 선입견과 달리 아주 흥미진진한 책이었다. '프리랜서'라는 키워드로 이 경제적 토대가 예술가의 삶과 작품 활동에 어떤 고민거리를 던지고 한계를 안기고 자유를 줬는지 풀어가는데, 요조와 나는 그야말로 십분 몰입했다.

모차르트는 어마어마한 대히트곡들을 발표했지만 저작권 개념이 없던 시절이었다. 그래서 그는 의뢰를 받아 곡을 써주고 받는 돈과 공연 수입에 의존했다. 어째 인세가 아니라 기고 원고의 고료와 강연 수입에 기대야 하는 작가의 처지와 비슷하다. 교향곡이나 오페라 같은 대작 대신 모차르트가 수없이 써야 했던 무도회용 춤곡은 흔히 '잡글'이라고 낮춰 부르는 칼럼에 비할 수 있을까?

소설가나 음악가 개인뿐 아니라 팟캐스트라는 채널도 경제적 자립을 추구한다. 사람이든 조직이든 홀로서지 못하면 외풍에 시달린다. 그런데 의미 있는 수익을 거두는 채널은 극

소수다. 도서뿐 아니라 모든 카테고리의 채널들이 다 그렇다. 꽤 인기가 많은 공중파 라디오 프로그램의 PD는 나와 대화를 나누다가 팟캐스트 이야기가 나오자 쓴웃음을 지었다.

"팟캐스트가 뜬다고 해서 저희도 진출했죠. 순위도 상당히 높았어요. 그런데 수익이 예상보다 너무 적더라고요. 이 돈 벌려고 송출을 해야 하나 싶던데요."

내 생각에는 블로그, 인스타그램, 유튜브 같은 뉴미디어 기반 비즈니스는 다 상황이 비슷하다. 매체 영향력의 상당 부분은 내용보다는 그것들이 공짜고 접근성이 좋다는 데서 나온다. 진입 장벽이 낮으니까 복권 당첨 같은 성공담이 '당신도 할 수 있다'는 식으로 슬쩍 왜곡된다. 배너나 프로그램 앞에 붙이는 영상처럼 눈에 띄는 광고로 얻는 수입은 대부분 미미하다. 어중간한 인지도로 돈을 벌려면 협찬이나 후원금 장사, 변형된 홈쇼핑에 기대야 한다.

나는 한국에서 이들 매체는 기본적으로 저예산 독립 미디어라고 생각한다. 자기가 만드는 콘텐츠를 사랑하는 개인이 돈에 대한 욕심보다 그저 그 일이 좋아서 꾸준히 시간을 바칠 때 제대로 굴러간다. 매체 소비자들 역시 콘텐츠의 품질에는 관대한 반면 운영자의 진심이나 태도 같은 문제에는 예민하다. 기업 논리에는 어울리지 않는 환경이다. 자원은 없지만 재능과 열정이 있는 신인이 이름을 얻고 더 큰 무대로 올라서는 발판으로 삼기에 좋은 플랫폼이라고 본다.

내가 만나서 어느 정도 친해지고 사정을 알게 된 다른 책 팟캐스트 중에서 운영비를 자체적으로 벌어서 해결한다는 곳은 한 곳도 없었다. 대형 서점이나 출판사의 예산으로 운영되는 곳도 있고, 대기업이나 독지가의 지원을 받는 곳도 있었다. 그런 지원에는 시한이 있다. "유튜브 수익으로는 돈을 벌기 어렵고 주로 강연료와 고료로 생활한다"는 유명 북튜버도 있었다.

북이십일이나 팟빵에서 팟캐스트 운영비나 수입 문제로 나나 요조에게 압박을 준 적은 없었다. 그러나 제작진의 고심을 모를 순 없었고, 가끔 프로그램이 광고를 수주하면 뛸 듯이 기뻤다. 한참 뒤에야 이상한 모순을 깨달았다. 정작 나 자신은 광고나 돈을 받고 쓰는 책 추천사, 관객으로부터 입장료를 받는 유료 강연을 피하기 때문이다. 어느 우유 회사의 광고를 거절한 적이 있었다. 내가 유당불내증이 있어서 우유를 마시지 않으니 그래야 한다고 믿었다. 그런데 팟캐스트에서는 내가 복용한 적이 없고 앞으로도 그럴 것 같지 않은 유산균 제품을 내 입으로 홍보했다. 기뻐하면서.

이런 고민을 HJ는 무의미한 결벽이라고 여긴다. 나 역시 형편이 조금만 기울면 내 자세가 백팔십도 바뀔 거라고 생각한다. 동시에 내 형편이 확 나아져, 말하고 듣는 세상의 돈벌이를 아예 떠나기를 욕망한다. 말하고 듣는 세계에서 돈을 버는 사람은 어떤 식으로든 자기 자신이라는 한 인간, 한 인격을 판매해야 하는 것 같다. 강연, 방송, 영업, 상담, 정치 같은 분야에 종사하는 사람은 기술자나 연구자와는 다른 삶을 산다. 그들은 동시대의 타인들이 보기에 매력이 있어야 한다.

나는 그보다는 대성당을 짓는 건축가 같은 존재로 스스로를 간주하고 싶어 한다. 『분노의 포도』 같은 작품을 쓸 수 있다면 팔을 한 짝 잃어도 상관없다고 생각한다. 대성당을 세워야 하는 이유는 나도 정확히 알 수 없지만, 같은 시대를 사는 사람들의 마음을 위로하는 데 있는 것 같지는 않다. 그리고 장강명이라는 인격은 그 건축물의 그늘에 숨기고 싶다.

지금은 말하는 일과 쓰는 일에서 오는 수입이 달리는 자전거의 양쪽 페달 같다. 두 페달을 번갈아가며 열심히 밟아야 프리랜서 글쟁이라는 자전거가 쓰러지지 않고 달린다. 회사 다닐 때보다 분명 더 자유롭고 벌이도 썩 낫지만 한쪽 페달에서 발을 떼는 것은 여전히 두렵다. '말하는 일도 재미있고 매력 있잖아? 너도 그럭저럭하잖아?' 하고 자문하기도 한다. 회계의 문제가 아니라 각오의 문제이며, 바로 내가 이 상황을 선택하고 승인했음도 안다.

모차르트는 “내가 하는 일에 비해서는 많이 받고, 내가 할 수 있는 일에 비해서는 너무 적게 받는다”고 했다는데, 적어도 앞부분 절반은 무슨 뜻인지 이해할 거 같다. 간혹 강연이나 방송 출연을 마치고 집에 오는 길에 땀을 흘린 대가가 아니라 나를 판 대가로 돈을 번 게 아닐까 의심에 빠진다. 사람을 만나면 에너지를 잃는다. 모르는 사람을 만나면 더 그렇다.

내가 하는 일과 할 수 있는 일, 해야 하는 일이 서로 싸운다. 그러는 사이에 책은 점점 팔리지 않고, 강연 시장은 빠르게 성장하고, ‘말 좀 하는 지식인 셀럽’에 대한 수요는 늘어간다. 나는 이런 상황에서는 베스트셀러를 쓰는 것이 최종 해결책이라는 역설적인 결론에 이른다. 인세나 판권 수입을 두고는 번민하지 않는다. 그건 뭐, 눈처럼 깨끗하고 아름다운 돈이지. 펑펑 쏟아져라, 한겨울 함박눈처럼.

하느님 품으로 돌아오는 험버트 험버트와 옛 연인이 보낸 카카오톡 메시지

팟캐스트를 진행하면서 소개한 책 중에 가장 얇은 책은 박솔뫼 작가의 『인터내셔널의 밤』이다. 이 책은 132쪽이다. 크기도 작다. 가로 11센티미터, 세로 16.5센티미터. 성인 남자 중에는 손바닥이 이보다 더 큰 사람도 꽤 있을 거다. 참고로 내 손은 작고 고운 편이다.

『인터내셔널의 밤』은 은모든 작가의 『안락』과 함께 다뤘다. 『안락』도 책 크기는 같고, 분량은 조금 더 길어서 160쪽이다. 두 책은 북이십일의 문학브랜드인 아르테에서 시작한 국내 문학 시리즈의 첫 두 권이었다. 그 시리즈의 이름은 '작은책'이었고, 책의 크기가 작고 두께가 얇다는 게 그 시리즈의 특징이었다. 작은책 시리즈의 또 다른 특징은 책을 배우가 낭독한 오디오북으로 만들어 그 파일을 USB 메모리 스틱에 담아 책과 오디오북을 함께 구매할 수도 있다는 것이다.

작은책 시리즈는 2010년대 중반부터 국내 문학 출판사들이 시도한 단행본 경량화의 연장선에 있다. 민음사는 중편소설이라는 말 대신 경장편이라는 생소한 용어를 밀면서 '오늘의 젊은 작가' 시리즈를 냈다. 은행나무는 보다 얇은 '노벨라' 시리즈를 선보였고, 현대문학의 '핀' 시리즈, 마음산책의 '짧은 소설' 시리즈, 창비의 '소설Q' 시리즈가 뒤를 이었다. 작가정신은 과거의 '소설향' 시리즈를 부활시켰다.

'오늘의 젊은 작가' 시리즈는 하드커버에 젊은 한국 화가의 그림을 표지로 썼다. 예뻤지만 가격은 비쌌다. 반면 노벨라 시리즈는 자기 책들을 테이크아웃 커피에 빗댔는데, '카페나 지하철에서 부담 없이 읽고 버릴 수 있다'는 은근한 암시가 깔려 있었다. 가격이 저렴한 대신 외형은 상대적으로 단출했다. 오늘의 젊은 작가 시리즈는 성공하고 노벨라 시리즈는 그러지 못했다. 이후에 나온 얇은 국내 소설 단행본 시리즈는 '소장 욕구를 자극해야 한다'는 데 초점을 맞췄다. 특히 표지를 인스타그램에 올렸을 때 때깔이 좋아야 한단다. 그렇게 앞은 점점 매끈해지고, 옆은 점점 날씬해졌다.

요즘 독자들은 긴 글을 읽기 버거워하고, 요즘 작가들은 긴 글을 쓰기 어려워하니까, 윈윈이라고들 한다. 문예지라는 플랫폼을 시대에 뒤떨어졌다고 느끼는 일반 독자와 한국문학 간의 체감 거리가 세련된 디자인과 오디오북 같은 신병기로 간신히 좁혀진다고도 본다. 단행본 출간 기회가 늘어나는 건 소설가들에게 무조건 좋은 일이다. 나도 이 트렌드의 덕을 톡톡히 입은 사람 중 하나다. 『한국이 싫어서』가 '오늘의 젊은 작가 시리즈'의 일곱 번째 책이다.

그런데 가끔은 어쩔 수 없이, 불쑥 이런 생각이 드는 거다.

이거 너무 얇은 거 아냐?

출판사들의 노력을 폄하할 마음은 없다. 그런 기획들은 작은 오아시스를 조성하려는 노력이라고 여긴다. 독자를 탓하고 싶지도 않고……. 나는 그냥 작가들에 대해, 현재의 한국 소설가들이 아니라 옛 거장들과 나에 대해 생각한다.

세계문학전집의 작품 목록을 가끔 살핀다. 책 제목들을 보다 보면 작가나 작품이 세상과 사이가 좋지 않아야 거기에 들어갈 확률이 높아지는 거 아닌가 자연스럽게 추론하게 된다. 『보바리 부인』과 『채털리 부인의 연인』은 발표 당시에 판매 금지되었다. 톨스토이도 판매 금지 처분을 받았다. 『동물농장』 원고는 출판사 네 곳에서 거부당했다. 당시 영국 지식인 사회가 좌편향이어서 출판사들이 내용을 부담스러워 했기 때문이다. 『롤리타』는 프랑스에서 판매 금지되고 미국에서는 출판사를 얻지 못했다. 스타인벡은 미국 여러 도서관에서 금지 대상이었고 쿤데라는 체코슬로바키아 전체에서 그랬다. 솔제니친은 소련에서 쫓겨났고 오르한 파묵은 터키에서 도망쳤다. 헤세는 스위스로 망명했다. 『카탈로니아 찬가』는 오웰이 사망할 때까지 초판 1쇄가 다 팔리지 않았고 『위대한 개츠비』는 피츠제럴드가 사망할 때까지 2쇄가 다 팔리지 않았다. 『폭풍의 언덕』도 『모비 딕』도 작가가 죽고 난 다음에 겨우 평가받았다. 이런 얘기는 몇 페이지고 더 쓸 수 있다.

플로베르는 분명히 자기 책이 나오면 엄청난 논란이 벌어지리라는 사실을 알았을 거다. 나보코프도 그랬을 거다. 그들은 엠마나 험버트를 덜 부담스러운 인물로 묘사하거나 이 캐릭터들이 막판에 회개하고 하느님 품으로 돌아오는 결말로 타협할 수도 있었다. 그런데 그러지 않았다. 왜? 글쓰기의 기쁨과 자기만족을 위해서라면 페르난두 페소아나 헨리 다거처럼 그냥 원고를 써서 자기 책상 서랍에 넣어둘 수도 있었다. 카프카처럼 몇 편만 발표할 수도 있었다. 하지만 그들은 출판사에 원고를 보냈고 편집 작업을 거쳐 작품을 모든 사람에게 공개했다. 몇몇 작가에게는 불구덩이 속으로 걸어 들어가는 거나 마찬가지였다.

나는 그 작가들이 미래의 독자를 염두에 두었으리라고 추측한다. 그것이 진지하게 읽고 쓰는 사람들의 논리적 귀결이라고 생각한다. 읽고 쓰는 우리도 소통을 원한다. 그런데 말하고 듣는 세계의 거주자들과 달리 우리의 소통 대상은 현재에 있지만은 않다. 우리는 읽으며 과거와 대화한다. 우리는 쓰면서 미래로 메시지를 보낸다. 그때 우리는 현재와 싸울 수밖에 없다. 지금의 상식 대부분을 고작 50년 전 사람들이 듣는다면 격분할 것이다. 같은 원리로 50년 뒤의 독자들에게 존중받으려면 우리 시대의 사람들 다수를 불편하게 만들어야 할 테다.

지금 이 순간을 살아가는 한국문학의 잠재 독자들과 소통하는 것은 출판사의 임무라고 생각한다. 그것은 어렵고 중요한 일이다. 2018년과 2019년을 거치며 나는 작가의 일은 그와 조금 다르다고 믿게 됐다. 작가의 사명은 오히려 세상과 불화하는 데 있고, 또 그것이 작가의 숙명이라는 개념에 사로잡히게 됐다.

가끔은 내가 당대를 굉장히 못마땅해한다는 사실이 위안이 된다. 세상이 너무 좋고 아름답고 옳은 방향으로 제대로 굴러간다고 보는 사람은 중요한 글은 못 쓸 것 같기 때문이다. 그런 사람이 친구나 동료의 호감은 분명 더 많이 얻을 테지만. 불화의 근원을 탐구하려는 의지가 나의 연료다. 그런 의지를 극단으로 밀어붙이려는 자세와 집요함이 나의 무기다. 그런 태도는 대인 관계에는 도움이 안 되지만, 글쓰기에는 좋다.

가끔은 이 모든 게 별 근거 없는 자위가 아닌가 싶어 불안하다. 톨스토이나 도스토옙스키의 작품을 읽다가 내용을 제대로 파악할 수가 없을 때가 있다. 귀족 가문의 젊은 여인이 처음으로 참여한 무도회에서 춤 요청을 받지 못하는 것은 얼마나 큰 실패일까? 주변 사람 모두가 부자 관계임을 알고 있는데도 성姓을 물려받지 못한 사생아가 아버지 앞에서 느끼는 감정은 어떤 것일까? 내 소설 속 주인공이 옛 연인이 보낸 카카오톡 메시지를 확인할지 말지를 놓고 고민하는 이유를 50년 뒤 독자들은 과연 이해할 수 있을까?

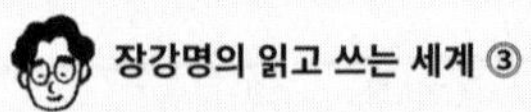

숙제 같은 책

이번 추석 연휴에는 미국 작가 니콜 크라우스의 『사랑의 역사』를…… 읽을 계획이다. 아마도.

휴대전화 메모장 앱에서 내가 자주 수정하는 문서가 하나 있는데, '읽을 책' 항목이다. 신문 서평을 읽거나 웹서핑을 하다가, 서점이나 도서관을 거닐다가, 관심이 가는 서적을 발견하면 제목과 저자를 이 항목에 메모해둔다. 그렇게 목록에 올려둔 책이 백 권은 확실하게 넘고, 천 권은 안 될 것 같다.

그 수백 권의 도서들이 거기서 경쟁을 벌인다. 딱히 번호를 매기는 건 아니지만 마음속에서 '읽지 않았지만 읽고 싶은 서적들의 순위'가 인기 차트처럼 수시로 바뀐다. 『사랑의 역사』는 늘 상위권에 있기는 한데, 한 번도 1위를 해본 적이 없다.

시집서점 '위트 앤 시니컬'에 놀러갔다가 서점 주인인 유희경 시인에게 "소설 한 권 추천해주세요"라고 했더니 그가 건

넨 단행본이 이 책이었다. 계산대에서 유 시인은 "다 읽고 마음에 들면 감상평을 짧게 문자메시지로 보내주세요"라고 부탁했고, 나는 그러겠다고 약속했다. 그게 2년 전이다.

관심이 없었다면 멀찍이 치워버렸을 텐데, 그렇진 않다. 흥미롭다. 읽고 싶다. 그런데 계속 '조만간 읽어야지, 읽어야지' 하면서 정작 손에 잡질 못하고 있다. 조만간 읽어야지, 읽어야지, 당장은 아니고, 다음에, 다음에.

변명을 하자면, 우선 몇 년 전부터 전자책에 맛을 들이면서 종이책을 멀리 하게 됐다. 요즘은 책을 거의 대부분 전자책으로 읽는다. 종이책의 물성이나 질감은 잘 모르겠고, 전자책은 글자 크기와 줄 간격을 조절할 수 있다는 점이 너무 좋다. 나는 작은 글자를 오래 못 읽는다.

게다가 『사랑의 역사』는 민음사판 기준으로 358쪽짜리 장편소설이다. 소설은 기왕이면 한 호흡으로 읽고 싶다. 300쪽 이내라면 부담 없이 시작해서 끝을 볼 것 같고, 400쪽이 넘는다면 한 번에 읽으려는 욕심을 버리고 역시 부담 없이 집어들 것 같다. 그런데 358쪽은 좀 애매하다.

그리고 솔직히 말하면 저자 프로필이 살짝 고깝다. 책날개에는 '분더킨트로 통한다'고 고상한 표현으로 적혀 있지만…… 그래, 문학 신동, 소설 천재라 이거지. 크라우스는 10대에 문학에 빠지고, 스탠퍼드를 졸업하고 옥스퍼드에서 논문을 쓰고,

20대에 시인으로 등단하고, 미술을 공부했으며, 스물여덟에 발표한 첫 소설은 언론에서 올해의 책으로 뽑혔다.

서른 살에 두 번째 소설 일부를 잡지에 싣자마자 뉴욕 문단에서 큰 화제가 되고, 책이 나오자 모든 문예지가 다루고, 유명 감독이 영화로 만들겠다고 나서고, 35개 언어로 번역되고, 세계적 베스트셀러가 됐단다. 작가는 역시 신동으로 불린 소설가 조너선 사프란 포어와 결혼해 미국 문학계의 스타 부부가 되기도 한다. 나중에 헤어지긴 하지만. 이쯤 되면 저자 이력 자체가 무슨 판타지 소설 같다.

크라우스의 바로 그 두 번째 소설이 『사랑의 역사』다. 문학 천재 뉴요커가 서른에 쓴 작품이라니, 어떤 삶의 질곡이 담겨 있을지, 서울 구로구 주민의 마음도 흔들 수 있을지, 매번 책을 집어 들기 직전에 망설여진다. '어디 간이나 한번 볼까' 하고 책장 중간을 펼쳤는데 하필 양면이 거의 백지였다. 44~50쪽까지 일곱 쪽에 걸쳐 한 페이지에 한 줄 혹은 한 문단만 있다. 이거 예술쟁이의 너무 뻔한 허세 아닌가? 장르가 소설이 아니라 감성 에세이인가?

그럼에도 '이 책 조만간 꼭'이라며 벼르는 이유는, 다른 사람들의 추천 때문이다. 해외 문인들의 추천사는 '이거 실화냐?'고 되묻고 싶을 정도. 노벨문학상 수상자인 J. M. 쿳시가 "너무나도 독창적인 소설"이라며 추켜세웠다. 수전 손택은 새

파란 후배인 크라우스가 "이제 미국 문학사의 주요 작가로 떠올랐다"고 했다. 무엇보다 나는 유희경 시인의 안목을 전적으로 신뢰한다. 그는 초창기부터 내 글을 좋아해준 독서가다.

미국에서 책이 나온 2005년은 그럭저럭 동시대라고 부를 수 있을 시간이고, 저자가 나와 한 살 차이밖에 나지 않기 때문에 묘한 의무감도 생긴다. 세계문학의 중심부에서 내 또래 작가가 어떤 글을 쓰고 있는지, 어떤 작품이 각광받는지 확인하고 싶다.

소설 내용도 궁금하다. 책 뒤표지 소개에 따르면 『사랑의 역사』는 '사랑의 역사'라는 수수께끼 소설을 둘러싸고 여러 등장인물이 얽히는 줄거리인 모양이다. 로맨스에 미스터리 요소가 섞였나 보다. 언뜻 온다 리쿠의 『삼월은 붉은 구렁을』이 생각나는데, 나는 그 책을 굉장히 재미있게 읽었다.

'이번 추석 연휴에는 『사랑의 역사』를 읽을 계획이다'라는 이 글의 첫 문장 중간에 말줄임표를 넣었다. 뒤에는 '아마도'라고 덧붙이기도 했다. 다른 후보도 만만치 않기 때문이다. 강력한 경쟁자는 나심 니콜라스 탈레브의 『안티프래질』과 스미노 요루의 『너의 췌장을 먹고 싶어』. 『안티프래질』은 해외 언론의 어마어마한 호평을 받았고, 『너의 췌장을…』은 화제성이 대단했다. 라이트노벨에 대한 개인적인 호기심도 있다.

무슨 책을 읽어야 하나? 변태처럼 들리지 않을까 좀 두려운데, 나는 사실 이런 상황을 싫어하지 않는다. 오히려 즐기는 편이다.

과연 어떤 책이 최후의 순간 나의 간택을 받을 것인가? 내가 쌓아 올린 '읽지 않았지만 읽고 싶은 책들의 왕국'에서는 내가 왕이고 대통령이고 슈퍼스타다. 메모 앱 문서의 목록을 훑어볼 때면 좋은 책들이 미소를 지으며 인사를 건네온다. 자신을 읽어달라고. 그런데 이 왕국에서 나는 상당히 '나쁜 남자'라, 별 이유도 없이 유력 후보들을 물리치고 우연한 즉석 만남을 즐기기도 한다. 고로 이번 추석에 저 위의 세 권이 아닌 엉뚱한 다른 책을 펼칠지도 모른다.

이런 왕국을 각자 세우면 어떨까. 우리 모두. 읽고 싶은 책들의 목록을 써보는 것만으로도 당신 한 사람을 위한 정신의 영토, 취향의 도서관이 탄생한다. 탐색하고 고르는 일은 그 자체로 의의가 있고, 해보면 꽤 즐겁다. 읽고 싶은 책들을 숙제가 아니라 가능성이라고 여기는 것이 시작이다.

참고. 이 왕국은 한 번 건설하면 땅덩이가 끝없이 확장된다. 아시다시피, 읽고 싶은 책들은 읽은 책보다 언제나 훨씬 더 빠르게 늘어난다.

4장

그럼에도 계속 읽고 쓴다는 것

사람을 장난감처럼 여기는 악취미와 길들지 않는 야수들의 왕국

2019년 봄에는 〈책, 이게 뭐라고?!〉에서도 신간이 아니라 고전을 다뤄보자는 취지로 '고독한 독서가'라는 코너를 만들었다. 처음 고른 책은 '요조'라는 활동명이 나온 배경이기도 한 다자이 오사무의 『인간 실격』이었다. 당연하다면 당연한 선택이었다.

『인간 실격』을 택했을 때만 해도 '고독한 독서가'를 어떻게 운영해야 할지, 계속 이어갈 수 있을지 우리도 확신이 없는 상태였다. 마침 다자이의 소설을 원작으로 한 이토 준지의 만화 『인간 실격』이 그즈음 나왔고 우리는 만화와 원작 소설을 함께 이야기했다.

『인간 실격』은 요조에게는 인생 책이지만, 나는 싫어한다. 주인공 오바 요조도 싫다. 내가 싫어하는 소설 주인공 두 사람을 꼽으라면 오바 요조와 홀든 콜필드다. 두 캐릭터가 공통적으로 품은 비대한 자의식과 끝없는 자기연민이 가당찮고 짜증스럽다. 어쩌면 내게 그런 면이 있어서 더 불쾌한지도 모른다.

이토 준지는 개성과 스타일이 있는 예술가라고 인정하고, 그의 만화도 꽤 읽었다. 『공포의 물고기』와 『사자의 상사병』은 뛰어난 작품이라고 생각한다. 그러나 한두 편이면 몰라도 이 작가의 작품은 오래 붙잡고 있으면 사람을 장난감처럼 여기는 악취미가 너무 분명하게 느껴지고, 그 집요함에서 달아나고 싶어진다.

녹음을 위해 『인간 실격』을 다시 읽으면서 작품의 힘을 확실히 느끼고 놀랐다. 여전히 싫지만, 시시한 소설은 절대 아니었다. 오바 요조 역시 강렬한 캐릭터였다. 섬세함과 나약함, 무기력함, 자기혐오를 이렇게까지 자세하게, 극단적으로 표현한 소설 인물이 또 있었던가. 만화와 함께 읽어서 그런 점을 더 잘 느낄 수 있었는지도 모른다. 만화도 플롯과 작화에 들인 공이 느껴지는 수작이었지만 소설이 더 나았다. 만화는 다자이의 원작을 충실히 따라갈 때 가장 뜨겁고 절망적이었다. 반면 이토 준지의 개작이 들어갈수록 '만화 같아졌다'.

만화 『인간 실격』은 소설 『인간 실격』의 가장 불쾌한 대목을 바꿨고, 독자 입장에서는 오바 요조를 좀 더 받아들이기 쉬워졌다. 소설의 요조는 끝까지 자기 생각밖에 하지 않는 나르시시스트인데, 만화의 요조는 인간으로서 최소한의 양심을 지니고 죄책감에 시달린다. 다자이가 만들어낸 요조라는 캐릭터는 21세기에도 여전히 삼키기 어려운 문제적 인간이었다.

《뉴요커》의 필자인 영화평론가 데이비드 덴비는 1990년대 중반에 재미있는 생각을 한다. 자기가 졸업한 컬럼비아 대학에 가서 자신이 30년 전에 들었던 고전문학 수업을 다시 들으면 어떨까? 시대가 변했다고들 하니까, 고전 강의 내용도 그 사이에 바뀌었을까? 그는 그 아이디어를 실천에 옮겨서, 1년 동안 자식뻘인 학부생들과 함께 서양 고전들을 다시 읽고 토론한다.

거기서 덴비는 뜻밖의 사실을 깨닫는다. 많은 학생들이 대학에 와서 처음으로 고전을 읽고, 자기가 알고 있다고 생각했던 책의 내용에 놀란다. 『폭풍의 언덕』, 『악령』, 『그리스인 조르바』를 읽으며 엄청나게 충격을 받았던 나처럼. 현대의 시시한 반反문화 힙스터 따위들과는 비교도 되지 않는 불경하고 끔찍하고 도발적인 인물, 사건, 생각 들이 고전에는 가득하다. 히스클리프는 중증 스토커이고, 스타브로긴은 소시오패스이고, 조르바는 여성 혐오자다.

고전은 독자에게 얌전하게 교훈을 던져주지 않는다. 그들은 독자들이 피할 수 없는 방식으로 시비를 건다. 자신을 감당할 수 있겠느냐고, 이 존재가 무슨 의미인지 알아맞혀보라고 묻는다. 그것이 고전의 힘이다. 오이디푸스는 뭘 잘못한 걸까? 햄릿은 미친 걸까? 덴비는 "고전은 사람을 기죽게 하는 점령군이 아니라 서로 싸우고, 다시 또 독자와 싸우는, 길들지 않는 야수들의 왕국"이라고 평했다.

소설 『인간 실격』은 야수였다. 만화 『인간 실격』은 그 야수에 올라탄 작품이었다. '고독한 독서가' 2회에서 다룬 카뮈의 『이방인』도 야수였다. 어머니의 죽음을 슬퍼하지 않고, 햇빛이 눈을 찌르는 것 같다는 이유로 총을 쏴서 사람을 죽이고, 도무지 이유를 모르겠지만 하여튼 불이익을 감수하며 그 사연을 정직하게 말하는 뫼르소도 오바 요조만큼이나 문제적 인간이다. 우리는 이 작품들을 이렇게 저렇게 해석해왔고 앞으로도 그럴 테지만 결코 답을 알 수 없을 것이다. 그들은 길들지 않을 것이다.

그 책들은 그런 야수성 때문에 고전이 되었다. 동시에 당대에는 격렬한 비난과 분노의 대상이 되었고 불태워지거나 고발당하거나 판매 금지되었다. 악평을 받는 작품이 모두 길이 남는 것은 아니지만, 누구의 심기도 거스르지 않는 소설은 절대로 오래 버티지 못한다. 소설가가 읽고 쓰는 세계에서 미래를 만나려면 마음속에 야수를 품어야 한다.

2019년 하반기에 나는 TV의 독서 프로그램에 패널로 출연하면서 카뮈의 『페스트』도 다시 읽게 됐다. 20대에는 『페스트』를 『이방인』보다 훨씬 더 좋아했는데, 40대에 두 작품을 다시 읽으니 이제는 『이방인』이 더 나아 보였다. 아무런 답 없이 질문을 제기하는 『이방인』은 여전히 날이 시퍼렇게 서 있었다. 야수로 친다면 흑표범 같았다. 부피가 두껍지는 않아도 영리하고 우아한. 반면 카뮈가 제시한 답안인 『페스트』는 지나치게 안전해 보였다. 인간 실존의 부조리를 해결하기 위해 휴머니즘을 품고 주변 사람들과 연대해야 한다니, 할리우드 영화 같았다.

'요즘은 정치적 올바름을 강조하고 착하고 착하게 쓰는 소설들이 환영받는 것 같은데 어떻게 생각하느냐.' 2018년과 2019년에는 소설가 지망생들을 상대로 하는 강연에서 이런 질문을 몇 번 받았다. 그 추세에 맞춰 쓰기 싫지만, 등단하려면 그렇게 써야 하는 걸까 고민하는 젊은이들이 던지는 질문이었다.

그런 때 나는 고전과 야수 이야기로 답했다. 지금 트렌드와 자신이 맞지 않다고 여긴다면, 당신에게는 발톱이 있는 거라고. 정말 훌륭한 작품은 그 발톱에서 출발할 테니, 잘 키워

보라고. 그러면 질문자는 복잡한 표정이 되었다. 자신이 틀린 건 아니라는 안도감과 방금 전에 제시된 길을 걷는 데 대한 부담감이 섞인. 사실은 나 역시 같은 마음이다.

다자이 오사무의 삶은 그가 창조한 캐릭터 오바 요조와 상당 부분 겹친다. 『인간 실격』을 자전 소설로 평하는 이들도 있다. 만화 『인간 실격』은 작품에 아예 다자이 오사무를 등장시켜 그런 점을 강조했다. 두 책을 읽다가, 나약한 인간으로만 알았던 다자이가 작품을 위해 자기 치부를 드러내는 데 조금도 주저함이 없었음을 깨닫고 그 결기에 간담이 서늘해졌다.

나는 어디까지 갈 수 있을까.

수도꼭지를 올리는 순간 콸콸 쏟아지는 뜨거운 물줄기와 저음을 잘 구현하는 오디오 장비

흔히들 '꼬리에 꼬리를 무는 독서'라는 말을 한다. 어떤 책을 읽고 특정 주제에 관심이 생겨서 관련 책을 읽고, 거기서 또 다른 책으로 나아가는 식으로 책이 책을 부르며 앎이 넓어지는 선순환을 일컫는다. 한 작가나 유파에 관심이 생겨 그들의 책을 찾거나, 반대로 독서 중에 얼마 전에 읽은 다른 책의 의미를 새롭게 발견하는 경험에도 같은 표현을 쓸 수 있겠다.

팟캐스트를 진행하면서도 그런 경험이 여러 번 있었다. 요조와 내가 방송 이후에도 몇 번이나 언급한 책은 발달심리학자 토드 로즈와 신경과학자 오기 오가스가 함께 쓴 『다크호스』였다. 우리는 『가재가 노래하는 곳』을 읽으면서는 그 소설을 쓴 델리아 오언스야말로 '다크호스'의 완벽한 사례라고 얘기했고, 유민애의 에세이 『신경써달라고 한 적 없는데요?』를 읽을 때에는 저자가 한국판 '다크호스'라고 입을 모았다.

한국 심리학자들의 책을 다루면서도 전에 했던 토론 내용을 여러 번 복기하고 재검토했다. 의도한 건 아닌데 한 주제에 대한 여러 학자들의 의견을 접하며 우리 생각을 다듬게 됐다. 그 주제는 '행복'이었고, 우리가 읽은 책들은 연세대 심리학과 서은국 교수의 『행복의 기원』, 서울대 심리학과 최인철 교수의 『굿 라이프』, 그리고 문화심리학자 김정운의 『바닷가 작업실에서는 전혀 다른 시간이 흐른다』였다.

당사자들이 집필 동기를 무어라 설명하든 간에, 행복을 주제로 하는 심리학자들의 대중 교양서가 비슷한 시기에 잇달아 나온 것은 우연이 아니다. 성공, 독설, 치유, 자존감 등의 키워드가 지나가고 이제 사람들은 보다 근본적인 걸 궁금해 한다. 우리는 무엇을 추구해야 하지? 삶의 목표가 행복이라고 하던데, 행복이 뭐지? 어떻게 해야 행복해질 수 있지?

세 심리학자는 책에서 모두 행복의 개념을 축소하려 든다. 이 역시 우연이 아닌데, 행복에 대한 사전적 설명과 일상에서 그 단어의 쓰임새, 종교인과 철학자 들이 말하는 바를 그대로 종합하면 도무지 형태를 알 수 없는 모순 덩어리가 튀어나오기 때문이다.

가장 과감한 서은국 교수는 목적론자 아리스토텔레스 때문에 수천 년 동안 사람들이 오해했다며, 행복은 결코 거창한 개념이 아니라고 주장한다. 서 교수에 따르면 행복은 '사랑하는 사람과 함께 음식을 먹는 것'으로 요약할 수 있다. 행복해지고 싶은가? 그러면 사랑하는 사람과 자주 식사해라. HJ와 나는 이 말을 좋아한다. 요즘 우리는 같이 밥을 먹기 전에 "이게 바로 행복이지"라고 말한다.

그러나 이런 결론은 어딘가 모자란 듯이 느껴진다. 사랑하는 이와의 식사는 물론 기분 좋은 일이지만, 우리가 삶에서 추구하는 바를 그 안에 모두 담을 수 있단 말인가? 우리는 늘 그 이상을 원하지 않는가. 최인철 교수의 문제의식도 여기에 있다. 최 교수는 행복은 '좋은 삶'의 한 구성 요소이며, 좋은 삶을 살려면 행복 외에도 추구해야 할 것들이 있다는 관점을 제시한다. 의미, 품격 같은 것들이다.

그렇군, 하고 고개를 끄덕이는 것도 잠시, 우리는 원점으로 되돌아왔음을 깨닫는다. 우리가 좇는 그 무언가의 이름이 행복에서 좋은 삶으로 바뀌었을 뿐, 그게 정확히 뭐고 어떻게 하면 얻을 수 있는지는 여전히 애매하지 않은가? 문화심리학자 김정운은 자기 책에서 "행복 혹은 '좋은 삶'에 좀 더 실천 가능한 방식으로 접근하자"고 썼다. 그는 여수의 한 섬으로 내려가 화실과 서재를 짓는다. 그리고 "내가 이 섬에서 왜 행복한가의 이유를 끊임없이 찾아낼 것이다"라고 적는다. 그런데 그가 발견하는 '이유'는 그에게는 풍성하고 단단할 것이나 오직 그에게만 성립한다는 단점이 있다.

그래도 여수의 섬에서 발견했다는 김정운 작가의 구체적 행복에 대해 듣는 것은 즐겁고 얼마간 감동적이기까지 했다. 김 작가는 남도의 볕에 그을린 얼굴로 팟캐스트에 출연했다. 섬에 짓는 작업실은 공사 마무리 단계라고 했다. 그는 욕실에 대해 이야기했다.

"샤워하고 양치하고 머리를 말리는 걸 사람들은 과정으로 생각해서 후다닥 해치우려고 하죠. 그게 자신의 즐거움과 무슨 상관이 있는지에 대해 고민하는 사람이 없어요. 그런데 내가 샤워할 때마다 물이 졸졸 나오는 게 불쾌했거든요. 그래서 수압 높이는 공사를 했어요. 그러고 나니까 아침에 샤워할 때 너무 행복해요. 특히 겨울에 추울 때 뜨거운 물이 팍, 나오면, 그 안에 들어가 있으면 정신이 팍, 들면서……."

"이게 사는 거지, 싶죠." 내가 끼어들었다.

"이거야. 이게 내 인생의 본질이에요. 성공은 추상적이에요. 내 인생의 본질은 지금 여기에 있죠. 지금 여기서 느끼는 게 내 인생이죠. 그렇게 밤에 샤워를 하고 나오잖아요. 난 드라이어가 그렇게 중요한지 몰랐어요. 혹시 다이슨 드라이어

써봤어요? 와, 바람이 달라요. 머리 말릴 때 행복이 이거구나. 그다음에는 내가 좋아하는 치약이 있어요. 이 닦을 때 그 기분을 느껴야지."

그의 구체적인 행복론은 계속 이어졌다. 수도꼭지를 올리는 순간 콸콸 쏟아지는 뜨거운 물줄기가 주는 기쁨에 대해서는 너무나 공감했고, 바람이 강력한 드라이어나 맛이 상쾌한 치약에 대해서도 상상할 수 있었다. 그러나 그가 말한 명품 시계와 고급 만년필은 내 상상력이 닿지 않는 영역이었다.

내게도 기쁨을 주는 물리적 실체들이 있다. 나는 개들을 좋아하고, 특히 시바견이 좋다. 요조가 내게 시바견 스티커를 여러 장 선물해주었는데, 나는 그걸 휴대폰과 노트북에 빈틈없이 붙였다. 탁 트인 전망, 그중에서도 산보다는 바다 풍광을 좋아한다. 자전거를 타고 한강변을 달리는 기분을 사랑한다. 맘스터치의 싸이버거 세트와 두유로 만드는 밀크티를 즐긴다.

그러나 나는 그 대상들을 소유하는 데에는 큰 관심이 없다. 스티커가 아닌 진짜 개는 나중에 떠나보내기가 괴로울 것 같아 들이지 않는다. 자동차, 옷, 구두, 카메라, 가구, 휴대전화 같은 것을 탐내본 적이 없다. 물욕이 별로 없는 편이다. 돈 많이 벌면 오디오는 저음을 잘 구현하는 장비로 방음 시설과 함께 장만하고 싶다는 정도다.

나는 사랑하는 사람과의 식사나 뜨거운 물줄기 이상의 것을 추구한다. 그것들을 희생시켜가면서 구하려는 게 있다. 그걸 품위라고 부를 순 없을 거 같고, 의미? 글쎄……. 그렇게 불러야 할 테지만, 수학자나 물리학자가 발견하려는 우주적 진리, 혹은 로고테라피에서 말하는 삶의 중심과는 조금 다르다. 나는 내가 좇는 그 '의미'가 객관적인 것인지 주관적인 것인지도 잘 모르겠다. 나보다 크고 나의 바깥에 있으면서 내 안에도 있는 무엇.

김정운 작가는 나쁜 것들을 지워나가면서 좋은 것들을 발견한다고 했는데, 나는 내키지 않는 선택에 몰려 내가 추구하는 그 '무엇'의 형태를 겨우 파악한다. 별로 팔리지 않을 거 같다고 생각하면서도 꾸역꾸역 쓴 책 원고가 있다. 그걸 쓰면서 내가 베스트셀러 작가가 되는 걸 최우선 목표로 삼지는 않는다는 걸 알았다. 한때는 스티븐 스필버그처럼 여름에는 대중적인 작품을 발표하고 겨울에는 진지한 작품을 내놓는다는 식의 야무진 꿈도 있었다. 이제는 그런 커리어는 스필버그쯤 되는 천재나 쌓을 수 있다는 사실을 인정하고, 대중성과 진중함 중에 내가 어느 걸 더 원하는지 깨닫는다.

세상에는 재미있어서 회사에 나간다는 사람도 있고 글 쓰는 게 행복하다는 사람도 있다. 나는 아니다. 소설 쓰는 일을 사랑하지만 즐겁고 재미있지는 않다. 예전에는 그런 적도 있었는데 지금은 그렇지 않다. 지치거나 애정이 식어서가 아니다. 더 나은 글을 쓰고 싶다는 욕망이 내 글쓰기 실력보다 더 빠르게 커져서다. 내 필력은 더 나은 글에 대한 욕심을 버리지 않을 때 아주 더디게 나아질 것이다. 나는 그 괴로움을 택하고 받아들인다.

불확정성원리에 대한 20세기 예술가들의 반응과 변화를 일으키고 발전의 길을 제시하겠다는 실제적인 전망

"장 작가님은 이 책 어떻게 읽으셨어요?" 요조가 물었다.

"저는 뭐…… 일단 자기가 책 좋아한다는 사람은 이 책 읽을 때 기분이 좋을 거 같고요. 책 읽는 사람으로서 뿌듯한 기분이 들 테고, 또 책에 대한 저자의 애정도 느껴져서 편안한 마음도 들고요. 사실 책 내용 자체는 뭐…… 한 줄로 요약하면 뻔할 수도 있죠. 책 많이 읽으세요, 안 그러면 큰일 납니다, 그런 거고."

내가 "뭐…… 뭐……" 하고 더듬거리며 대답했다. 사실 그 책에 대한 나의 정직한 평가는 '나쁘지는 않지만 부러 찾아 읽을 정도도 아니다'는 것이었다. 우리는 인지신경학자 매리

언 울프의 『다시, 책으로』를 놓고 얘기하는 중이었다. 미국에서나 한국에서나 소소하게 화제를 모았고, 2019년 말에 몇몇 언론에서 올해의 책으로도 뽑힌 책이다.

그런데 내 생각에는 이 따분한 책을 과감히 집어 들어 펼치고 완독하는 사람들은 이 책을 읽을 필요가 없는 사람들이다(방송에서 내가 그렇게 말했더니 요조와 게스트로 나온 전병근 번역가는 모두 웃음을 터뜨렸다). 나는 이 책이 독서가들에게 아부하는 것 같다고 느꼈고, 그런 아부가 먹혀들어서 올해의 책으로 뽑힌 거 아닐까 의심했다.

어쩌면 내가 니콜라스 카의 『생각하지 않는 사람들』을 이미 읽은 터라 『다시, 책으로』에 별 감흥을 못 느꼈을 수도 있다. 『다시, 책으로』에 대한 언론 서평을 보면 출판 담당 기자나 서평가들은 '깊이 읽는 뇌와 그렇지 않은 뇌는 신경회로 구조 자체가 다르다, 그러니 깊이 읽어야 한다'는 저자의 주장을 높이 산 것 같다. 그런데 나는 그 얘기를 카의 책에서 먼저 접했다.

어쩌면 내가 책의 미래와 독서의 중요성을 강조하는 글들을 너무 많이 봤기 때문에 감흥이 덜했는지도 모른다. 그런 칼럼들에는 일정한 패턴이 있는데 『다시, 책으로』도 거기에서 크게 벗어나지는 않았다.

그런 글들은 먼저 책 읽는 사람이 이렇게 줄어든 현실을 개

탄한다. 다음으로는 책의 중요성을 강조한다. 그러고는 그렇게 중요한 물건이므로 책이 사라지는 날은 오지 않을 거라고 주장한다(그냥 책이 아니라 종이책이라고 콕 집어 말하는 경우도 있다). 내가 보기에 이건 전망이라기보다는 소망이나 다짐 쪽에 가깝다. 게다가 책의 생명력은 영원하다고 단언했음에도 불구하고 독서 문화 증진을 위해 함께 노력해야 한다든가 정부의 지원이 필요하다는 호소로 앞뒤 안 맞게 마무리되곤 한다.

책과 독서 문화의 미래에 대해 나는 비관적 긍정이랄까 낙관적 체념이랄까, 그런 상태다. 책이라는 매체에 대해서는 분명한 믿음이 있다. 길고 복잡한 의미를 전하는 도구로 이보다 충실하고 효율적인 수단은 없다. 내가 살아 있는 동안에 책이 멸종하는 사건은 일어나지 않을 거 같다. 일간지는 그럴지도 모르겠지만. 나는 가끔 내 커리어에 대해 "망하는 업계에서 망하는 업계로 이직했다"고 농담하는데, 그런 말을 하면서도 내심 빨리 망하는 업계에서 천천히 망하는 업계로 옮겨왔다고 생각한다.

책을 읽지 않는 사람이 많아지는 현실은 분명 개탄스러운데, 일본 비평가 사사키 아타루의 『잘라라, 기도하는 그 손을』을 읽고는 생각이 꽤 바뀌었다. 그 책에 이런 대목이 나온다. 1850년 러시아에서는 아예 글을 읽지 못하는 완전 문맹

비율이 90퍼센트였다는 것이다. 그런데 그때가 푸시킨, 고골, 도스토옙스키, 톨스토이, 투르게네프가 활동하던 시기였다. 그러니까 책은 끝났다, 문학은 죽었다고 엄살떨지 말라는 게 사사키 씨의 주장이다.

사실 내게 진짜 두렵고 걱정스러운 일은 사람들이 문학을 떠나는 것이 아니다. 문학과 문학을 읽고 쓰는 사람들이 현실에서 멀어지는 것이다. 한국문학은 이런 일을 최소한 한 번은 겪었다.

나는 2000년대와 2010년대 한국 사회의 최대 이슈 중 하나가 비정규직으로 인한 노동시장 이원화라고 생각한다. 한국의 비정규직 노동자 수는 2019년 8월 기준으로 748만여 명이다. 비정규직 700만 명이 어느 날 갑자기 생긴 게 아니다. 1990년대 후반부터 한 명 한 명 늘어나 그 숫자가 됐다. 그런데 2010년대 중반까지 비정규직 노동 문제를 다룬 작품이라고 하면 소설이 아니라 〈미생〉, 〈송곳〉 같은 웹툰이 떠오른다. 그 시기 한국 소설은 사소설私小說화했다는 평가를 받는다.

나만 이런 생각을 하는 게 아니다. 황석영 작가도 2015년에 몇몇 언론 인터뷰에서 〈미생〉, 〈송곳〉을 인상 깊게 봤다며 “문학이 그런 서사를 놓치고 있었다. 한국문학의 위기는 한국문학 스스로가 현실에서 멀어지면서 자초한 게 아닌가” 하고 꼬집었다.

좀 더 멀리서 우울한 시선으로 바라보면, 어쩌면 문학이 현실을 따라잡지 못하는 현상은 100년 전부터 예정된 길이라고 할 수도 있다. 상대성이론과 양자역학은 시인과 소설가 들에게 충격을 줬고 그들의 세계 인식을 바꿨다. 다다이즘은 불확정성원리에 대한 20세기 예술가들의 반응이라고 할 수 있다. 그러나 반대로 20세기의 시와 소설이 과학자들에게 집단적인 영향을 주는 일은 일어나지 않았다.

과학기술이 단순히 물질세계뿐 아니라 정신세계의 가장 심오한 영역에서까지 혁명을 일으킬 때 문학은 논평하는 역할로 물러났다. 21세기를 사는 우리는 예술이 그런 자리에 머무는 걸 당연하게 여긴다. 그러나 문화사가 피터 왓슨에 따르면 20세기 초만 해도 '예술 즉, 연극, 시, 회화, 소설은 변화를 일으키고 발전의 길을 제시하겠다는 실제적인 전망을 갖고 있었다'.

기실 우리 시대의 문학과 예술이 논평가의 업무라도 제대로 해내는지 의문이다. 눈물 흘리거나 비명 지르는 걸 논평이라고 부른다면 모를까. 지금 문학이 과학기술에 대해서만 무력한 것도 아니다. 가령 선물 시장이나 투자은행에 대해 제대로 이해하는 문인이 몇 명이나 될까? 금융시장에 대해 무지한 사람이 현대자본주의의 탐욕을 지적할 때 그 목소리에 과연 얼마나 힘이 실릴까?

유발 하라리는 『21세기를 위한 21가지 제언』에서 이스라엘 초정통파 유대인의 생활을 소개한다. 그들은 성경을 공부하고 종교의식을 치르며 자기들끼리 매우 만족스럽게 산다. 이들의 삶은 세상의 다른 영역과는 거의 분리돼 있고, 교인의 절반 정도는 일을 아예 하지 않는다. 초정통파 유대인들이 이스라엘 세속 사회에 기여하는 바는 거의 없다. 그런데 그들의 삶은 이스라엘 정부가 보조금과 무료 서비스를 제공하기 때문에 가능하다.

하라리는 이것이 인공지능 시대에 기본소득에 기대 사는 인류의 미래가 될 수 있다고 썼다. 이걸 낙원으로 볼 사람도 있겠다. 지옥보다 더 나쁜 상태라고 여길 사람도 있을 테고. 나는 문학 혹은 인문학을 읽고 쓰는 사람들의 공동체가 이런 미래를 먼저 맞을까 봐 두렵다.

부잣집 딸과 결혼하겠다는 생각과 인간이 스스로를 가축화한 과정

『위대한 개츠비』를 쓴 F. 스콧 피츠제럴드는 1915년 자기보다 세 살 어린 소녀인 지네브라 킹을 만나 사랑에 빠졌다. 피츠제럴드는 19세였고 프린스턴 대학에 다니고 있었다. 두 젊은 남녀는 주로 편지로 연애했다. 1916년 여름, 피츠제럴드는 킹 가족의 호숫가 별장에 갔다가 지네브라의 아버지가 이렇게 소리치는 걸 듣게 된다.

"가난한 녀석들은 부잣집 딸과 결혼할 생각을 하지 말아야지!"

지네브라 킹의 아버지는 금융업으로 돈을 번 자산가 찰스 킹이었고, 피츠제럴드는 딱히 내세울 것 없는 중산층 출신이었다. 피츠제럴드는 결국 지네브라에게 차였다. 지네브라는 나중에 데이지 뷰캐넌의 모델이 된다. 다소 섬뜩한 사실을 하나 더 추가하자면, 피츠제럴드의 아내 젤다가 지네브라 킹과 외모가 그렇게 닮았다고 한다.

"'가난뱅이는 부잣집 딸과 결혼하겠다는 생각조차 말아야 돼' 하는 소리를 듣고 피츠제럴드가 상처를 받죠. 아, 나는 계급에 문제가 있구나. 그렇게 느끼고, 이후에 그걸 평생 잊지 못하고 계급 문제를 자기의 문학적 주제로 삼아요."

최민석 소설가가 말했다. 우리는 팟빵 스튜디오에서 최 작가의 신간 『피츠제럴드』를 소개하고 있었다. '클래식 클라우드' 시리즈 12권이었다. 이 책에서 최 작가는 스콧 피츠제럴드의 삶과 작품을 이해하는 키워드로 '계급'을 제시했다.

피츠제럴드의 슬픈 첫사랑을 두고 나는 "1990년대쯤 한국에서 명문대생이 강남 클럽에서 만난 여성이랑 썸 타다가 그 집 아버지한테 혼나고 쫓겨났다는 얘기 같다"고 말했다. 독자들은 그런 일화가 자본주의사회에서 그만큼 일반적이라는 의미로 받아들여주길. 최민석 작가도 "그런 내용의 TV 단막극들 많았는데, 꼭 보면 주인공이 세탁소에 가서 옷을 빌려 입더라"며 거들었다. 두 아재들이 재미없는 옛날이야기를 늘어놓을 새라 요조가 끼어들었다.

"피츠제럴드는 그렇게 자기 문학적 테마를 정하게 되는데,

두 작가님도 혹시 그런 게 있으신가요? 내 문학의 일관된 주제는 이거인 거 같다 싶은, 그런 거?"

최민석 작가가 먼저 대답했고, 나는 조금 생각하다가 말했다.

"저는 가끔 그런 질문을 받을 때 '시스템인 거 같다'고 얘기할 때가 있습니다. 한국 사회라는 시스템. 그게 싫어서 한국을 떠나는 사람 얘기도 썼고, 『당선, 합격, 계급』 같은 논픽션을 쓰기도 했고요. 내용에서도 어떤 인물의 내면보다 그 인물에게 영향을 미치는 외적 요인들에 집중하고요. 제가 죽고 나중에 혹시 누군가 '클래식 클라우드' 시리즈 937권쯤에서 장강명을 다루시게 되면 키워드로 '시스템'을 뽑아주세요."

특정한 주제에 매달리지 않고 자유로이 쓰는 호방함도 좋지만, 천착하는 문학적 주제가 있는 것도 나쁘지 않다고 생각한다. 적어도 내게는 그렇다. '나는 도대체 뭘 쓰는 걸까' 하는 생각이 자주 드는데, 그때 막연히 '뭔가를 쓰고 있다'는 문장보다는 한 걸음 더 나아간 답을 스스로에게 들려줄 수 있기 때문이다. '나는 뭔가 시스템에 대한 이야기를 써왔고, 지금도 그렇다'고.

(나는 "왜 우리가 문학을 읽어야 한다고 생각하십니까"라든가 "이 시대에 문학이 할 수 있는 일이 뭘까요" 같은 질문을 받을 때 가끔 진지하게 이런 생각을 한다. 혹시 정말로 문학을 읽거나 쓸 필요

가 없는 거 아닐까? 예전에는 있었는데 십몇 년쯤 전에 사라진 건 아닐까? 다들 자신이 없어서 그렇게 계속해서 물어대는 거 아닐까? '문학을 읽으면 더 나은 인간이 될 수 있다'는 얘기도 최근에 나온 구차한 답변 아닐까? 문학의 의의가 존재하기는 하는데, 단파 라디오라든가 테플론 코팅 프라이팬과 비슷한 정도인 건 아닐까?)

가치 있는 일을 하는 사람은 자기 작업 전반에 일관성을 부여할 수 있을 것이다. 그 역이 참이라고는 확신할 수 없지만 말이다. 즉, 내게 일관된 주제가 있다는 사실은 내가 지금 가치 있는 일을 하고 있다고 보장을 해주지는 못해도 그에 대한 희망은 품게 한다.

여기에 의미심장한 우연의 일치가 하나 있는데, 우리는 가치와 시스템을 쉽게 연결한다. 가치는 필연적으로 우열, 순서, 딜레마의 해결로 이어지며, 그것들을 종합하면 하나의 '가치 체계value system'가 된다. 어쩌면 가치의 표현형이 시스템일지도 모른다.

그리고 한 작가가 한 가지 주제에 오래 집중한다면 남들은 쉽게 하지 못하는 깊은 통찰에 이를 가능성이 있다. 물론 그런 발전 없이 표현만 바꾸면서 동어반복을 계속할 수도 있겠지만.

문학적 테마라는 말은 분명 문학적 오라를 풍기고, 마케팅에도 도움이 될 거 같다. 작가가 브랜드가 되어야 한다면 외모나 술버릇이나 연애사나 기행보다는 작품으로 정체성을 얻는 편이 백배 천배 바람직하다. J. D. 샐린저나 하퍼 리처럼 '원 히트 원더'가 되기보다 여러 작품에서 일관된 주제나 스타일을 보여주는 편이 낫겠고.

그런 점에서는 다른 작가들도 매달리는 보편적인 사상보다 그 자신만의 개성적인 주제를 갖는 게 좋을 것 같다. 편협한 잣대를 지닌 독자나 평론가로부터 괴상하다거나 숫제 문학적이지 않다는 오해를 받을 수도 있겠지만 말이다. 만약 자신의 고유함을 인정받는다면 거기에 적당한 이름을 붙이는 것도 괜찮겠다. 하루키가 '상실감'이라는 단어를 자기 것으로 만들었듯이.

'시스템'은 저널리즘이나 사회과학의 영역이고 문학은 인간의 내면을 다뤄야 한다는 식으로 믿는 사람들도 있다. 글쎄, 인간 내면과 사회 시스템이 그렇게 분리되는 문제이려나.

우리는 사회 시스템을 내면화한 존재들이다. 공교육을 10년 이상 받으면 당연히 그렇게 된다. 공교육을 받지 않은 사람도 밖으로 나갈 때면 옷을 입는다. 푹푹 찌는 더운 날에도 그렇게 한다. 그 옷을 강제로 벗기면 수치스러워 한다. 어떤 옷을 입을까 고를 때조차 최신 유행이라는 외부적 현상이 우리 내면을 크게 간섭한다.

문명은 곧 인간이 스스로를 가축화한 과정이라고 보는 과학자들도 있다. 진화심리학자들은 문명 이전의 본성과 욕망조차 진화라는 시스템이 만들었다고 주장한다. 그런 시스템들의 영향을 제외하면 우리 내면에 무엇이 얼마나 남을까. 그 무엇은 얼마나 의미가 있을까.

시스템의 문제를 깊이 고민한 선배 소설가를 나는 한 명 안다. 조지 오웰이다. 최근에 『동물농장』과 『1984』를 다시 읽었는데, 오웰이 소설 배경이 되는 사회가 등장하게 된 과정과 작동 원리를 자세히 설명한다는 점을 깨닫고 마음이 들떴다. 내가 존경하는 작가와 나의 공통점을 하나 더 발견한 기분이었다.

장원농장에서 어떻게 혁명 사상이 싹트고 그것이 행동으로 이어졌는지, 기득권은 어떻게 반발했는지, 동물농장의 권력 구조는 어떠한지, 각 동물들은 어떤 역할을 하는지, 그것이 어떤 식으로 영향을 주고받으며 타락하는지, 외부 세계와는 어떤 관계를 맺고 그 관계가 어떻게 변하며 동물농장 내부에 어떤 작용을 하는지, 오웰은 하나도 빠뜨리지 않는다. 『1984』 역시 마찬가지다. 오세아니아의 사회 구조와 그런 기괴한 사회가 어떻게 지속될 수 있는지가 상세히 설명되어 있다.

두 소설에서 오웰의 관심은 명백하게 '누가'보다 '어떻게'를 향한다. 저널리스트였던 이력과도 무관하지 않을 것이다.

서구 지식인들이 진영 논리('누가'의 문제)에 빠져 소련의 실체를 보지 못하거나 보고도 눈 감았을 때 오웰은 그러지 않았다. '누가'를 따진 사람들은 공산주의를 파시즘과 자본주의에 맞서 싸운 체제라고 믿었다. '어떻게'를 살핀 오웰은 공산주의와 파시즘의 공통점을 봤다.

영화 제작자들이 제인 오스틴을 좋아했던 이유와 제인 오스틴을 너무 싫어했던 마크 트웨인

프랑수아즈 사강의 『슬픔이여 안녕』은 '고독한 독서가' 코너의 세 번째 책이었다.

내가 이걸 언제 읽었더라? 10대에 읽었나, 20대에 읽었나? 하여튼 사강이 살아 있을 때 읽었다. 2004년에 사강이 세상을 떠났다는 뉴스를 봤을 때 『슬픔이여 안녕』은 이미 꽤 아련한 추억이었다. 범우문고인지 사르비아총서인지 문고판으로 읽었다. 세로쓰기 책은 아니었던 게 분명하지만 요즘 쓰는 컴퓨터 인쇄로 찍은 책인지, 납 활자를 쓰는 활판인쇄 책이었는지는 잘 모르겠다.

놀랍게도 나는 『슬픔이여 안녕』의 내용을 아주 잘 기억하고 있었다. 나는 기억력이 그리 좋은 편이 아니어서 10년 이상 지난 일은 다 흐릿하다. 중고교 시절은커녕, 대학 시절 일도 그리 또렷하지 않다. 그런데 이상하게 몇몇 책 내용은 아주 오래전에 읽은 것도 생생하게 반추할 수 있다.

그럼에도 『슬픔이여 안녕』을 다시 읽으면서 몇 번이나 '이게 이런 책이었나?' 하고 놀랐다. 60년도 전에 나온 소설인데 낡거나 고루한 느낌이라고는 전혀 없었고, 전개가 아주 빨라서 줄거리를 다 아는데도 몰입됐다. 인물들의 어둡고 미묘한 심리를 날렵하게 잡아내는 솜씨도 인상적이었다.

어릴 때 읽을 때도 무척 잘 쓴 작품이라고 생각했다. 그런데 그때는 이 소설의 위치에 대해 약간 의구심이 있었다. 범우문고인지 사르비아총서인지, 하여튼 '고전 걸작'들의 만신전萬神殿에 이 책이 들어가도 되는 거야? 잘 쓰긴 했지만, 통속소설 아니야? 하고. (지금 범우문고를 검색해보니 『슬픔이여 안녕』은 시리즈 제87권인데, 바로 앞 권 86권은 백범 김구가 쓴 역사서 『도왜실기』, 다음 권 88권은 『공산당 선언』이다. 『슬픔이여 안녕』과 『공산당 선언』이 나란히 있는 걸 보면 누구나 어느 한쪽이 어색하다고 느낄 것이다.)

미우라 아야코의 『빙점』과 『속 빙점』에 대해서도 그런 태도들이 있었다. 나는 두 책을 범우사의 비평판 세계문학선으로 읽었다. 이 선집에는 『안나 카레니나』와 『카라마조프 씨네 형제들』이 있었다. 어떤 면에서는 『슬픔이여 안녕』이 『빙점』보다 더 운이 없었다. 주제도 묵직하게 들리지 않았고, 사강이라는 작가의 화제성이 너무 커서 작품이 받아야 할 관심을 앗아갔다.

하지만 이제는 확실히 말할 수 있다. 『슬픔이여 안녕』은 시간의 시험을 버틴 고전이다.

앞서 『카탈로니아 찬가』, 『위대한 개츠비』, 『폭풍의 언덕』, 『모비 딕』처럼 뒤늦게 평가를 받은 책들을 적었다. 최근의 사례를 추가한다면 작가가 살아 있는 동안에는 출간도 되지 못하다가 사후에 퓰리처상을 받은 존 케네디 툴의 소설 『바보들의 결탁』을 들 수 있겠다.

정전正典은 고정된 게 아니다. 고전 목록을 두고 끝없는 전쟁이 벌어지고 있다. 그리고 어떤 작품이 뒤늦게 평가받아 명단에 새로 이름을 올린다는 것은, 그만큼 다른 책이 뒤로 밀려난다는 얘기다.

최연소 노벨문학상 수상자인 러디어드 키플링은 이제 이 명단에서 거의 퇴출된 거 같다. 영국 소설가이자 언론인인 제임스 맥마너스는 《허핑턴포스트》에 쓴 칼럼에서 교양 있는 30, 40대 지인들이 그레이엄 그린을 모른다며 황당해했다. 근래에 나는 몇몇 문예창작과 졸업생들이 스타인벡의 이름을 처음 들어본다고 해서 놀란 적이 있다.

제인 오스틴은 1990년대에 세계적인 붐을 일으키며 순위가 확 올랐다. 이 유행은 당시에도 뜬금없게 여겨졌던 터라 이곳저곳에서 관련 보도들이 나왔다. 그즈음 제인 오스틴 소설 원작의 영화와 드라마가 많이 만들어졌기 때문이라는 분석은 피상적이다. 영화 제작자와 관객 들은 왜 오스틴의 이야기를 그렇게 좋아했던 걸까? 페미니즘을 원인으로 꼽는 사람도 있고, 정반대로 사회 보수화를 이유로 드는 사람도 있다.

보다 미묘한 변화도 있는데, 그냥 나 혼자만의 느낌인지도 모르겠지만 20세기에는 톨스토이의 대표작이라고 하면 『안나 카레니나』가 아니라 『전쟁과 평화』를 들지 않았나 싶다. 대중에게 잊힌 작품이었던 『폭풍의 언덕』과 『모비 딕』을 재평가하는 데 앞장섰던 서머싯 몸의 작품은 오히려 지금 저평가되고 있지 않나 하는 생각도 들고. 최근에 『인간의 굴레』에 대해 말하는 사람을 본 적이 없다.

여기서 산뜻한 교훈을 하나 얻을 수 있다. '세계문학전집'에 뽑힌 책이라고 해서 꼭 좋아하고 존경해야 할 필요는 없다. 그 명단은 주기율표처럼 확정된 것이 전혀 아니다. 수많은 문학적 견해가 논쟁을 벌이는 와중에 최근 어디서 타협했는지를 보여주는 목록에 지나지 않는다.

그 목록에 대해 '이 작품이 여기 왜 있는 거야' 하고 의문을 품고 때로 분개하는 것이 독자의 권리이자 의무라고 생각한다. 우리는 작품들을 지금의 관점에서 재평가해야 한다. 다만 그것이 무분별한 깎아내리기와 딱지 붙이기가 아니라 깊이 읽어낸 결과이기를 바란다. 그것이 곧 문학비평이다.

아마 세계문학전집에 이름을 올린 작가들도 서로 "저 자식이 왜 여기에 있는 거야" 하고 투덜거릴 것이다. 제인 오스틴부터 시작해볼까. 마크 트웨인은 제인 오스틴의 글이 너무 싫다며 무덤에서 파내서 뼈를 걷어차고 싶다고 말했다. 마크 트웨인에 대해서는 윌리엄 포크너가 저질 글쟁이라고 욕했다. 포크너에 대해서는 헤밍웨이가, 헤밍웨이에 대해서는 나보코프가 독설을 날렸다.

이런 생각을 하다 보면 마지막에는 '우리 시대의 책 중에서는 어떤 작품이 고전이 될까'라는 질문에 이르게 된다. 2120년대의 독자들이 2020년대의 소설을 어떻게 평가할지 상상하면 조금 재미있고 꽤 무섭다.

지금 우리가 훌륭하다고 인정하는 작품을 그들도 훌륭하다고 선정할까? 아니면 우리 시대에는 전혀 이름을 알리지 못한 불운한 작가의 작품이 그 자리에 오를까?

미래인의 선택은 어느 정도나 우리 예측을 뛰어넘을까? 2020년대 가장 훌륭한 한국 소설이 제대로 된 비평이라고는 하나도 얻지 못하고 인기조차 높지 않았던 어떤 웹소설 작품일 가능성은 없을까? 혹시 2120년이 오기 전에 아예 소설이라는 장르 자체가 향가나 가사문학처럼 생명력이 끝나는 건 아닐까? 그리고 2120년대 사람들은 게임 시나리오를 서사 예술의 핵심 장르라고 보는 당대 인식에 따라, 2020년대 가장 뛰어난 작품도 게임 시나리오 중에서 찾는 건 아닐까?

위와 같은 가정이 극단적이긴 하지만, 결국 2120년대 독자들은 자신들의 현실에 따라 2020년대 작품들을 해석하고 평가할 것이다. 그리고 우리는 2120년대의 현실이 어떠할지 상상할 수 없다. 여기서 나는 몹시 곤혹스러워진다. 미래의 독자와 소통하고 싶다는 나의 욕망은, 사실 전제부터 잘못된 난센스 아닐까…….

세 번째 소챕터의 제목과 유튜브로 검색하는 아이들

"'보는 사람을 읽는 사람으로 변화시키는 일'을 하고 싶은데, 이 일이 사람들을 변화시키고 있는지 아니면 볼거리를 하나 더 주는 것인지 자신이 없어요. 그리고 어떻게 해야 변화시킬 수 있는지도 잘 모르겠어요."

〈책, 이게 뭐라고?!〉 시즌 2 122회에서는 북튜버 김겨울 작가를 초대했다. 그녀의 에세이 『유튜브로 책 권하는 법』에 대해서도 이야기하고, 동업자로서 고충도 말하고, 2019년의 책들에 대해서도 수다를 떨었다.

『유튜브로 책 권하는 법』의 부제가 마음에 와닿았다. '보는 사람을 읽는 사람으로 변화시키는 일에 관하여'라는 문구였다. 저 위의 대사도 그 부제에 대해서 내가 한 말이었다.

처음에 독서 프로그램의 진행자를 맡겠다고 나선 이유는 앞서 밝힌 대로 인지도를 높이기 위해서였다. 그러나 하다 보니 애정이 깊이 들었고, 내가 정성을 쏟는 이 일에 의미가 있기를 바랐다. 그리고 '보는(듣는) 사람을 읽는 사람으로 변화시키는 것'이야말로 독서 프로그램이 할 수 있는 가장 의미 있는 일이라는 생각이었다. 단순히 책 몇 권을 홍보하는 데서 그치는 게 아니라 독서라는 행위의 즐거움을 알리고 사람들이 독서 프로그램 없이도 책을 집어 들게 하는 것. 그러나 내가 그런 일을 하고 있는지, 어떻게 해야 그렇게 할 수 있는지 몰랐다.

그즈음 〈책, 이게 뭐라고?!〉도 유튜브 채널을 개설하고 본격적으로 동영상을 편집해 올리기 시작했다. 다들 유튜브가 대세라고, 늦기 전에 빨리 뛰어들어야 한다고 외치는 와중이었다. 어느 정도 규모가 있는 출판사들은 편집자와 작가가 출연하는 유튜브 콘텐츠들을 내놓기 시작했다.

우리도 스튜디오에 작은 동영상 카메라를 세 대 들여왔다. 나는 어리둥절하고 떨떠름한 태도로 그런 변화 가운데 있었다. 아마 나뿐 아니라 모든 문학계, 출판계, 신문업계 종사자들이 그런 태도였을 것이다. 뭐 변하지 않으면 죽는다고 하니까……. 김겨울 작가를 게스트로 초청한 데에는 유튜브 채널

운영에 대한 팁을 얻기 위한 목적도 얼마간 있었다.

"잘 모르겠는 거예요. 책과 독자 사이가 너무나 멀 때 그렇게 해서라도 책 쪽에서 한 걸음 독자 쪽으로 가야 하는 것인가, 그러다가 너무 많이 가면 이게 책이 책이 아닌 게 되는 것 같고. 그분들이 책 쪽으로 오지 않을 거라면 굳이 그렇게까지 해야 하나. 우리가 『이방인』이나 『인간 실격』에 대해 이야기해도 그건 책에 대한 콘텐츠이지 책 자체는 아닌데."

그날 녹음 중에 책을 요약해주는 독서 프로그램이나 코너에 대해 내가 한 말이었다. 유튜브 러시에 대한 내 소감이라 해도 어느 정도 들어맞을 얘기였다.

딱히 해법이나 결론은 없었다. 김겨울 작가는 자신은 요약 서비스를 하지 않는다고 했다. 우리는 소개한 책의 판매량이 늘거나 구매를 인증한 시청자가 있는 걸 보면 독서 프로그램의 효과는 확실히 있는 것 아니냐, 독서의 진입 장벽을 낮춰주는 역할을 하는 것 아니냐, 왜 자동차를 소개하는 사람들은 이런 걸 고민하지 않는데 책을 소개하는 사람들은 이런 문제를 고민하느냐 같은 이야기를 나눴다.

김겨울 작가의 책 『유튜브로 책 권하는 법』도 결말은 질문이었다. 끝에서 세 번째 소챕터의 제목은 '활자와 영상 사이' 그리고 그다음 장章의 제목은 '저는 앞으로 어떻게 될까요'였다.

우리는 앞으로 어떻게 될까.

사사키 아타루식으로 '곤조'를 부려보려 하지만, 겁이 나는 것도 어쩔 수 없다. 나는 요즘 아이들은 필요한 정보를 네이버나 구글이 아니라 유튜브에서 검색한다는 이야기를 들을 때마다 아득한 기분이 된다. 이건 정말 이해하지 못하겠다. 처음에는 그 말이 터무니없는 과장인 줄 알았다. 그런데 아니라는 거다. 초등학생 자녀를 둔 지인들이 이야기하는 걸 듣고서야 겨우 '엥?' 하는 마음이 들었다.

종이 공작이라든가 요리법처럼 글로 읽는 것보다 직접 보는 편이 훨씬 더 파악하기 쉬운 노하우들이 있다. 그런 요령을 익힐 때에는 동영상을 찾아보는 게 더 낫다. 그런데 맛있는 라면을 찾을 때에도 유튜브에 물어본다고? 이런 정보는 웹문서로 보는 편이 훨씬 빠르고 양도 더 많지 않나? 글자를 읽는 게 그렇게 싫은가?

이 아이들이 자라면서 서서히 동영상보다 텍스트 쪽으로 눈을 돌리게 되는 건가, 아니면 사람들이 텍스트보다 동영상으로 소통하는 새로운 시대가 오는 건가? 아니, 나는 여전히 '요즘 아이들은 유튜브로 검색한다'는 얘기가 과장 섞인 호들갑이라고 믿는 편이다. 글쎄, 그냥 그렇게 믿고 싶어 하는 것인지도 모르겠지만.

상상하기 싫은 끔찍한 시나리오가 하나 더 있다. 출판이 완전히 팬덤 비즈니스가 되는 것이다. 이 시나리오는 꽤 현실성이 있다고 본다. 나는 문화 산업 전체, 아니 소비재 산업 전체가 지금 팬 장사가 되어가고 있다고 느낀다. 먼저 대중음악이 아이돌 산업이 되었고, 뮤지컬이 스타 배우의 팬들에게 의존하게 됐고, 이제는 휴대전화도 그렇다. 사실 출판사들도 이미 그런 기운을 느끼고 기민하게 대응하는 것 같다.

나는 이것이 너무나 아이러니하게 느껴진다. 내가 생각하는 독서는 무조건적인 지지, 열광, 숭배의 정반대에 있는 행위인데. 내게 책이란 비판, 숙고, 성찰의 도구인데.

"〈책, 이게 뭐라고?!〉가 잠시 겨울방학에 들어갑니다. 지금보다 더 재미있고 유익한 모습으로 인사드리기 위해서 잠깐 전열을 재정비하고 새롭게 단장한 말끔한 얼굴로 나타나겠습니다."

시즌 2 122회를 마칠 때 그렇게 인사했다. 그 일주일 전에 북이십일로부터 재정비에 대한 안내 메일을 받았다. 가끔 들어오는 광고나 PPL로는 팟캐스트 제작비를 감당하기 어렵고, 잠재 고객층이 유튜브로 쏠리고 있다고, 아무래도 시즌 2를 마치고 유튜브 위주로 형식을 개편한 시즌 3을 준비해야 할 거 같다고.

우리는 팟빵 스튜디오에서 나와 '또보겠지떡볶이집'에 갔다. 『아무튼, 떡볶이』의 저자 요조를 따라 갔다. 요조의 소속사 근처에 있는 가게였다. 깔끔한 즉석떡볶이집이었는데 아톰, 건담, 우디, 그로밋, 미니언 등 다양한 시대와 국적의 피규어와 인형 들이 선반에 놓여 있었다. 맛도 아주 좋았다.

시즌 3을 어떻게 운영하느냐를 두고 다른 멤버들이 두런두런 이런저런 의견을 냈다. 엄청 흥겨운 분위기는 아니었다. 요조와 나는 조용히 병맥주를 마셨다.

"저는 시즌 2까지만 하려고요."

내가 말했다. 일주일 전에 문소 과장에게 이미 밝힌 계획이었다.

세탁실의 배수구와 바둑 기사들의 전성기

오전 8시에 내 중편 SF 소설을 소개하는 원고를 겨우 다 쓴다. 다음 날 오전 10시 반에 중국 청두에서 영화계 관계자들 앞에서 10분 동안 발표할 자료였다. 2시간 16분 뒤에 공항버스를 타고 인천공항에 가야 한다.

원고를 다 쓰고 샤워를 하고 나와, 빠뜨린 짐이 없는지 살핀다. 정강이 높이의 반 정도 되는 작은 트렁크에 짐을 꾸렸는데도 공간이 많이 남는다. 고작 2박 3일, 아니 정확히 말하면 1박 3일 일정이기 때문이다. 이틀 뒤 새벽 3시 35분에 청두에서 출발하는 비행기를 타고 오전 7시 20분에 인천에 도착할 예정이었다.

트렁크는 위탁 수하물로 부치지 않고 그대로 비행기에 들고 탈 생각이다. 돌아오는 날 공항을 5분이라도 일찍 빠져나오기 위해서다. 한국에 돌아오자마자 내가 패널로 참여하는 TV 교양 프로그램 촬영장에 오전 10시까지 가야 했다. 프로그램이 연장 방영되면서 중국 SF 컨벤션 방문 일정과 녹화일이 겹치게 되었다. 한 회를 빠질 수 없겠느냐고 요청했더니 방송사에서는 난색을 표하면서 공항 근처의 호텔을 대신 잡아주겠다고 제안했다. 아침에 잠시 눈을 붙이고 씻고 오라고.

기내 액체 반입 규정을 인터넷으로 찾아보고, 면도기를 비행기에 가지고 탈 수 있는지 몇 번이나 확인한다.

샤워를 하고 머리를 말리며 피칭 원고와 〈한국 SF 패널 토론〉 대본을 이북 리더기에 넣는다. 〈한국 SF 패널 토론〉은 다음 날 오전 9시에 청두에서 열릴 예정이고 나는 거기서 사회를 맡기로 되어 있다. 그 대본은 전날 썼다.

HJ가 출근한다.

"잘 다녀와, 조심해서. 여권은 챙겼지? 여권만 있으면 돼."

나는 혀를 밖으로 빼고 양손을 개처럼 올리고 헥헥 소리를 낸다.

"리트리버 주제에 인간인 척하고 있군."

HJ가 말한다. 나는 정말로 가끔 내가 인간이 아니라 한 마리 반려견이었으면 좋겠다고 바란다. 그 편이 훨씬 더 행복할 텐데.

집은 어수선하다. 꼭 일주일 전에 이사를 했기 때문이다. 지어진 지 20년이 된 낡은 아파트로 들어왔더니 손봐야 할 게 너무 많았다. 방문은 절반 이상이 경첩이 빠져 제대로 닫히지 않았고, 빌트인 선반은 무너져 있었고, 인터폰부터 도어스톱까지 제대로 작동하는 물건이 없었다. 세탁실의 배수구가 막혀 있어 세탁기를 돌리다가 퇴수가 넘쳐나는 바람에 한밤중에 바가지를 들고 물을 퍼내야 했다. 아무리 손을 봐도 고칠 곳이 끝없이 튀어나왔다.

바로 전날 부엌에 조명을 설치하고 초고속 인터넷을 개통했는데 부엌 조명은 등 하나가 끈질기게 들어오지 않았고 초고속 인터넷도 제 속도가 나오지 않았다. 여전히 짐을 다 정리하지 못해 마루와 방에 책이 몇 무더기나 쌓여 있다.

"이 또한 지나갈 거야."

HJ가 집을 한번 둘러보고 한숨을 쉬며 말한다.

샤워를 하기 전에 타놓은 인스턴트커피가 미지근하게 식어 있다. 나는 식은 커피를 마시며 서울독립영화제 예매 사이트에 접속한다. A 감독에게 영화를 보러 가겠다고 약속했다. 지정 사이트에 10여 년 만에 접속해서 아이디와 비밀번호를 입력했더니 없는 아이디라고 나온다. 그사이에 계정이 삭제된 모양인가 여기고 회원 가입 페이지에 들어가 아까 입력했던 아이디를 넣자 이미 존재하는 아이디라 사용할 수 없다고 한다. 도대체 이게 무슨……. 새로운 아이디로 가입을 해서 예매하는 데까지 단계마다 그런 식으로 어이없는 일이 벌어진다. 꼭 30분이 걸린다.

휴대전화에 알리페이, 디디추싱, 고덕지도를 설치한다. 먼저 중국으로 떠난 방문단이 꼭 설치하라며 알려준 앱들이다. 알리페이는 현금과 신용카드 결제를 대체하는 스마트 결제수단이고 디디추싱은 중국판 우버, 고덕지도는 지도 애플리케이션이다. 이 앱들을 어떻게 사용하는 건지는 모른다.

버스 정류장까지 가는 길 내내 머릿속은 텅 빈 것 같은 기분이다. 빼놓은 거 없나?

공항버스 정류장에서 버스를 기다린다. 사거리 건너편에 버스가 온 걸 보고 지갑을 꺼내기 위해 주머니에 손을 넣는다. 그리고 지갑을 가져오지 않았음을 깨닫는다. 집으로 황급히 돌아간다. 지갑은 책장 위에 있다. 소변이 마려워 화장실에 갈까 망설이다가 일단 참기로 한다. 다음 공항버스를 놓치면 안 된다.

버스에서 자리를 잡자마자 곯아떨어진다. 눈을 뜨자 인천공항 청사가 보인다. 휴대전화를 확인하자 문소 과장으로부터 메일이 한 통 와 있다. 가끔 들어오는 광고나 PPL로는 팟캐스트 제작비를 감당하기 어렵고, 잠재 고객층이 유튜브로 쏠리고 있다고, 아무래도 〈책, 이게 뭐라고?!〉 시즌 2를 마치고 유튜브 위주로 형식을 개편한 시즌 3을 준비해야 할 거 같다는 내용이다.

나는 항공사 카운터에서 문소의 전화를 받는다. 문소가 이런저런 사정을 설명한다. 통화를 하면서 수하물 검색대 앞까지 간다.

"저는 시즌 2까지만 하려고요."

내가 말한다.

"이렇게 계속 살아서는 안 되겠다 이런 고민을 많이 해요. 읽고 쓰는 일을 하는 데 드는 시간이 점점 줄어서, 너무 못 하고 있거든요. 뭔가 생활에 문제가 있는 거 같다, 이거 좀 바꿔보고 싶은데 어떻게 하면 바꿀 수 있을까. 장강명 작가님은 어떠실지 모르겠는데 저는 인생의 절반을 넘어섰다는 생각을 요새 심각하게 많이 해요. 그리고 최근 4, 5년을 돌아보면 정말 별로 한 일 없이 지나갔다는 생각이 들어요. 내가 남은 시간 동안 하고 살아야 할 일이 뭔가. 하고 싶은 일, 내가 해줬으면 하고 사람들이 바라는 일, 지금 당장 할 수 있는 일, 이게 자꾸 어긋나니까 그에 대한 조바심이 커지더라고요."

녹음을 마칠 때쯤 앞으로의 계획에 대해 묻자 신형철 평론가가 한 대답이다. 그 말이 무슨 뜻인지 나는 너무 잘 알고 있었다. 아니, '이런 생각을 하는 사람이 또 있구나' 하는 마음에 거의 반가울 지경이었다.

너무 욕심이 많았고, 너무 바빴다. 소설을 쓰지 않는 시간이 너무 길었다. 2019년 가을에는 독서 팟캐스트를 진행했고, TV 독서 프로그램에 패널로 출연했고, 매체 다섯 곳에 칼럼이나 에세이를 연재하고 있었다. 강연도 자주 다녔다. 장편소설을 발표한 지는 만 3년이 되었다.

2018년 즈음부터 '뭔가 생활에 문제가 있는 거 같다, 이거 좀 바꿔보고 싶은데 어떻게 하면 바꿀 수 있을까' 하는 생각이 들었다. 내가 남은 시간 동안 하고 살아야 할 일은 소설을 쓰는 것이었다. 따지고 보면 그 시간도 충분치 않았다.

소설을 쓸 때마다 내 글 솜씨가 (적어도 내가 원하는 방향으로) 나아지는 것을 느꼈다. 그런데 감각이 떨어지는 것도 함께 느꼈다. 집중력과 체력은 아직까지는 괜찮지만 머지않아 흐트러질 것이다. 그런 요소들이 다 더해져 언젠가는 정점을 찍고 내리막길을 걷게 될 거다. 그게 언제일까?

머리를 쓰는 일도 신체 나이와 관련이 있다. 바둑 기사들의 전성기는 20대 초중반이라고 하고, 체스 고수의 두뇌 능력은 31.4세에 최고조에 오른다고 한다. 수학자들도 젊은 나이에 중요한 성과를 낸다. 영국의 수학자 G. H. 하디는 "쉰 살이 넘은 수학자가 뛰어난 아이디어로 수학계에 공헌하는 모습을 한 번도 본 적이 없다"고 했다.

소설가는 바둑 기사나 수학자보다는 시간 여유가 있다. 바둑, 체스, 수학과 달리 소설에는 소년 천재가 없다. 인생 경험이 쌓여야 잘할 수 있는 분야인 것이다. 그러나 필력도 나이가 들면 어쩔 수 없이 감퇴한다.

세계문학전집을 읽을 때면 작가 연표를 유심히 살피게 됐다. 거장들이 의미 있는 작품을 마지막으로 쓴 것은 언제일까? 한물갔다는 평가를 받던 헤밍웨이가 『노인과 바다』를 발표한 게 53세였다. 도스토옙스키는 『카라마조프 씨네 형제들』을 59세에 썼다. 스타인벡이 『불만의 겨울』을 쓴 것도 59세였다. 평균 수명도 길어졌고, 괴테나 피카소나 클린트 이스트우드처럼 창조적인 80대를 보낸 예술가도 있기는 하지만…….

나는 지금 만 44세다. 60대 중반에 내가 가장 뛰어난 작품을 쓰게 된다면, 20년가량 남은 셈이다. 장편소설은 아무리 빨리 써도 1년에 한 편이다. 나는 솔직히 내가 소설가로서 대단히 뛰어난 재능을 타고 나지는 못했다고 생각한다. 다만 쓰면 쓸수록 나은 작품을 쓸 수 있다고 믿는데, 그렇다면 최대 스무 편쯤 훈련할 기회가 있는 셈이다.

그런 생각을 하면 몸이 달았다. 그럼에도 불구하고 다른 것을 포기하고, 소설 쓰기에만 매달리지는 못했다. 겁이 났기 때문이다. 인세 수입보다 방송 출연과 강연으로 버는 돈이 훨씬 더 많았다. 이제는 사실 전업 작가라고 할 수도 없었다. 이러면 안 되는데, 결단을 내려야 하는데, 생각만 했다.

2018년 상반기에 나는 한차례 〈책, 이게 뭐라고?!〉를 그만두겠다고 마음먹고 제작진에 그 결심을 알렸다. 녹음 2주년이 되면 하차하고 싶다고. 그때 우울증에 걸렸다. 여러 가지 이유가 있었는데, 가장 큰 이유는 소설이 안 써져서였다.

영원한 갈증에 시달리는 탄탈로스와 렉사프로를 처방받은 소설가

언제 소설을 써야겠다고 결심했느냐. 어떻게 소설가가 되었느냐. '이제 나는 소설가가 되었다'고 느낀 때는 언제냐. 그런 비슷비슷한 질문들을 자주 받는다.

처음에는 그런 질문들에 어떻게 대답해야 할지 몰랐다. 야구장에서 날아가는 2루타를 보고 소설가가 되어야겠다고 결심하는 식의 그런 결정적인 순간은 내겐 없었다. 나는 가랑비에 옷 젖듯 천천히 소설가가 되어왔다.

어릴 때 장래희망이 소설가는 아니었다. 중학생 때까지는 과학자였고, 고등학생 때에는 IT 개발자가 되고 싶었다. 그래서 이과를 선택했고, 대학 전공은 결국 점수에 맞춰 골랐다.

대학에 가서는 PC 통신에 빠졌는데, 거기서 남들이 소설을 쓰는 걸 보고 '이 정도는 나도 쓰겠다' 싶어서 그렇게 했다.

쓰다 보니 재미있었다. 내가 만든 인물들이 내가 창조한 세계에서 웃고 울고 싸우는 것이 신기했고, 그들의 갈등을 터뜨렸다가 해결하는 길을 찾을 때면 짜릿했다. 점점 이야기를 만들어내는 재미에 빠져들었는데, 2년 사이에 쓴 원고가 2,000매는 넘었다. 교수님과 친구들은 모두 좋은 사람들이었지만, 전공 공부는 아무래도 나와 맞지 않는 것 같았다. 입대할 때쯤에 소설가가 되어야겠다고 생각했다.

SF를 쓰다 어느 순간부터 로봇, 외계인, 초능력자가 아닌 내 이야기를 쓰고 싶어졌다. 1990년대 한국에서 만 스무 살이 된 미숙한 남자가 고민하고 욕망하고 부끄러워하는 것들에 대해. 그즈음부터 PC 통신 게시판의 즉각적인 반응도 갈구하지 않게 됐다. 소설가로서의 자의식이 막 싹이 트고 있었다.

군대에 있는 동안, 또 복학해서 글을 몇 편 써서 공모전에도 보내고 출판사에도 투고했지만 답이 없었다. 소설가의 벽은 높구나, 낙담하고 차선으로 글 쓰는 직업을 가져야겠다고 생각했다. 그래서 기자 시험을 준비했는데 그것도 한 번에 되지는 않았다. 그래서 건설 회사에 갔고, 그 회사에 몇 달 다니다 사표를 내고 한 해 더 기자 시험에 도전했다.

신입 기자 시절에는 수면 시간이 부족할 정도로 바빴다. 거의 매일 회사나 기자실이나 취재원의 집 앞이나 술집에서 자정 무렵까지 있다가 집에 돌아와 제대로 씻지도 않고 뻗어서 잤다. 소설가의 꿈을 완전히 버린 건 아니었으나 기자로 일하다 은퇴하면 그때부터 쓰겠다는 계획이었다.

나는 소위 '스트레이트 부서'라고 불리는 파트에서 일했다. 정치부, 사회부, 산업부 등 주로 취재 경쟁을 벌이고 건조한 기사를 쓰는 곳이었다. 문화부에 지원했지만 받아들여지지 않았다. 내가 좀 돌쇠 느낌이었나? 스트레이트 부서에서 일하는 것은 힘들긴 했어도 재미있었다. 만나는 사람도 흥미로웠고 경험할 수 있는 폭도 넓었다. 많이 배우고 성장했다. 그러나 쓰는 글이 재미있지는 않았다.

인터넷도 컴퓨터도 없던 시절 옛날 기자들은 기삿거리를 취재해서 메모한 내용만 보고 바로 전화로 신문사에 기사를 읊었다고 한다. 그 이야기를 처음 들었을 때에는 그게 과연 가능한가, 의아했었는데 몇 년 지나니 나도 할 수 있을 것 같았다. 그 정도로 기사 형태가 틀에 박혀 있었다. 요즘은 사라졌지만 세 줄짜리 기사라고 하는 단신도 많이 썼다. 보고 들은 모든 내용을 딱 세 문장으로 정리하는 것이다. 리드라고 하는 첫 문장을 쓰고, 육하원칙 정보에서 빠진 부분을 두 번째 문장에 넣고, 보충 설명이나 앞으로의 전망을 세 번째 문장에 적으면 된다.

글 쓰는 재미를 알아버린 사람이 글 쓰는 일을 하려고 신문사에 들어갔는데, 내가 쓰는 글은 글이라고 할 수도 없었다. 그리스신화의 탄탈로스가 된 기분이었다. 목이 말라 물을 마시려고 허리를 숙이면 웅덩이가 그만큼 물러나는 바람에 영원히 갈증에 시달렸다는. 스트레이트 부서가 아니라 맛깔나는 기사나 칼럼을 쓸 수 있는 연성軟性 부서에서 근무했다면 일하며 그 갈증을 조금씩 해소할 수 있었을 테고, 그랬더라면 나는 소설을 안 쓰고 버틸 수 있었을지도 모르겠다.

기자 5년 차부터 다시 혼자 소설을 쓰기 시작했다. 피곤한 날에는 집에 와서 그냥 곯아떨어졌고, 그렇지 않은 날에 밤에 한두 시간씩 원고를 썼다. 수면 시간이 줄어도 상관없었다. 원고가 잘 풀리는 날에는 기분이 통쾌할 정도로 좋았다. 그때 이미 꽤 소설가가 되어 있었다고 생각한다.

그 무렵 내가 쓴 원고들은 다 어설프고, 프로 작가가 쓴 것처럼 보이지가 않았다. 내가 과연 프로 작가가 될 수 있을지, 자신이 없었다. 어떤 사람이 어떤 일을 굉장히 좋아하는데 그 일에 재능이 없다면, 아니 재능이 어설프게 있다면 슬픈 일이라고 생각했다. 그게 내 얘기일 수도 있다고 진지하게 고민했다.

그러다가 「명견 패스」라는 습작 단편을 쓰고 나서, '이건 그럴싸한데?' 하는 생각을 처음으로 했다. 그때 자신감을 언은 건 아니고, 미약한 희망의 빛을 봤다. 이 단편소설은 소설집 『뤼미에르 피플』에 실려 있다. 그 연작소설집에 실린 다른 작품들은 모두 「명견 패스」 이후에 쓴 것이다.

내가 노렸던 건 장편소설 공모전이었다. 2006년부터 2009년까지 매달렸던 원고는 『29』라는 제목이었는데, 29살에 대한 내용이기도 했고, 사회에서 29퍼센트를 차지하는 사람들에 대한 이야기이기도 했고, 언론과 정치와 진보와…… 뭐 하여튼 엉망이었다. 하도 엉망이어서 좌절했고, 기분을 북돋기 위해 새 소설을 썼다. 그렇게 시작한 소설이 『표백』이었다. 그즈음에는 가장 즐거운 일이 소설을 쓰는 일이었다.

『29』와 『표백』을 쓸 때에는 두 번 모두 내가 그 원고들을 온전히 마칠 수 있을지 궁금했다. 아무리 써도 끝이 안 나는 것 같았기 때문이다. 둘 다 200자 원고지로 1,000매가 조금 넘는 분량이었다. 『표백』으로 한겨레문학상을 받고 난 다음에도 나는 내가 다음 장편을 쓸 수 있는 사람인지 확신이 없었다. 데뷔작이 마지막 작품이 된 소설가도 엄청나게 많다. 자기가 쓸 수 있는 한두 가지 이야기를 써버린 사람들이다. 나는 거기에 해당할까?

『열광금지, 에바로드』를 쓰고 나서 비로소 내가 프로 소설가라는 자신감을 얻었다. 그 소설에는 내 이야기는 별로 담겨 있지 않았다. 스무 살부터 30대 중반까지 '이제 나는 소설가가 되었다'고 느낀 순간은 여러 번이었고, 『열광금지, 에바로드』 초고를 마쳤을 때가 마지막이었다. 이후로는 같은 고민은 더 하지 않았다.

2015, 2016년의 고민은 '소설가로 먹고 살 수 있느냐'에 대한 것이었다. 그때는 그것이 가장 절실하고 절박한 문제였다. 열심히 노력했고, '가능할 것 같다'는 답을 얻었다. '인세로만 먹고 살 수 있느냐'라는 질문에 대해서는 아직 잘 모르겠다.

그 뒤로 소설을 쓰는 게 쉬웠다는 말은 아니다. 『댓글부대』는 빨리 썼다. 그런데 쓰는 동안 추악하기 그지없는 인물들을 묘사하면서 감정적으로 몹시 힘들었다. 『한국이 싫어서』는 오래 걸렸다. 그 소설이 읽기 쉽기 때문에 쓰기도 쉬웠을 거라고 말하는 사람들을 보면 분통이 터진다. 여러 번 고쳐 쓴 소설이다. 『호모도미난스』는 1,300매 정도 분량인데, 중간에 원고가 막혀서 한참 헤맸다. 『우리의 소원은 전쟁』은 1,750매쯤 되는데, 이때는 아예 800매 가까이 썼을 때 원고를 폐기하고 다시 처음부터 썼다.

내 경우 1,200매가 넘는 소설을 쓸 때 특히 곤경에 빠지는 것 같다. 주인공 한 사람과 하나의 플롯으로 이야기를 펼칠 수 있는 한계선이 그즈음에 그어져 있는 것 아닌가 하는 생각도 든다. 대체로 비중 있는 조연들이 등장하면 각각의 인물들에게 걸맞은 위기와 절정, 결말이 있어야 한다. 그것을 맞추기가 매우 어렵다. 그때는 원고가 수학이나 물리학의 복잡한 난제처럼 여겨진다. 그런 때 나는 미친 사람처럼 집 안을 돌아다닌다. 걸어 다닐 때 좋은 생각이 잘 난다고 믿기 때문이다.

2019년 2월에도 그렇게 집 안을 돌아다니고 있었다. 출연 2주년이 되는 8월에 〈책, 이게 뭐라고?!〉를 그만두겠다고 제작진에게 알린 것도 그때였다. 장편 범죄소설 원고를 800매 정도 쓴 상태였다. 여름에 그 소설을 출간하고 싶어서 마음이 달았다. 그러려면 4월까지는 완성 원고를 출판사에 넘겨야 했다. 그런데 결말을 어떻게 해야 할지, 범인을 누구로 해야 할지 도무지 생각이 나지 않았다.

처음에는 일주일 정도 집 안을 그렇게 뱅뱅 돌아다니면 답이 떠오를 줄 알았다. 전에도 그랬던 것이다. 그런데 2주가 지나도 여전히 그대로였다. 3주가 지나도, 4주가 지나도…….

한 글자도 못 쓰고 한 달이 지나갔다. 장편소설을 여름에 펴내는 것은 불가능해졌다.

그리고 나는 소설을 쓰는 게 즐겁지 않았다.

글쓰기가 육체노동이라는 주장은 육체노동을 안 해본 사람이나 할 수 있는 말이라고 여긴다. 물론 글쓰기에도 체력은 필요하다. 하지만 제대로 육체노동을 한 날에는 하늘이 노랗다. '창작의 고통'도, 세상의 다른 고통에 비하면 대단치 않다.

창작의 고통은 실업의 고통, 가난의 고통, 사랑하는 이를 잃는 고통, 가정불화의 고통, 범죄의 고통, 전쟁의 고통에 비하면 깃털처럼 가볍다.

그래서 스스로가 더 한심하게 느껴졌다. 도대체 내가 우울해져야 할 이유가 뭐가 있담? 팔다리 멀쩡하고 가난에 시달리는 것도 아니고 좋아하는 일을 하고 아내와 불화도 없고 부모님도 건강하신데 대체 왜……. 그때 나를 갉아먹던 부정적인 생각들은 고백하기 부끄럽다. 남들에게는 너무나 사소할 것들이 그 당시 내게만 크게 느껴졌기에, 여기에 적으면 정말이지 사람이 우스워 보일 거 같아서.

무기력 상태에 빠져 3주가 넘도록 침대에 누워 밖으로 나가지 않았다. 쉰 냄새를 풍기며 그렇게 누워 지내다 외출을 해야 할 때 겨우 일어나 몸을 씻었다. 내가 연기를 잘해서인지, 밖에서 만나는 사람들은 내 상태를 잘 모르는 것 같았다. 남들이 나를 멀쩡한 사람 취급하는 게 어색했다. 이제 나는 "내가 소설을 쓸 수 있을까 고민했다"는 심윤경 작가의 말을 이해했다.

HJ는 내가 우울증이라며, 병원에 가보라고 했다. 우울증에 걸려본 적이 없어서 그때까지 내가 우울증일 거라는 생각도 못했다. 말을 듣고 보니 우울증이 맞는 것 같았다. 그런데 병원에 가고 싶다는 의욕이 생기지 않았다. 정신력으로 극복할 수 있을 거라는 생각도 했고. 억지로 몸을 일으켜 세워 자전거를 탔던 하루가 기억난다.

나는 범죄소설 원고를 포기하고, 출판사에 미안하다고 연락했다. 대신 그해 여름에는 그동안 쓴 단편으로 소설집을 두 권 냈다. 그때까지 열여섯 편을 써놨었는데, 2019년 상반기에 네 편을 더 썼다. 소설집 한 권에 단편을 열 편씩 싣고 싶었다. 장편소설을 포기하고 단편을 쓰면서 점점 몸도 나아졌다. 그렇게 낸 책이 『산 자들』과 『지극히 사적인 초능력』이었다.

그해 가을이 되자 다시 장편소설 원고에 달려드는 게 두렵기까지 했다. 그래서 에세이를 먼저 써보기로 했다. 그렇게 팟캐스트 진행 경험담을 담은 '책, 이게 뭐라고'를 〈밀리의 서재〉에, 작법서이자 에세이인 '책 한번 써봅시다'를 《한겨레》에 연재했다. 그러면서 지난번 소설 원고가 왜 막혔는지, 어떻게 하면 돌파구를 찾을 수 있을지 궁리했다.

2019년에는 경찰들만 취재했었다. 이번에는 소설에서 증인과 피의자 캐릭터가 될 사람들을 추가로 인터뷰하고 경찰이 아닌 범죄 전문가들을 만났다. 그 덕분인지는 알 수 없지만 범인과 결말을 정할 수 있었다. 원고는 처음부터 다시 쓰기 시작했다. 그러나 쓰는 속도가 느려서 이번에도 여름까지 초고를 마칠 가능성이 없어 보였다. 소설을 쓰는 것은 여전히 즐겁지 않았다.

꼭 1년 만인 2020년 2월에 다시 우울증에 걸렸다. 이유는 이번에도 여러 가지였고 방아쇠는 사소한 사건이었다. 어쩌면 겨울에 소설 쓴답시고 외출을 하지 않으면서 햇빛을 충분히 받지 못해 비타민 D 부족으로 벌어진 일일지도 모른다. 어쩌면 내가 점점 더 멀리 떨어진 시공간의 평가에 골몰하면서 '지금, 여기'의 기쁨을 멀리했기 때문인지도 모른다.

내게 소설가로서 대단한 재능이 없다는 생각이 들었다. 모르는 사람들이 페이스북 계정으로 종종 내게 그런 메시지를 보냈다. 너 글 못 쓴다고. 너 재능 없다고. 그 말들이 정확한 것 아닌가 하는 생각이 들었다.

일주일 정도 앓았다가 일어났고, 얼마 뒤에 다시 극도로 무기력하고 침울해졌다. 내가 세 번째로 우울증을 앓는 것인지, 아니면 두 번째 우울증이 중간에 잠깐 증상이 호전됐던 것인지 알 수 없었다. 우울증에 한 번 걸린 사람은 50퍼센트가 재발한다고 한다. 우울증을 두 번 겪으면 75퍼센트가, 세 번 이상 겪으면 90퍼센트가 재발한다고 한다. 이번에는 병원에 갔다. 렉사프로와 아빌리파이를 처방받았다.

축제의 열기와
반드시 흔적을 남기는 글

장강명™ 책으로 만나는 우리 생활 속 궁금한 이야기들, 북이십일 출판사와 팟빵이 함께 하는 〈책, 이게 뭐라고?!〉. 남들이 안 궁금한 게 궁금한 소설가 장강명입니다. 오늘은 아주 특별한 초대 손님을 모셨습니다. 먼저 작가의 말로 만나보실…… 그런데 제 이름에 왜 ™ 표시가 있는 거죠? 이런 마크는 떼줬으면 좋겠는데요. 제가 뭐 상품도 아니고.

장강명 이번 회에는 내가 둘이나 나오니까 구별은 해주는 게 좋잖아.

장강명™ 그냥 '말하는 장강명'과 '쓰는 장강명'이라고 하면 되지 않을까요?

장강명 그건 길기도 하고 보기에도 헷갈릴 거 같아서…….
그리고 ™ 표시가 재미있어 보이기도 하고.

장강명™ 답변이 일견 그럴싸합니다만 좀 속 보이는데요.
결국 밖에서 말하고 다니는 장강명™은 진짜 장강명이 아니다, 이거죠? 대외용 브랜드일 뿐?

장강명 진짜 장강명은 너랑 나를 합친 존재겠지. 그 장강명을 볼드체로 **장강명**이라고 쓸 수도 있겠고. 그리고 쓰는 장강명인 이쪽도 글자색이 검은색이 아니라 회색으로 돼 있어. 티는 잘 안 나지만…….
이쪽에서는 말하는 장강명™에 비해 쓰는 장강명은 존재가 흐릿하다, 그렇게 불만을 제기할 수도 있다고.

장강명™ 저 때문에 당신 존재가 흐릿해졌다고 생각하세요?

장강명 (대답을 망설인다.)

장강명™ 제가 어떤 기간, 어떤 날에 **장강명**의 시간을 많이 쓴 건 사실이죠. 하지만 그건 전적으로 **장강명**이 시킨 업무들이었어요. 저는 당신을 포함해서 **장강명**을 먹여 살리려고 애썼어요. 제가 욕심을 내서 일을 벌인 적은 없었어요. 외부에서 받은 제안 중에 선택한 것들일 뿐, 저 자신의 야심은 없었다고

요. 우리가 라디오 시사 프로그램 진행자 제안을 거절했을 때 생각나세요? 당신이 일할 시간을 확보하기 위해서였죠. 제가 그 일에 대해 항의했던가요? 당신은 저에 대해 감사해야 해요. 저는 더 나은 대접을 받을 권리가 있어요.

장강명 기억 나. 너한테는 항상 고맙게 생각하고 있어.

장강명™ **장강명**이 쓰는 일로만 돈을 벌고 싶다면, 거기까지는 이해해요. 자기는 내성적이다 이거죠. 다른 사람 만나는 게 피곤하고, 자기가 잘하지 못하는 일을 하는 게 싫고, 실수를 할까 봐 두렵고. 하지만 '사람이 아닌 책으로 남고 싶다, 책이 되고 싶다'는 말은 그냥 변태적인 허영이에요. 솔직히 말씀드릴까요? 저는 당신이 능력이 부족하고 게으르다고 생각해요. 그 사실을 똑바로 쳐다볼 용기가 없어서 제 탓을 하려는 거죠. 우울증만 해도 그래요. 오히려 나를 없애려 하다가 걸린 거 아닌가요? 당신이 하찮게 여기는 것들—글자로 옮길 수 없는 미소, 의미 없는 수다, 아무런 업적과도 관련 없이 그저 평화로운 시간, 축제의 열기, 엉성하게 추는 춤의 기쁨, 친구들과 함께 마시는 술이 주는 활기, 세탁해서 잘 말린 이불에서 나는 좋은 향기, 대형견의 묵직하고 따뜻한 실감, 이런 것들이야말로 정말 중요한 것들이에요. 어느 누구의 삶도 읽고 쓰는 것만으로 구성될 수는 없어요.

장강명 하지만 너는 가만히 놔두면 **장강명**을 장악하려는 성향이 있어. 네 세계가 미소나 향기 같은 걸로만 이뤄진 것처럼 말하는 건 좀 사기야. 의미 없는 수다와 술이 주는 활기, 축제의 열기가 결합되면 어떻게 되지? 그게 금방 끝나던가? 스스로 멈출 자제력이 있던가? 그리고 그게 **장강명**의 의지였나? 게다가 이제는 온 세상이 너를 돕는 것 같아. 네가 **장강명**의 정체성을 위협하는 것만 같아. **장강명**은 자기 삶에 중요한 걸 자기가 선택할 수 있다고, 그래야 한다고 생각해.

장강명™ 뭣이 중한데요?

장강명 **장강명**은 어떤 작품들을 쓰고 싶어 해. 그 작품들을 정의하라거나 특징을 설명하라고 하면 곤란하지만 예시는 아주 분명하게 들 수 있지. 『블랙 달리아』, 『포스트맨은 벨을 두 번 울린다』, 『서부전선 이상 없다』, 『개선문』, 『분노의 포도』, 『노르웨이의 숲』, 『1984』, 『13계단』, 『단 한 번의 시선』, 『우리가 얼굴을 찾을 때까지』, 『앨저넌에게 꽃을』, 『앰버 연대기』, 『벌거벗은 얼굴』, 『개의 힘』……. 소일거리가 되지 않는, 될 수 없는 작품들. 읽는 사람 마음에 반드시 흔적을 남기는 글들. 그리고 **장강명**은 자기가 평생 가도 그런 소설을 쓸 수 없을 거 같아서 두려워한다고.

장강명™ (웃으며) 그게 저 때문이라고요?

다른 작가들과 독자와의 만남을 가졌을 때 이런 질문을 받았다.

어떤 독자층을 상정하고 글을 쓰십니까?

한 작가는 자기 아내를 염두에 두고 쓴다고 했고, 다른 작가는 출판 시장의 주 고객인 30대 여성층을 고려하며 쓴다고 했다.

HJ와 나는 독서 취향이 다르다. 나는 내가 동시대 주변인들을 위해 쓰는 것 같지는 않다고 느꼈다. 그즈음부터 내가 현존現存에서 멀어지지 않았나 하는 생각이 들었다.

그런 욕심들이 잘못되었던 걸까?

2019년에서 2020년까지 마음 챙김 명상을 몇 번 시도했다. 명상을 안내하는 책들은 지금, 여기의 나를 느끼며 관찰하라고 했다.

항우울제가 명상보다 효과가 더 좋았던 것 같다.

↓02

〈책, 이게 뭐라고?!〉 시즌 1에는 없었는데, 시즌 2에서 우리가 만든 전통이 있었다.

녹음을 마치면 초대 손님을 스튜디오 밖 엘리베이터까지 꼭 배웅하는 것이었다.

제작진 모두가 같이 엘리베이터 홀까지 나갔다.

우리가 그 손님을 그만큼 환대한다는 의미였다.

녹음 분위기가 어떠했든간에 예외를 두지 않았다.

그런데 팟빵 건물의 엘리베이터는 투명 문이었다.

그리고 속도가 아주 느렸다.

그래서 우리의 배웅 의식은 정말이지 어색하기 그지없었다.

엘리베이터를 기다리며 손님과 인사를 나눈다.

손님이 엘리베이터를 타는 동안 손을 흔들며 인사한다.

엘리베이터 문은 아주 천천히 닫힌다.

우리는 또 손을 흔든다.

문이 투명하기에 손님과 우리들은 여전히 서로를 볼 수 있다.

우리는 또 손을 흔든다.

그런데 엘리베이터는 한참 뜸을 들이다가 겨우 출발했다.

가끔은 지하로 갔다가 올라오기도 했다.

우리는 그때까지 계속 손을 흔들고 인사했다.

말하고 듣는 세계에서만 가능한 다정하고 멋쩍은 작별 의식이었다.

요조 님, 20세기소녀 님, 문소 님, 박연필 작가님, 예PD님, 다솔 님
그리고 〈책, 이게 뭐라고?!〉를 사랑해주신 모든 분들께.
진심으로 감사드립니다. 무척 행복한 시간이었습니다.

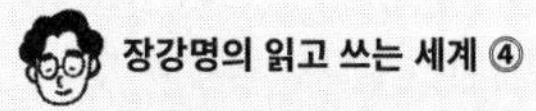

충동 대출

아이들에게 어떤 책을 권하면 좋겠느냐, 방학에 읽으면 좋을 작품들을 소개해달라, 재미있으면서도 유익한 소설을 추천해달라……. 그런 요청을 꽤나 많이 받는다. 언론이나 도서관에서 공식적으로 글을 청탁해오는 경우도 있고, 개인적으로 메일을 보내오시는 분도 많다. 대학생이나 청소년을 대상으로 하는 매체와 인터뷰를 하면 거의 매번 받는 질문이기도 하다. 나뿐 아니라 다른 작가들도 마찬가지인 것 같다.

처음에는 기억을 더듬어 학창 시절 감명 깊게 읽었던 책들이나 최근에 읽었던 작품 중에 비교적 분량이나 눈높이가 부담스럽지 않은 서적을 소개했다. 그럴 때면 좀 찔렸다. 지금 얼른 검색을 해보니까 2015년 기준으로 한 해에 나온 책만 4만 종이 넘는다고 한다. 소설만 1,224권이다. 그중에 내가 읽은 것은 그야말로 1퍼센트도 되지 않는다.

와인 전문가인 로버트 파커는 한때 매년 1만 종류의 와인을 혼자 시음했다고 한다. 나중에 시음량을 줄인 뒤에도 한 해에 6,000~7,000종의 와인을 맛보고 테스트했단다. 그 정도라면 평가를 믿어볼 만하다. 그에 비하면 내가 읽은 책은 평생을 다 합쳐도 분명히 몇 천 권대 수준이다. 더구나 내가 자랄 때에는 지금처럼 어린이 및 청소년 서적이 풍부하지도, 수준이 높지도 않았다. 게다가 그사이 시대와 세대의 감수성도 변했다.

무엇보다 사람이 다르다. '좋은 책'은 취향의 문제를 넘어 가치관의 영역이다. 아마 세상에는 누구나 좋아하고 누구에게나 좋은 와인도 없을 것이다. 하물며 책은 더 그러하다. 소설의 영역으로만 좁혀도 그렇다.

《뉴욕타임스》의 책 섹션 편집장인 패멀라 폴이 세계적인 유명 작가들 55명을 인터뷰해서 『작가의 책』이라는 책을 냈는데, 인터뷰 질문 중 하나가 '실망스러웠거나 당신이 생각하기에 과대평가된 책'이었다. 미국의 유명 소설가인 데이비드 세다리스는 『모비 딕』이 너무 지루했다고 고백하고, 진화생물학자 리처드 도킨스는 『오만과 편견』에 도무지 흥미를 못 느끼겠다고 말한다. 존 어빙은 "헤밍웨이의 모든 책"이라고 내뱉는다. 영문학의 걸작인 『율리시스』를 꼽은 사람은 세 명이나 됐다.

이럴진대, 청소년들에게 세계문학전집이나 '서울대 추천 도서 100선'을 강요하는 행위는 아마도 아이들을 책으로부터 멀어지게 하는 가장 빠른 길일 게다. 서울대 추천 도서 100권의 목록을 보고 있자면 과연 서울대 교수 중에는 이 책을 다 읽은 사람이 몇이나 될까, 절반이라도 읽은 사람이 단 한 명이라도 있을까, 싶어진다. 『국부론』, 『종의 기원』, 『우파니샤드』, 『파우스트』……. 아아, 정말 유익하고 재미나겠다.

내 생각에 청소년기의 독서는 악기나 자전거나 수영을 배우는 것과 완전히 다르다. 이렇게 해야 한다는 정해진 길이 따로 없는 것 같다.

모든 사람은 자기 자신의 개별적인 길을 걷는다. 아니, 자기 자신만의 길을 개척해나간다고 표현하는 편이 옳겠다. 그 과정에서 자신의 취향과 가치관을 발견하고, 동시에 쌓아올린다. 어마어마하게 중요한 일이다.

말하자면 독서 그 자체만큼이나 독서의 전 단계가 중요하다. 아이들이 '나는 무슨 책을 좋아하는 사람인가'를 고민하도록 해줘야 한다. 표지가 예쁜 책과 유명인이 쓴 책과 줄거리가 재미있을 것 같은 책 사이에 갈등하는 시간을 가져야 한다. 숙고 끝에 내린 자신의 선택이 잘못된 것이었음을 스스로 깨닫는 경험이, 어린이용으로 개작된 고전을 읽고 얻는 고만고만한 교훈보다 훨씬 귀중하다. 세상에 그렇게 안전한 실패도 드물 것이다. 기껏해봐야 약간의 시간 낭비 정도다.

책값이 문제가 될 수도 있지 않겠느냐고? 그래서 도서관이라는 곳이 있다. 방학 때 읽을 책을 다섯 권 사다 주기보다, 같이 도서관에 가서 자녀가 직접 책을 고르도록 하는 게 어떨까. 그렇게 골라온 책이 아무리 마음에 내키지 않아도 간섭하지 않기로 다짐하고 말이다.

나는 질리도록 오락 소설을 읽는 것도 나쁘지 않다고 생각한다. 양식화된 전형典型에 물려 변형을 찾아나갈 때 아이의 내부에 개성과 깊이가 조금씩 생겨서 굳어진다. 내가 그랬다. 그렇게 해서 지금의 내가 되었다.

지향성 마이크와 서툴게 걷는 양서류

"선생님, 이 마이크가 굉장히 성능이 좋습니다. 그래서 입을 가까이 대고 말씀하시지 않아도 됩니다. 그런데 방향은 똑바로 마이크를 향해서 말씀해주셔야 합니다. 안 그러면 녹음이 잘 안 되거든요."

내가 바짝 긴장해서 설명한다.

"알겠네."

소크라테스가 대답한다. 이 대철학자를 초대 손님으로 섭외했다는 말을 들었을 때 내가 처음 한 우려는 엉뚱하게도 그의 복장이었다. 고대 그리스 복식으로 홍대 거리에 나타나면 어떡하지? 다행히 그는 평범한 청바지에 셔츠 차림으로 팟빵 건물에 왔다. 그렇게 입으니 외모가 올리버 색스를 꽤 닮아 보인다. 한국어도 예상보다 유창했다.

"저는 장 작가라고 불러주시면 됩니다. 아니면 선생님이 자주 하시는 표현대로 '나의 친구여'라고 해도 좋고요. 저는 선생님 호칭을 어떻게 할까요? '소크라테스 작가님'이나 '소크라테스 선생님'이라고 부르면 될까요? 아니면 줄여서 '소 작가님'이나 '소 선생님'이라고 부를까요?"

내가 쭈뼛쭈뼛 묻는다.

"신도림에서 온 친구여, 내 호칭은 그대 좋을 대로 정하시게나. 그러나 나는 책을 낸 적이 없으니 소크라테스 작가라고 하는 것은 맞지 않네. 작가라고 불러도 되는 사람은 내 제자인 플라톤이라네. 책은 그가 썼지."

"알겠습니다, 선생님. 그러면 '소 선생님'이라고 부르겠습니다. 그런데 제가 사실 이사를 해서 이제 신도림에 살지는 않습니다."

나는 모든 게스트들에게 설명하는 내용을 주절주절 읊는다. 대본을 미리 보내드리긴 했지만 그대로 진행되는 일은 없다는 얘기, 생방송이 아니라 녹음 뒤 편집하는 방송이니 편하게 말씀하시면 된다는 얘기, 말실수를 한 것 같으면 아무 때나 불쑥 '아까 거기를 편집해주세요'라고 요청해도 된다는 얘기, 그런 요청을 아예 며칠 뒤에 메일이나 전화로 20세기소녀나 문소한테 해도 괜찮다는 얘기, 청취자들은 방송이 강연보다는 대화 같은 느낌이 나기를 선호한다는 얘기, 게스트가 오래 말을 하면 내가 끼어들어 맞장구를 칠 테지만 크게 개의치 말라는 얘기…….

소크라테스는 미소를 지으며 고개를 끄덕이지만 내 말을 건성으로 듣는 게 분명하다. 하기야 사실상 사형을 자청하고 독배도 태연하게 마셨던 인물인데 말실수 따위를 겁낼 리 없다. 그런데 내가 사전 대본에서 고칠 내용이나 피하고 싶은 질문이 있는지 물어보자 뜻밖에도 그렇다고 한다.

"나의 친구여, 문자가 기억력을 감퇴시킨다는 해석은 내 말을 아주 피상적으로 받아들인 거라오. 그 말을 한 지도 2,400년이나 됐고…… 엣헴."

"제우스 신께 맹세코 아테네 법정에 섰을 때보다 더 떨리는구려. 〈책, 이게 뭐라고?!〉 청취자 여러분, 소크라테스입니다."

소크라테스가 말한다. 그는 지향성 마이크를 능숙하게 사용한다. 정작 내 목소리가 갈라져 떨린다. 우리는 방송용 덕담을 좀 나눈다. 어느 정도 분위기가 무르익었을 때 나는 본론에 들어간다.

"소 선생님, 오늘 스튜디오로 모신 이유는 알고 계시죠? 저희 프로그램은 책 프로그램이고 책은 문자로 되어 있죠. 그런데 바로 그 문자를 사용하는 걸 선생님께서 강력히 반대하지 않으셨습니까?"

그리고 나는 『파이드로스』에서 그가 이집트의 타무스 왕이 하는 말을 빌려 문자 문화를 비판한 대목을 청취자들에게 소개한다. 그에 따르면 문자를 습득한 사람들은 충분한 숙고 없이 정보를 받아들이게 되며, 실제로는 아는 것이 없는데도 지식을 갖췄다는 평가를 받게 된다. 읽고 쓰는 세계의 거주자들은 그리하여 진정한 지혜도 없이 자만심에 빠지게 된다.

"나의 친구 장강명 작가여, 이렇게 다짜고짜 시작하는 대화를 나도 무척 즐긴다네. 그러나 자네의 멋진 연설에서 몇 가지 사항을 보충해준다면 고맙겠네."

"저는 연설을 한 게 아니라 『파이드로스』에 나온 부분을 설명한 건데요."

"나의 친구여, 플라톤이 뭐라고 썼는지는 중요하지 않다네. 중요한 것은 『파이드로스』라는 책에 무어라 적혀 있느냐가 아니라, 문자의 영향에 대한 우리의 진정한 앎이지. 그렇지 않은가? 모든 사람이 그 앎으로부터 제각기 다른 거리로 떨어져 있기에, 가르침은 맞춤식으로 접근할 수밖에 없다네. 바로 대화이지. 사실 그것이 책의 함정이기도 하다네. 책과는 대화를 할 수 없으니 말일세. 자네는 읽을 때마다 내용이 달라지는 책을 본 적이 있나?"

"아니오, 없는데요."

뭔가 낚였다는 기분으로 내가 대답한다. 그 유명한 소크라테스식 산파술에 걸려든 나는 황당한 삼단논법까지 인정해버리고 만다. ① 같은 말을 반복하는 사람은 지혜롭다고 할 수 없다, ② 책은 같은 말을 반복한다, ③ 그러므로 책은 지혜롭다고 할 수 없다는. 나는 뒤늦게 '읽을 때마다 감상이 달라지는 책은 많다'고 맞받아칠걸 그랬다고 후회한다.

"나의 친구여, 그대는 1년에 책을 150권 가량 읽는다고 했지. 그렇다면 묻겠는데, 그중에 처음부터 끝까지 내용을 암기하는 책이 한 권이라도 있는가?"

"아니오. 없는데요."

"혹시 내용의 절반을 외우는 책은 있나? 반의 반은? 아니, 단 한 장章이라도 정확히 암송할 수 있는 책은 몇 권이나 되는가? 읽은 뒤에 대략적인 개요만 떠올릴 수 있다면 애초에 그 책을 정독할 필요는 무엇이었나?"

이렇게 소크라테스는 나를 또 한참 가지고 논다.

"나의 친구여, 그러나 무엇보다 내가 가장 우려하는 것은 언어가 그대의 삶에 봉사하지 않고 제멋대로 힘을 부려 하나의 세계를 만드는 것일세. 자네가 읽고 쓰는 세계라고 말하는 바로 그 세상 말이야. 그곳의 주인은 인간이 아닌 바로 언어 그 자체라네. 친애하는 동료들인 공자, 석가모니, 예수와 내가 글을 쓰지 않고 제자들을 말로만 가르친 이유가 궁금하지 않나? 우리는 글을 남기면 그것이 죽은 경전, 헛된 신학이 되어 펄펄 살아 움직여야 할 깨달음의 순간들을 방해할 것임을 알았다네."

나는 딴생각을 하느라 그의 말에 제대로 대꾸하지 못한다. 새로운 매체에 대한 그의 걱정이 낯설게 들리지 않았던 것이다. 평소 소셜미디어와 인터넷 게시판에 대한 나의 우려와 닮았지 않은가. 그러나 소크라테스의 걱정과 나의 고민이 다르다는 걸 곧 알게 된다. 소크라테스는 근본주의를 우려하는 반면, 나는 '근본이 사라지는 현상'을 두려워하고 있다.

녹음을 마치고 소크라테스는 목을 축이고 싶다고 한다. 나는 내가 좋아하는 바 '더 파이브 올스'로 그를 안내한다. 조명이 어두컴컴하고 음악이 시끄러워서 나는 좋아했지만, 다른 〈책, 이게 뭐라고?!〉 제작진들에게는 인기가 없던 곳이다. 분위기가 내 취향인 데다 안주까지 싸서 홍대 근처에서 술을 사야 할 때 이곳을 애용했다. 친구도 데려갔고 후배도 데려갔다. 친구 한 명은 여기서 울었다.

물론 소크라테스는 울지 않는다. 출판사의 법인 카드를 받아든 그는 고대 그리스식 술잔치를 벌인다. 소크라테스를 알아본 술집 손님들이 그에게 사인을 요청하고 셀카를 함께 찍자고 한다. 소크라테스는 옆 테이블의 젊은 남자들에게 과도하게 관심을 보인다. 어려 보여도 미성년자는 아니겠지. 나는 거의 체념한 상태다.

소크라테스는 의자에 올라 연설을 시작한다. 그는 감각의 세계에서 시작한 육체적 아름다움이 어떻게 해서 도덕적 아름다움으로 이어지고 절대적 아름다움에까지 이르는지 역설한다. 『향연』과 비슷하기도 하고 다르기도 하다. 소크라테스가 21세기 서울의 청중이 이해하기 쉽도록 적절한 예와 비유를 들어 설명하기 때문이다. 술집은 알코올과 깨달음의 황홀경에 빠진다.

나는 위화감을 느끼며 구석으로 물러나 홀짝홀짝 맥주를 마신다. 사실 그렇게 다른 사람과 대화를 피할 수 있어서 음악이 시끄럽고 조명이 어두운 바들을 좋아했다. 나는 소크라테스가 했던 말들에 대해 생각한다. 책은 죽은 담론이라는 이야기. 술기운 속에서 그 말들을 곱씹어보지만 이번에는 기묘할 정도로 감흥이 없다. 내게 독서의 목적이 깨달음이 아니라는 사실을 알기에.

내게 독서는 호흡이다. 나는 이미 읽고 쓰는 세계에서 살고 있다. 소크라테스가 경고한 그 세계다. 나는 물을 벗어난 물고기들처럼 몇몇 용감한 선조들이 2,400년 전에 그 땅으로 올라왔다고 생각한다. 그들은 깨달음을 얻은 어류가 되기보다 서툴게 걸으며 공기를 직접 들이마시는 양서류가 되기를 택했다. 언젠가 우리는 보다 우아하고 빠르게 달릴 수 있을지도 모른다고 나는 상상한다.

나는 길고 복잡한 언어가 지배하는 세상이 두렵지 않다. 나는 그 세상에서 육신을 벗고 언어의 일부가 되고 싶다. 같은 꿈을 꾸는 나의 동족들, 읽고 쓰는 종족이 있다고 생각한다. 나는 아예 지면을 딛고 선 볼품사나운 다리를 잘라내고 날아오르고 싶다. 그럴 수 없어 서글프다.

나는 조용히 '더 파이브 올스'를 빠져나온다. 파티도, 소크라테스의 강연도 아쉽지 않다. 이미 『향연』으로 읽었는걸. 왁자지껄한 사람들로부터 벗어나 선선한 바람을 맞으며 홍대 밤길을 걷는 기분이 좋다. 이어폰을 귀에 꽂고 블루스 음악을 듣는다. 취한 상태에서, 걸으면서, 책을 읽지는 못한다. 그것이 책의 몇 안 되는 단점이다. 나는 오늘의 독서를 미룬다. 그리고 오래전부터 준비한 문장으로 이 책을 마친다.

책, 이게 뭐라고.

↑B2

책, 이게 뭐라고

1판 1쇄 발행 2020년 9월 9일
1판 6쇄 발행 2023년 8월 3일

지은이 장강명
펴낸이 김영곤
펴낸곳 아르테
문학팀 김지연 원보람 송현근 | 디자인 오혜진
출판마케팅영업본부 본부장 한충희
출판영업팀 최명열 김다운 김도연
마케팅2팀 나은경 정유진 박보미 백다희
제작팀 이영민 권경민

출판등록 2000년 5월 6일 제406-2003-061호
주소 (우 10881) 경기도 파주시 회동길 201(문발동)
대표전화 031-955-2100 팩스 031-955-2151

ISBN 978-89-509-9167-8 (03810)